WASTELANDS

종말 문학
걸작선

2

WASTELANDS

: Stories of the Apocalypse

edited by John Joseph Adams

**Acknowledgment is made for permission to print the
following material:**

"The End of the Whole Mess" © 1986 by Stephen King.
Originally published in Omni, October 1986. Reprinted by
permission of the author.

"Salvage" © 1986 by Orson Scott Card. Originally published
in Isaac Asimov's Science Fiction Magazine, February 1986.
Reprinted by permission of the author.

"The People of Sand and Slag" © 2004 by Paolo Bacigalupi.
Originally published in The Magazine of Fantasy & Science
Fiction, February 2004. Reprinted by permission of the
author.

"Bread and Bombs" © 2003 by M. Rickert. Originally
published in The Magazine of Fantasy & Science Fiction,
April 2003. Reprinted by permission of the author.

"How We Got In Town and Out Again" © 1996 by Jonathan
Lethem. Originally published in Asimov's Science Fiction,
September 1996. Reprinted by permission of the author.

"Dark, Dark Were the Tunnels" © 1973 by George R. R.
Martin. Originally published in Vertex, December 1973.
Reprinted by permission of the author.

"Waiting for the Zephyr" © 2002 by Tobias S. Buckell.
Originally published in Land/Space, 2002. Reprinted by
permission of the author.

"Never Despair" by Jack McDevitt © 1997 by Cryptic, Inc.
Originally published in Asimov's Science Fiction, April 1997.
Reprinted by permission of the author.

"When Sysadmins Ruled the Earth" © 2006 by Cory
Doctorow. Originally published in Jim Baen's Universe,
August 2006. Reprinted by permission of the author.

"The Last of the O-Forms" © 2002 by James Van Pelt.
Originally published in Asimov's Science Fiction, September
2002. Reprinted by permission of the author.

"Still Life with Apocalypse" © 2002 by Richard Kadrey.
Originally published in The Infinite Matrix, May 29, 2002.
Reprinted by permission of the author.

"Artie's Angels" © 2001 by Catherine Wells Dimenstein.
Originally published in Realms of Fantasy, December 2001.
Reprinted by permission of the author.

"Judgment Passed" © 2008 by Jerry Oltion. Appears for the
first time in this volume.

"Mute" © 2002 by Gene Wolfe. Originally published in
2002 World Horror Convention Program Book. Reprinted by
permission of the author and the author's agents, the Virginia
Kidd Agency.

"Inertia" © 1990 by Nancy Kress. Originally published in
Analog Science Fiction & Fact, January 1990. Reprinted by
permission of the author.

"And the Deep Blue Sea" © 2005 by Elizabeth Bear.
Originally published in SCI FICTION, May 4, 2005.
Reprinted by permission of the author.

"Speech Sounds" © 1983 by Octavia E. Butler. Originally
published in Asimov's Science Fiction, Mid-December 1983.
Reprinted by permission of the estate of Octavia E. Butler.

"Killers" © 2006 by Carol Emshwiller. Originally published
in The Magazine of Fantasy & Science Fiction, October/
November 2006. Reprinted by permission of the author.

"Ginny Sweethips' Flying Circus" © 1988 by Neal Barrett, Jr.
Originally published in Asimov's Science Fiction, February
1988. Reprinted by permission of the author.

"The End of the World as We Know It" © 2004 by Dale
Bailey. Originally published in The Magazine of Fantasy
& Science Fiction, October/November 2004. Reprinted by
permission of the author.

"A Song Before Sunset" © 1976 by David Rowland Grigg.
Originally published in Beyond Tomorrow, 1976. Reprinted
by permission of the author.

"Episode Seven: Last Stand Against the Pack in the Kingdom
of the Purple Flowers" © 2007 by John Langan. Originally
published in The Magazine of Fantasy & Science Fiction,
September 2007. Reprinted by permission of the author.

WASTELANDS

종말 문학
걸작선

**스티븐 킹, 조지 R. R. 마틴, 올슨 스콧 카드,
진 울프 외** | 존 조지프 애덤스 엮음 | 조지훈 옮김

2

황금가지

STEPHEN KING · GEORGE R. R. MARTIN · ORSON SCOTT CARD

GENE WOLFE · OCTAVIA E. BUTLER · JONATHAN LETHEM

| 목차 |

1권
_____

2권

최후의 심판 │ 제리 올슨 │

제리 올슨은 『천국의 몰락(Paradise Passed)』, 『도주 스페셜(The Getaway Special)』, 『이곳이 아닌 다른 곳에서(Anywhere But Here)』를 비롯한 몇 권의 소설을 발표한 바 있다. 1998년에 중편 「적절한 방종(Abandon in Place)」으로 네뷸러 상을 수상했으며 후에 그 글을 장편소설로 개작했다. 그는 또한 100여 편의 단편을 창작하여 대부분을 《판타지와 SF》와 《아날로그》에 발표하였다.

「최후의 심판」은 이 책에 처음 수록된 작품으로, 성서에 나오는 '최후의 심판'을 보다 합리적인 관점으로 풀어냈다. 우주인들이 지구로 돌아왔는데 그동안 휴거가 일어났음을 알게 된다. 올슨은 종교를 인류에 대한 재앙으로 보고 있고, 이 이야기를 쓴 것도 그 때문이다. 이 이야기는 뒤에 남겨지는 게 과연 불행인가에 대한 의문을 던진다.

그날 아침 무척이나 추웠다. 조디를 찾아 오솔길을 걸을 때마다 발밑에선 눈이 뽀드득 소리를 냈다. 어젯밤의 폭설이 일주일 동안 굳은 빙판 위에 발목 깊이의 눈가루를 새로이 뿌린 덕에, 앙상한 포플러 나무들을 지나 굽잇길 너머까지 그녀의 발자국이 또렷이 남아 있었다. 그녀는 산으로 들어갔다. 발자국이 아니더라도 그녀가 혼자라는 건 분명한 사실이다.

조디의 발자국을 빼면 숲속 어디에도 인간의 흔적은 없었다. 소리도 내 발소리뿐이고, 나 외의 움직임이라곤 숨을 내쉴 때마다 얼굴 뒤로 흩어지는 입김뿐이었다. 오리털 코트로 단단히 무장하기는 했지만 그래도 지독한 고독감만은 어쩔

7

수가 없었다. 조디가 여기 온 이유는 알고 있었다. 아무도 없는 곳이라야 떠난 사람들을 찾지 않을 수 있기 때문이다.

그녀는 가로장 울타리 위에 앉아 눈으로 덮인 들판을 내다보았다. 아래쪽 나무에 걸터앉아, 제일 위의 난간에 장갑 낀 손을 얹고 그 위에 턱을 괸 자세였다. 어깨 길이의 갈색 머리칼이 녹색 털모자 아래로 삐져나왔다. 그녀가 두 발을 흔들면서 땅에는 작은 눈 웅덩이가 팼다. 내가 등 뒤에서 뽀드득 소리를 내자 그녀가 돌아보았다.

"안녕, 그레고어."

그뿐이었다. 그녀는 곧바로 산을 향해 고개를 돌렸다. 나는 옆자리에 앉아 그녀처럼 손에 턱을 괴고 산을 바라보기 시작했다.

산정엔 햇살이 가득하고 눈벌판은 화려한 흰 빛으로 타올랐다. 지금은 바위들조차 따뜻해 보였다. 나무라고는 풀뿌리 하나 자라지 않는 암벽이다. 그저 바위와 얼음뿐.

테튼 산맥. 신의 나라임이 명명백백하게 증명된 곳.

"산이 얼마나 감동적인지 잊고 지냈어."

내가 말했다. 입김이 장갑 끝에 서리를 만들었다.

"나도. 무척 오랜만이야." 그녀의 대답이었다.

12년. 가는 데 5년, 오는 데 5년, 체류에 2년. 낯선 항성의 어느 지저분한 혹성.

"데시카에 이런 곳은 하나도 없었어." 그녀가 말했다.

"빙하도 없었지. 이런 산을 깎아내려면 빙하라도 있어야 해."

"흠."

우리는 햇살 밝은 산정들을 올려다보며 서로의 생각에 빠졌다. 나는 데시카 생각을 했다. 상륙한 후 두 달이나 기다렸다가 이름을 지었지만 결정은 만장일치였다. 뜨겁고, 건조하고 한 번에 몇 주일씩 모래폭풍이 이는 곳. 지옥이란 게 정말로 있다면 바로 그곳이리라. 그래도 우리 여덟은 2년간이나 머물며 혹성을 탐색하고 자료를 수집했다. 이른바 최초의 혹성간 탐사였다. 그리고 우리는 짐을 싸갖고 돌아왔다······. 텅 빈 지구로. 세상 어디에도 사람이 없었다. 우리를 반겨준 건 야수들과 버려진 도시들, 그리고 4년 전 날짜가 찍힌 누런 신문지들뿐이었다.

신문들에 따르면 이곳이 바로 예수가 처음 등장한 곳이다. 예루살렘도 바티칸도 아니고, 심지어 솔트레이크 시도 아니다. 그랜드 테튼. 산맥 중에도 가장 높고 험준하고 아름다운 봉우리. 신의 아들에게 걸맞은 산이겠다. 실제로 예수를 직접 본 것만 같았다. 산정에서 하늘을 날듯 내려와 우리가 밤을 보낸 오두막 옆의 현성(顯聖) 성당에 가볍게 내려앉는 예수…… 믿기는 어려워도 상상은 쉬웠다.

그 다음은 더욱 믿기 어려운 부분이다. 그는 사람들에게 엿새의 준비 기간을 주었다. 그리고 일곱째 날, 사람들에게 최후의 심판을 내렸다. 신자들을 위한 특별한 호출도, 불신자들의 징계도 없었다. 그는 단번에 인류 모두를 들어올렸다. 분류는 나중에 할 모양이었다. 신문들은 그가 사용한 방법에 대해 침묵으로 일관했다. 기자들과 편집자, 기술자들 모두 한꺼번에 사라졌기 때문이다. 난 휴거가 어떤 식으로 작동했는지 상상할 수가 없었다. 대부분의 사람이 하늘에 오르고 싶어 했지만, 500미터만 오르면 질식하고 10킬로미터 상공이면 피가 끓기 시작할 것이다. 아무리 구약의 신이라 해도, 신도들을 몰아넣을 종류의 고행과는 거리가 멀다. 다른 차원으로 보내는 게 좀 더 개연성이 있는데, 어떤 곳인지 상상하기도 어렵기는 마찬가지다.

상상이 불가한 상황을 상상하자니, 문득 조디를 찾으러 나선 이유가 떠올랐다.

"선장님이 당분간 미사를 열 모양이야. 당신도 참여하고 싶어 할 거라더군."

조디가 나를 보았다. 마치 멍청한 남동생을 대하는 표정이다.

"왜? 기도하게? 신의 관심을 끌어 모으려고?"

내가 고개를 끄덕였다.

"데이브가 꼬드긴 거야. 많이 참석할수록 신호가 더 강해질 거라더군."

"아주 과학적이군."

"엔지니어니까. 그웬도 동의했어."

"차라리 그 애가 하느님한테 부탁해서 예수 좀 다시 보내 달라는 게 낫겠다."

"대개가 동의한 모양이야."

내가 대답했다. 조금씩 당혹스러웠다.

그녀가 다시 나를 동생 보듯 쳐다보았다.

"설마, 자기도 그게 먹힐 거라는 생각은 아니겠지, 응?"

"해볼 만하잖아. 누가 다치는 것도 아니고."

그녀가 웃었다.

"진짜 불가지론자다운 말이로군."

나는 몸을 뒤척였다. 난간의 옹이가 자꾸 허벅지를 찔러댔다. 널빤지를 박은 기둥이 삐걱거리며 신음을 흘렸다.

"우리 모두 불가지론자야. 적어도 과거엔 그랬지."

내가 지적했다. 우주인을 뽑을 때, 탐사 기획자들은 희망사항이나 소문이 아니라 구체적인 정보에 따라 판단을 내릴 사람들을 원했다. 당연히 불가지론자들일 수밖에 없었다.

"난 지금도 그래." 그녀가 대답했다.

나는 놀라서 그녀를 보았다.

"어떻게 그럴 수 있지? 세상 사람들이 모두 사라졌고 우리가 찾아낸 신문들은 하나같이 예수의 재림 얘기를 하고 있어. 사진도 있고. 무덤도 모두 파헤쳐졌다고. 그런데도 신을 믿지 못한다는 얘기야?"

그녀가 고개를 저으며 짧게 되물었다.

"우리는 왜 여기 있지?"

"무슨 뜻이야?"

"예수가 재림을 위해 돌아왔다고 쳐. 그래서 심판의 날을 정하고 인간들을 모두 천국으로 보냈어. 그럼 우린 왜 여기 있지? 왜 안 데려간 거야, 응?"

"지구에 없었으니까."

"달식민지에도 3000명이 살았지만 다 데려갔잖아."

"우리는 98퍼센트의 광속으로 여행 중이었고 무려 3.5광년이나 떨어져 있었어."

"그럼 하느님이 우릴 빼먹은 거네. 내 요점은 그거야. 그가 전지전능하다면 우리가 거기 있는 것까지 알았어야 해."

지구에 돌아온 후 며칠간 같은 고민을 하던 차였다.

"어쩌면, 알았을지도 몰라." 내가 말했다.

"응?"

"일부러 남겨둔 걸지도 모른다고. 불신에 대한 보복으로."

그녀가 코웃음을 쳤다.

"그럼, 무신론자는? 다른 불가지론자들은? 왜 하필 우리 여덟뿐인 거야?"

나는 장갑 낀 손을 들고 펼쳐보였다.

"몰라. 난 하느님이 아니잖아."

"자기가 신이라도 이것보단 잘했을 거다."

나는 그 말이 칭찬인지 조롱인지 몰라 그냥 무시해 버리기로 했다.

"하느님이 아니라면 도대체 어떤 일이 있었던 걸까?"

"모르겠어. 외계인들이 쳐들어와 모두 노예로 잡아간 건지도 모르지. 아니면 지구가 일종의 실험실이라 필요한 데이터를 취한 후 비워버렸을 수도 있고. 정말로 우리가 통닭 맛이라 다 튀겨버렸는지도 몰라. 중요한 건 하느님보다 개연성 있는 설명은 얼마든지 있다는 거야."

"예수 사진들은 어쩌고?" 내가 물었다.

그녀가 장갑으로 빨갛게 언 코를 문질렀다.

"혹성 전체의 인구를 속이려면 그 지역의 종교를 이용해 줄줄이 꿰는 게 수월하지 않겠어?"

"예수님이 유태인들까지 마음대로 할 수 있었을까? 모슬렘이나 무신론자는?"

내가 지적했다.

"어느 전직 불가지론자는 신문에서 읽었다는 이유만으로 그를 믿겠다잖아."

그녀는 가볍게 얘기했지만 여전히 따가웠다.

"이봐, 그웬이 곧 시작할 거야. 갈 거야, 말 거야?"

내가 재촉했다.

그녀가 어깻짓을 했다.

"빌어먹을. 불가지론자의 설교를 듣는 재미가 좋기도 하겠다."

우리는 울타리에서 빠져나와 왔던 길을 돌아가기 시작했다. 우리가 묵는 곳은, 지상에서 가장 더럽혀지지 않은 장소를 찾아온 엄청난 인파를 수용하기 위해 세기말쯤 세운 거대한 통나무 호텔이다.

나는 걸으면서 조디의 오른손을 잡았다. 자연스러운 행동이다. 그 당시엔 연인이 아니었지만 그래도 몇 번 같이 잠을 잔 적이 있었다. 좁디좁은 우주선에 끔찍할 정도로 긴 탐사 기간, 우리는 적어도 한 번씩은 조합을 시도했었다. 깨끗한 눈을 걸으면서 전해지는 온기와 위안에, 두 사람이 나쁜 감정으로 끝난 적이 한 번도 없다는 사실이 새삼 고맙게 느껴졌다. 마치 다시 한 번 함께 할 시간을 향해 걷는 기분이었다.

확신컨대 조디도 같은 감정이었을 것이다. 포플러 숲으로 내려왔을 때 그녀가 말했다.

"이 상황이 정말 엄청난 농담이 아니고 신이 주관한 게 사실이라면 오히려 다행일지도 몰라."

"다행?"

그녀가 끄덕였다.

"난 여기가 맘에 들어. 예쁘고 평화롭잖아. 전에 왔을 땐 동물원이었어. 사방에 여행객들이고 캠핑카와 SUV가 도로 위에 끝 간 데 없이 늘어서 있었지. 온통 쓰레기가 날리고. 이제야 원래의 모습으로 돌아온 거야."

"신이 의도한 모습?"

그녀가 불가지론자/신학자의 미소를 떴다.

"그래, 어쩌면…… 어쩌면 우리가 제2의 방주일지도 몰라. 그래서 우리 나름의 식민지를 건설하도록 남겨진 거야. UN 우주센터가 찾아낸 최고의 유전자가 결국 우리 아냐? 냉동고엔 수정란도 많이 있잖아. 지금이야말로 쓰레기들을 모조리 쓸어내고 인류에게 새 출발을 선물할 적기라고 생각한 건지도 몰라."

"에덴치고는 좀 춥군." 내가 투덜댔다.

"우리는 세상을 다 갖고 있어." 그녀가 지적했다.

난 그녀의 가설을 따져보았다. 틀린 말은 아니지만 그것도 비행기와 호버카가 고장나면 말짱 헛소리다. 기껏 여덟 명이 이 거대한 테크놀로지 문명을 유지할 방법은 없다. 식민지 장비라고 해봐야 UN 사회학자들의 소위 '인공적으로 이식된 산업시대'에서 우리 몸을 지키도록 고안된 기구들에 불과했다. 공장을 비롯해 산업기반을 세울 정도로 인구를 증가시킬 수는 있어도 기껏 작은 도시 수준이었다. 원래는 새로운 혹성에 관광차 떠난 게 아니라 한 지점을 정해 정착할 생각이었다. 전제라면 그 혹성에 적어도 하나 이상의 서식 가능 지역이 있어야 했다. 2년여의 탐사 끝에 지구로 돌아온 이유도 그 때문이었다.

"우리 삶을 계속 이어간다는 생각은 안 해 봤어. 그러니까, 예수의 재림 이후엔, 그냥 그게 당연하다고 생각했지."

내가 말했다.

조디가 어깻짓을 했다.

"이제 막 돌아왔을 뿐이야. 그 다음엔 어떤 일이 있었는지 알아내느라 정신이 하나도 없었지. 저 사람들한테 시간을 줘

봐. 그럼 다들 그 문제에 대해 생각하기 시작할 거야. 내 말은, 제대로만 한다면 이곳도 우리 천국이 될 수 있다는 거야."

갑작스러운 한기가 척추를 훑었으나 눈 때문만은 아니었다.

"시간이 있겠어? 그웬의 기도 모임이 효과가 있다면 오늘 당장 신이 데리러올지도 모르는데?"

내가 말했다.

조디가 나를 올려다보았다. 그녀의 표정은 내 불안감을 그대로 반영하고 있었다. 순간 그녀가 성당을 향해 달리기 시작했다.

"망할, 그웬! 그웬! 기다려!"

눈 속을 달리는 건 쉽지 않았다. 천천히 걸었을 때 아무 문제가 없었던 살얼음에 발이 푹푹 빠지는 통에 매 걸음마다 허우적거려야 했다. 그래도 성당에 도착할 수는 있었다. 우리는 땀으로 범벅이 된 채 간신히 숨을 몰아쉬었다.

"안 돼, 기도하지 마!"

조디가 가쁜 숨을 삼키며 외쳤다.

그웬은 연단 뒤에 서 있었다. 한 뼘 넓이로 소매에 금색 테두리를 두른 길고 하얀 사제복 차림이었는데 성물실에서 찾아낸 모양이었다. 뒷벽은 거의 대부분 창문이었고, 신도석 앞줄에 데이브와 마리아, 하마드, 아르주나, 쾽이 앉아 그럴듯한 종교집회를 이루었다. 화려한 의상의 그웬 뒤로 테튼 산맥이 장엄하게 펼쳐졌다. 모두가 우리를 돌아보았다. 조디가 다시 외쳤다.

"기도하지 마요. 처음부터 다시 생각해야 해요."

그웬이 인상을 찌푸렸다.

"생각하고 말게 어디 있어? 우린 하느님과 연락해야 해."

"왜죠?"

"무슨 소리야? 당연히 해야지. 우리만 남았잖아!"

"그래서 잘 된 건지도 모르잖아요." 그녀는 장갑, 털모자, 코트를 벗으며 내게 했던 얘기를 그웬한테 들려주었다. "어쩌면 조용히 우리 일을 해나가야 할지도 몰라요."

조디가 말하는 내내 그웬은 고개를 저었다. 덩치가 큰 여자라 검은 곱슬머리가 좌우로 휘날리며 후광과도 같은 빛을 뿌렸다. 이제 그웬의 차례였다.

"그 일이 뭔지도 모르잖아. 어쩌면 일종의 시험일 수도 있어."

"맞아요! 단지 시험일 수도 있어요. 때문에 뭘 요청해야 하는지 신중할 필요가 있다고 봐요. 잘 하면 해답을 얻을 수 있다는 거죠."

데이브가 그웬만큼이나 초조한 표정으로 듣고 있다가 그녀의 대답을 가로챘다.

"지구를 다시 일으키라는 말씀이라면, 직접 그렇게 말씀하지지 않았을까? 노아에겐 당신 의도를 분명히 밝히셨잖아."

조디가 어깨를 으쓱였다.

"하느님이 말씀을 훨씬 많이 하시던 시절이셨죠."

"유대 기독교 성경을 믿는다면……" 하마드가 끼어들었다.

"기독교 심판의 날은 이미 끝났어. 그것 말고 또 우리가 뭘 믿어야 하는 거지?"

그웬이 따졌다.

하마드는 두 손을 펼쳐 성당 건물을 가리켜보였다. 그 너머 삼라만상을 모두 포괄하는 제스처였다.

"늘 믿었던 바를 믿어야 합니다. 우리 자신의 감각이 받아들인 증거죠. 지구는 소거되었습니다. 신문들은 스스로 예수 그리스도라고 칭한 존재가 장본인이라고 말하고 있지만 그 나머지는 모두 억측에 불과해요."

"잠깐만."

마리아였다. 하지만 그녀가 입을 열기도 전에 아르주나가 선수를 쳤다.

"우리도……"

그 다음은 쾽이었다.

"그래, 내 생각엔……"

결국 성당 안은 온갖 논쟁으로 시끄러워졌다.

그웬이 그냥 선장이 된 건 아니다. 그녀는 잠시 지켜보다가 큰 소리로 외쳤다.

"조용히 못해!"

사람들이 입을 다물었다.

"좋아. 하느님이 데리러 돌아오길 다들 바란다고 생각한 건 내 억측이었다고 인정할게. 조디는 그분과 접촉할 필요조차 없다고 했고…… 그럼, 다른 사람은?"

또다시 한꺼번에 말을 하는 바람에 장내는 혼란에 빠지고 말았다.

"한 번에 한 명씩. 데이브 먼저." 그녀가 외쳤다.

"먼저 용서를 빌고 우리를 데리러오라고 부탁하는 게 좋겠어요."

"하마드?"

"그분이 원하는 바가 무엇인지부터 알아봐요. 무턱대고 단정하지 말고."

"마리아?"

20

"전······ 에, 물론 하느님과 접촉을 시도해야 한다고 생각하지만 하마드 말에 일리가 있다는 쪽이에요."

"고마워." 하마드가 말했다.

그웬이 나를 보았다.

"그레고어?"

나는 하마드를 보고 조디를 보았다.

"하느님의 시선을 이쪽으로 끌어들이는 게 좋은 생각인지 모르겠군요. 기독교를 보는 관점에 따라 지금보다 훨씬 더 나쁜 상황에 처할 수도 있으니까."

"아르주나?"

"기본적으로 조디와 그레고어에게 동의해요. 다만 하느님이 불을 모두 꺼버리면 그땐 어떻게 할지 난감하긴 해요."

"벌써 4년이야." 하마드가 말했다.

"그렇다고 앞으로도······"

그리고 다시 장내는 소란에 빠져들었다.

"조용!" 그웬이 소리쳤다. 그녀는 연단 앞에 걸린 나무십자가를 낚아채 의사봉처럼 두드렸다. 우리는 다시 조용해졌다. "좋아, 다시 해보자고. 쾽, 당신 생각은 어때요?"

쾽이 어깻짓을 했다.

"글쎄, 무슨 의미가 있을지 모르겠소. 기도로 접촉할 수 있다면 벌써 누구라도 성공했을 게요. 그리고 그분의 관심을 얻는 게 가능하다면 이미 우리가 이곳에 있음을 아실 테니, 아무리 숨으려 해봐야 헛수고일 것 같군."

"기도에 반대한다는 뜻인가요?"

"어느 쪽이든 상관없다는 뜻이요."

그웬이 끄덕였다.

"그럼, 기도 쪽이 이긴 것 같군. 어쨌든 신의 개입을 청하기 전에 하느님의 의도가 뭔지 공손히 여쭙는다고 잘못 될 건 없겠지."

"안 돼요!"

조디가 반대했으나 데이브와 마리아, 그리고 하마드의 동의가 더 컸다.

"조디, 퀑의 말이 옳아. 기도가 먹힌다면, 조만간 누구든 하느님의 관심을 끌 수밖에 없어."

"아니, 그렇지 않아요. 여긴 수백만 정의 총이 있지만 그렇다고 그 총으로 서로를 쏴야 하는 건 아니잖아요. 기도는 안돼요."

"난 할 거야." 데이브가 말했다.

조디가 그를 노려보았다. 그리고 고개를 젓고는 다시 코트와 모자와 장갑을 집어 들었다.

"그럼 밖에서 기다리죠. 어쩌면 그분이 멍청한 당신들을 데리러 올 때 날 또 빼먹을지 모르겠지만요."

나도 그녀를 따라갔다. 나는 코트를 벗지 않고 지퍼만 내리고 있었다. 셔츠를 헤집는 찬바람이 기분 좋았다.

"멍청이들. 저 사람들 지금 다이너마이트를 갖고 노는 거야. 아니, 그것보다 더 끔찍해. 이건 반물질이니까."

"틀린 말은 아니야. 하느님을 무엇으로 만들었는지 누가 알겠나?"

내가 대답했다.

"아아아, 하느님, 하느님, 하느님. 이런 논쟁 자체가 역겨워. 그냥 그 괴물이 내 인생에 개입하지 않았으면 좋겠건만."

내가 손가락으로 그녀의 갈빗대를 찔렀다.

"바보, 벌써 개입한 거야."

"안 웃기걸랑."

"아니, 웃겨. 우린 평생 동안 종교에 대해 누가 어떤 생각을 하고 무슨 행동을 하든 상관없다고 큰소리를 쳐왔어. 진리는 본질적으로 불가해한 것이니까. 그런데 지금은 누군가 우리 존재를 소멸시키겠다고 기도할까 봐 두려워하고 있잖아. 진짜 웃기는 일 아니야?"

우리는 소나무와 눈두덩으로 둘러싸인 오솔길을 따라 걸었다. 게스트하우스가 있는 방향이다. 조디가 나무 아래를 지날 때 나는 충동적으로 가지 하나를 찰싹 때렸다.

"앗 차가워!"

눈덩이 하나가 목으로 파고들자 그녀가 비명을 질렀다. 그리고 미처 사정거리를 벗어나기 전에 그녀는 허리를 굽혀 눈덩이를 뭉친 다음 내 얼굴에 던졌다. 나는 비틀비틀 뒷걸음치다가 그만 눈두덩 위에 주저앉고 말았다. 그렇지 않았다면 지금 막 머리 위로 날아간 두 번째 눈 폭탄에 얼굴을 얻어맞고 말았을 것이다.

지상에 있는 한 내 자신을 보호할 수 있어야 한다고 신념에, 나는 재빨리 눈을 뭉쳐 그녀에게 복수했다. 나중엔 너무 손이 시려, 눈을 뭉치지도 못한 채 그저 서로에게 퍼붓기만 했다. 그리고 다른 인류가 기적을 위해 기도하는 동안 우린 바보처럼 웃었다.

기도가 끝난 건 30분 정도 후였다. 그때쯤 조디와 난 오두막 중앙 난로 앞에 곰가죽 양탄자를 깔고 서로를 꼭 끌어안고 앉아 있었다. 호버카를 넣고 구울 수 있을 정도로 거대한 판석 벽난로였다. 우리를 제일 먼저 발견한 건 하마드였다.

"아무래도 신을 깨우는 건 실패한 모양이야. 모르지, 이런 일에도 시차가 존재하는지도."

그가 코트를 벗어 벽걸이에 걸었다.

"오, 맙소사. 그럼 지금부터 하늘이 열리고 천사들의 합창이 들리기를 밤새도록 기다려야 하는 거야?"

조디가 탄성을 흘렸다.

"두 사람을 보아하니, 별로 잠잘 것 같지도 않은데 뭘 그래. 모르지, 또, 탈진이라도 한다면." 그는 우리 옆에 푹신한 의자를 골라 앉아 불길을 향해 두 발을 내밀었다. "난 두 사람한테 그럴 권리가 있다고 생각해. 우린 우리 삶을 살아가고 신은 또 제 몫의 삶을 사는 거라고. 솔직히 말하면, 그 모든 혼란을 겪지 않은 게 정말 다행이라는 쪽이니까."

"나도 그래. 신이 존재한다는 사실을 안 이후로, 마치 우범지대에 버려진 낙오자 기분이야. 그 이후로 늘 누군가 어깨를 건드리며, '넌 이제 끝장났어.'라고 말해줄 분위기잖아."

내가 투덜댔다.

"종교인들이 평소에 느낀 감정이 그렇지 않았을까? 신의 어긋난 관심을 끌지 않기 위해 까치발로 걸어 다녔을 테니까."

하마드가 고개를 저었다.

"대부분의 사람들이 그런 생각조차 안 했을걸? 모르긴 몰라도……."

그때 나무문이 쾅하고 열리며, 데이브, 그웬을 비롯해 다른 사람들이 두런거리며 들어와 부츠의 눈을 털었다. 데이브는 태워버릴 듯한 눈빛으로 조디와 나를 노려보다가 자기 방 쪽으로 떠났다. 그웬, 마리아, 아르주나, 큉은 코트를 벗고 불가에 합류했다.

"에, 어쨌든 시도는 했으니까."

그웬이 난로에 등을 들이밀며 중얼거렸다. 지금은 사제복을 성당에 벗어두고 평상시의 셔츠와 바지 차림이었다.

"그럼 이제 어쩌죠? 여행? 관광? 장난감들이 녹슬어 땅이 묻히기 전에 갖고 놀아야 하나요? 아니면 곧바로 식민지 건설에 착수하는 거예요?"

조디가 물었다.

"기분 나쁘라고 하는 얘기는 아니지만, 여러분들하고 12년을 붙어살았어. 그래서 잠시 혼자 있고 싶기도 해."

아르주나였다.

큉이 장난치듯 그녀에게서 물러났지만 정작 대응 내용은 달랐다.

"솔직히 나도 그래. 한동안 대륙 하나를 차지하라 해도 마다지 않을 것 같군그래."

마리아가 놀란 표정을 했다.

"잠깐만. 뿔뿔이 흩어졌다가 하느님께서 오셨을 때 또 누군
가 빼놓으면 어떡하려고요?"

"신은 돌아오지 않아." 쾽이 말했다.

"어떻게 단정하죠?"

그가 어깻짓을 했다.

"솔직히 자신은 없네. 하지만 이제 와서 그 문제를 걱정할
만큼 아무 생각 없이 살아온 건 아니라네. 그가 나를 데리러
오면 오는 거고 또 오지 않는다 해도 상관없네. 나 혼자라도
할 일은 얼마든지 있으니까."

"바로 내가 하고 싶은 말이에요. 기회가 있을 때 세상을 좀
더 보고 싶어요."

내가 말했다.

"나도." 조디였다.

그웬이 온기를 향해 돌아서며 어깨 너머로 말했다.

"위성전화 시스템은 작동하니까 서로 연락하는 건 어렵지
않을 거야. 호텔에만 수백 개의 휴대폰이 있던데 작동하는 놈
을 하나씩 골라 챙기면 돼. 물론 누구나 관광객이 될 필요는
없어. 누구든 원하는 사람이 먼저 식민지를 건설하기 시작하
라고."

"어디에요?" 하마드가 물었다.

"지중해. 캘리포니아."

아르주나가 말했다. 우리는 잠시 서로를 보다가 내가 어깻
짓을 하며 말했다.

"오케이, 지중해."

그때 오두막 뒤에서 갑작스러운 총소리가 들렸다.

"총소리 같은데?" 그웬이 말하곤 복도를 따라 달리기 시작
했다. "데이브! 데이브!"

우리도 그녀 뒤를 쫓았으나 난 먼저 불쏘시개부터 챙겼다.
그가 자살을 했을 수도 있지만, 다른 일일 수도 있겠다. 불쏘시
개로 총과 맞설 수야 없겠지만 없는 것보다는 마음이 놓였다.

데이브는 부두에 서서 스네이크 강을 바라보고 있었다. 손
에는 샷건이 들려 있고 눈밭을 가로질러 깃털과 피가 잔뜩
뿌려져 있었다. 깃털 사이로 곡물 알갱이들도 보였다. 데이브
가 뿌려놓고 뭔가가 다가오기를 기다린 모양이었다. 그런데
잔해로 보아 제물은 기껏 쥐 크기 정도에 불과했다.

"저녁식사 치고는 조금 작잖아?"

나는 불쏘시개로 작은 새의 시체를 뒤집어 배를 살폈다. 그
래도 데이브가 사람이 아닌 다른 곳을 겨누어 다행이었다.

"실험이야. 예수님 말이 맞는다면 참새 한 마리도 그분의

눈을 피할 수 없어. 이 정도야 실험할 수 있잖아?"

조디도 내 옆으로 다가와 새를 검사했다.

"참새를 쐈다면 그럴 수도 있겠지. 이건 박새야."

우리가 웃자 데이브가 얼굴을 붉혔다.

"중요한 건 종이 아니라 개념이야." 그가 따졌다.

"어쨌든…… 실험은 실패한 것 같군."

"먼저 새 발에 메시지를 묶어야 하는 것 아닌가?"

내가 놀렸다.

쾽이 웃었다.

"그 경우엔 비둘기를 써야지."

"재미없어요." 데이브가 톡 쏘아붙이고 크게 심호흡을 했다. "하느님의 관심을 불러일으키려는 거예요. 여러분이 웃기고 부질없다고 생각한다면야 나도 유감이지만, 어쨌든 나한테는 중요한 일이랍니다. 성공할 때까지 뭐든 할 생각이에요."

"그 다음엔 뭔데? 희생양? 아니면 법궤(法櫃)라도 재건할 건가?"

그웬이 물었다.

"필요하다면요." 데이브가 대답했다.

온몸이 하릴없이 떨렸다. 오한은 그치지 않았다. 그러고 보니 데이브를 제외하곤 코트를 걸친 사람이 아무도 없었다.

"안으로 들어가지. 이러다가 먼저 감기 걸려 죽겠어."

내가 조디에게 말했다.

다음 날 아침 우리는 옐로스톤 공원을 향해 떠났다. 다른 승무원들은 뿔뿔이 흩어졌지만 조디와 나는 함께 유명 관광지들을 돌아보기로 마음을 정했다. 우리는 아직 작동하는 호버카를 찾았는데, 성능 분석 결과 몇 백 시간 정도는 무난할 수준이었다. 우리는 짐을 뒷자리에 던져놓고 스네이크 강 계곡을 낮게 훑고 올라갔다가 다시 잭슨 호수를 지나 공원 안으로 들어갔다. 우리는 적재용 램프는 물론, 지난 50년간 관광객들을 실어 나른 모노레일도 무시하고, '공원 내에서 개인용 차를 운전하는 건 연방범죄'라고 적힌 경고판도 곧바로 통과했다.

숲은 끝도 없이 이어졌다. 우리는 공원과 공원이 자랑해마지 않는 동물들을 좀 더 구경하기 위해 숲 사이의 도로면을 따라 날아갔다. 인구밀도가 조밀했던 지역에선 인류의 갑작스러운 증발로 생태계가 몸살을 앓고 있지만 옐로스톤은 이미 재림 이전부터 균형을 이루고 있었다. 우리는 사슴과 엘크, 버펄로들이 거대한 제설기처럼 휩쓸고 다니는 장관을 보고 올드페이스풀 간헐천 근처에서 물을 마시는 늑대도 볼 수 있었다.

간헐천은 예전과 똑같은 모습이겠으나, 눈 덮인 가설 통로에 단둘이 서 있자니 장엄한 분출을 지켜보는 느낌이 그 어느 때보다 좋았다. 뜨거운 물기둥은 30미터 이상 솟구치자 그 분출의 위력에 지표가 크게 흔들렸다.

"그거 알아? 지금 막 생각난 건데 당장 이리로 온 건 아무래도 멍청한 짓 같아."

물기둥이 가라앉자 조디가 한 말이었다.

"어떻게?" 내가 물었다.

"데이브가 신과 닿는다면 어차피 영원히 이런 광경을 지켜볼 거잖아."

나는 김이 모락거리는 붉은색 바위를 보고 다시 새하얀 눈밭과 그 너머 녹색 숲을 보았다.

"아름다운 쪽이야, 아니면 뜨거운 쪽 얘기야?"

"누가 알겠어?"

그렇다, 누가 알겠는가? 불가지론 기준에서 본다면 난 완전히 도덕적인 삶을 살았다. 하지만 신이 보기에도 좋았는지 어찌 알겠는가? 더욱이, 천국이나 지옥이 실제로 존재하는지도 모를 일이다. 지금 이 순간에조차 말이다. 예수가 내려와 모든 이를 싹쓸이해 갔지만, 우리가 아는 지식 때문에라도 모두 안드로메다에 처박았을지 모를 일이다.

데이브가 신을 쫓도록 내버려 둔 게 현명했는지는 솔직히 자신이 없었다. 헤어지기 전 우주인들이 그 문제를 상의했으나 그를 말릴 재간이 없다는 데 동의했을 뿐이었다. 가능한 모든 방법을 동원할 인간이지만 그를 가둬서라도 말려야 한다고 주장한 사람은 없었다. 기도 모임과 박새 사건 이후, 다들 그가 성공하지 못한다는 데 방점을 두었을 것이다. 그래서 별로 걱정하지 않은 것이다. 바람이 있다면, 그가 조만간 허튼짓을 포기하고, 그동안 알고 지냈던 (다소 강박적이긴 해도) 제정신의 친구이자 동료 승무원으로 돌아오는 것이다.

우리 실수를 깨달은 건, 며칠 후, 그가 그웬한테 전화를 걸었을 때였다. 그녀는 선장 타이틀을 공식적으로 반납하고 곧바로 하와이로 날아갔으나, 여전히 조정자 역할을 맡고 있었다. 데이브는 우리들이 어디에 있는지 알고 싶어 했다. 그리고 그녀가 이유를 묻자, 샤이엔, 와이오밍을 비롯해 그곳의 바람이 지나는 곳은 피하라는 얘기를 했단다.

"바람? 이번엔 또 뭘 하려는 거죠?"

그웬이 전화로 그의 메시지를 전할 때 내가 물었다.

조디와 나는 매머드 온천을 향해 날아가던 차였다. 안면 스크린을 통해 그웬이 우리를 보았다.

"도통 얘기 안 해. 한동안 미국 중서부로부터 멀리 떨어져 있으라는 얘기만 반복하더라고."

"핵폭탄을 터뜨리려는 거예요. 샤이엔은 핵폭탄을 보유한 공군기지니까."

조디였다.

"핵폭탄? 그게 하느님하고 무슨 관계가 있는데?"

그웬이 물었다.

내가 웃었다.

"신의 관심을 끌기 위해 진짜 큰 소리가 필요한 모양이죠."

"그래, 하지만 그 문은 어디지? 샤이엔은 아니야. 전에 가 봤는데, 그냥 초원 위의 작고 지저분한 정부 거주 지역에 불과했어."

조디가 지적했다.

내 얼굴에서 미소가 걷혔다.

"물리적 장소가 문제가 된다면, 당연히 그랜드 테튼이겠지."

"설마 테튼 산맥을 날리려는 건 아니겠지?"

조디가 새하얗게 질린 얼굴로 되물었다.

"모르지. 그래도 첫 목표는 아닐 거야. 일단 네브래스카 같은 데 하나 날려보고 그게 안 먹히면, 그 다음엔 정말로 할지 모르지만."

그웬이었다.

우리는 로지폴 소나무 숲 사이로 곧게 이어진 협로를 지나는 중이었다. 나는 호버카의 속도를 줄이며 천천히 멈춰 섰다. 주변의 눈이 미친 듯이 소용돌이쳤다.

"아직 옐로스톤이지만 샤이엔에 돌아갈 수 있어요. 그러니까, 네 시간? 다섯 시간?"

지금까지 노면을 따라 빈둥거렸지만 필요하다면 얼마든지 높이 날 수 있었다.

"그게 좋을지 어떨지 잘 모르겠어. 두 사람이 핵폭발의 중심을 향해 가는 건 싫어."

그웬이 우려했다

"나도 좋은 건 아닙니다. 하지만 그가 신의 관심을 끌겠다고 산맥 전부를 날려버리는 건 더 싫어요."

내가 말했다.

"게다가 이제 막 새 출발하려는 판에 생태계를 엿 먹이는 거잖아."

조디가 끼어들었다.

주변의 소용돌이도 그쳤다. 호버카의 프로펠러가 눈을 모두 날려버린 탓이다. 나는 조이스틱을 옆으로 기울여 차를 반정도 돌렸다가 그 상태에서 위쪽으로 끌어올려 앞으로 움직였다. 차는 숲 위로 올라간 후 남동쪽을 향해 속도를 올리기 시작했다.

"샤이엔은 안전할 거야. 어쨌든 데이브 놈이 있는 곳이니까. 우리가 가고 있다고 알리는 게 좋을까, 아니면 그냥 기습하는 게 좋을까?"

내가 물었다.

"우리가 간다면 숨어버릴지도 몰라." 조디가 말했다.

"그래도 두 사람이 접근 한다는 걸 알면 핵을 터뜨리지야 않겠지."

그웬이었다.

"확신합니까? 그 친구가 어느 정도까지 도를 넘어섰는지 자신해요?"

내가 되물었다.

"그건 아냐. 솔직히 모르겠어. 모두에게 매우 감정적인 문제니까. 누군들 완전히 객관적일 수 있겠어? 또 완전히 새로운 차원이라, 그런지 아닌지 판단할 방법도 없고."

"핵폭탄을 터뜨리는 게 합리적인 행동은 아니겠죠."

"그 덕분에 신이 우리를 주목한다 해도?"

"그럼 더욱 더요."

그웬의 입 끝이 치켜 올라갔다.

"그것도 그렇게 합리적이지는 못해, 조디."

"내 느낌을 말한 거예요."

"데이브는 틀림없이 하느님을 돌아오게 해야 한다고 느낄 거야."

"그렇겠죠. 그러고 난 그를 막아야겠다고 느끼고요."

그웬이 고개를 끄덕였다.

"그러다가 목숨은 잃지 않길 바라."

조디가 웃었다.

"그렇게 되면, 정말로 빗맞은 게 되는 거겠죠?"

샤이엔 북서쪽 100킬로미터 거리의 바람 거센 분지 위를 날고 있을 때 지평선 너머 치솟는 버섯구름이 보였다.

한순간 난 너무 기가 막혀 꼼짝도 못한 채, 충격파가 축구 공 껍질처럼 안으로 함몰하는 광경을 지켜보았다. 그 안에서 구름 표면이 미친 듯이 들끓고 있었다. 그리고 문득 우리가 어디 있는지를 깨달았다.

"이런 맙소사!"

나는 계기반 아래의 비상착륙 핸들을 잡아 당겼다. 어느 호 버카든 그런 시도는 처음이었다. 에어백이 문과 지붕과 계기 반에서 터지더니 나를 의자 뒤로 짓눌러 10~15초쯤 시야를 완전히 가렸다. 그동안 자동 착륙 시스템이 나를 대신했다. 결국 호버카는 말 그대로 바위처럼 추락했다. 우리는 물 속에 처박힌 코르크처럼 한 번 급격히 출렁거렸다가 우지끈하는 소리와 함께 바닥에 착륙했다. 에어백이 원래의 반침 안으로 회수되면서 난 앞으로 쏠려 계기반에 부딪고 말았다. 호버카 가 앞쪽으로 30도 정도 기운 탓이었다.

다행히 조디는 고꾸라지기 전에 두 손으로 중심을 잡았다. 그녀가 창밖을 내다보며 말했다.

"산쑥에 걸렸어."

나도 운전석 창을 내다보았다. 사실이었다. 혹 투성이의 잔 뜩 비틀린 가시가 자동차의 꼬리를 붙들었다. 충격파가 머리 위를 지나는 상황에선 별로 좋은 위치가 못 되었다. 나는 시 동을 걸고 조이스틱을 끌어올렸다. 그러자 믹서기에서 각얼 음 깨지는 소리를 내며 호버카가 가지들을 갈가리 찢어 청회 색의 이파리들을 사방으로 날려버렸다. 자극적인 쑥 냄새가 배기구를 통해 스며들었다. 우리는 앞으로 몇 미터 나간 다음 에 다시 착륙을 시도한 후, 그곳에서 구름이 솟는 광경을 지켜보며 충격파가 도달하기를 기다렸다.

우리는 기다리고 또 기다렸다. 바람이 잠시 불어왔다가 방향을 바꾸기는 했다. 그리고 한참 후 이렇게 먼 거리에선 아무것도 느낄 수 없다는 사실을 깨달았다. 나는 조심스럽게 몇 미터 이륙했다가 다시 남동쪽으로 날아갔다. 산쑥 때문에 심하게 요동치긴 했지만 그래도 나는 데는 지장이 없었다.

버섯구름은 동쪽으로 날려가고 다른 대기층의 바람이 구름을 갈가리 찢어놓았다. 우리는 바람보다 더 빨리 움직이고 있었다. 가까이 접근해 보니 핵폭탄이 터진 곳은 샤이엔과 그리 멀지 않은 곳이었다.

조디가 근심어린 표정으로 나를 보았다.

"그웬은 네브래스카가 될 거라고 하지 않았어?"

나도 불안해졌다.

"아무래도 발사관에서 터진 것 같은데?"

"그가 괜찮은지 전화해 보는 게 좋지 않을까?"

솔직히 기습의 기회를 놓치고 싶지는 않았지만, 그가 다쳤는지 파악하는 일이 우선이었다.

"좋아."

내가 대답했다. 조디가 그의 번호를 눌렀다.

전화벨이 대여섯 번 울릴 때까지 대답이 없자 조금 불안했으나, 그때 스크린이 깜빡거리더니 그의 얼굴이 눈앞에 나타났다.

"데이브입니다." 그가 대답했다.

조디가 엄숙한 표정을 지었다.

"하느님이 전화했다. 당장에 그만두라고 너한테 전하라고 하시더군."

잠시 나는 데이브의 얼굴에서 희망의 불꽃을 봤으나 그는 곧바로 인상을 찌푸렸다.

"재미있군. 방해하려고 전화한 거야? 아니면 특별히 할 말이 있는 거야?"

"네가 괜찮은지 궁금해서 전화했다. 폭발이 마을 인근에서 일어난 것 같았거든."

"마을 안이었어. 공군기지지만 어차피 마찬가지야. 어느 로켓도 날아갈 상황이 못 되었으니까. 그래서 그 자리에서 미사일 하나를 터뜨려버렸지."

"넌 지금 어디 있냐?" 내가 물었다.

데이브가 웃었다.

"콜로라도 스프링스. 북미 대공 방위 사령부(NORAD) 통제실. 지금 내 머리 위에는 산이 1킬로미터나 쌓여 있어. 너희들이 방해하지 못하도록 아예 숨은 거다."

"하느님이 널 놓치면 어쩌게?"

조디가 조롱 섞인 목소리로 물었다.

데이브가 고개를 저었다.

"여기 스파이 네트워크를 보면 너희들도 기절초풍할 거다. 전 세계를 위성으로 감시할 수 있지. 그분께서 오신다면 나도 알게 돼. 그럼 집 근처에 하나 더 쏘아 올릴 참이야. 그럼 그분도 내가 여기 있는 걸 아실 테지."

덕분에 우리도 알았다. 나는 호버카를 남쪽으로 틀었다.

"핵폭탄에 대해 신이 어떻게 생각할지 고민은 해본 거야? 그분의 업적을 그런 식으로 때려 부수면 크게 화내실 텐데?"

조디가 물었다.

"그 정도 위험은 감수해야겠지."

데이브의 대답이었다.

"하지만 너 때문에 우리까지 곤란해지잖아. 난 감수할 생각 없어."

"지금은 그렇겠지만 성공하면 나한테 고마워하게 될 거다."

"그래서 성공하지 못하면? 대기에 낙진만 잔뜩 날려 보냈다고 고마워할 생각은 없다. 여긴 우리가 살아야 할 곳이야, 데이브. 어쩌면, 너도."

그가 웃었다.

"환경주의자들이 떠벌이는 얘기 아니야? 그래서 벌목을 금지하고 화석연료를 포기했지만, 그래서 어떻게 됐지? 그자들은 떠나고 숲과 화석은 남아 있어. 완전히 쓰레기가 된 채 말이야."

난 내 귀를 의심했다.

"설마, 정말 그렇게 믿는 건 아니겠지?"

"오, 진심이야."

"그럼 넌 내가 생각했던 것보다 훨씬 개자식이로군."

그가 새우 눈을 했다.

"아, 이런 빌어먹을 도대체 왜 너하고 떠들고 있는 거지?"

그가 손을 내밀자 그의 영상이 깜빡거리며 꺼졌다.

조디가 나를 보았다.

"저 인간을 진압하는 게 쉽지는 않겠어. 정말로 NORAD 통제실에 있다면 접근마저 불가능할 수도 있어."

"가보면 뭐든 방법이 떠오르겠지. 일단 가보자고."

내가 말했다. 그녀뿐 아니라 나 자신한테도 확신이 필요했다. 어떻게 해야 할지는 모르겠지만 시도 외에 우리가 또 뭘할 수 있겠는가?

애초부터 허술하기 짝이 없는 계획이었지만 그 계획에 예기치 않은 반전을 가져다준 건 호버카였다. 와이오밍-콜로라도 국경 바로 남쪽에서의 일이다. 뒤쪽 팬의 진동이 조금씩 악화된 탓에, 나는 부하를 줄이기 위해 호버카를 지표면으로 끌어내렸다. 완전히 퍼지기 전에 다음 마을까지 갈 수 있기를 바랐건만, 결국 오른쪽 팬이 비명을 지르며 멈추고 말았다. 아직 포트 콜린스에서 한참 떨어진 북쪽이었다. 호버카는 한쪽으로 기울며 바닥을 때리곤 반쯤 돌다가 그대로 뒤집어져 버렸다. 에어백이 다시 나와 나를 막아주었지만 조디 앞쪽의 에어백은 펑 하고 터지는 바람에 그녀는 비명을 지르며 머리를 앞창에 부딪고 말았다.

"조디!"

나는 에어백에 갇힌 채 그녀를 향해 손을 내밀었다. 호버카는 완전히 뒤집어진 채로 미끄러지다 멈추었다. 다행히 에어백 공기가 천천히 빠진 덕에, 천장에 부딪쳐 목을 부러뜨리는 불상사는 없었다. 나는 에어백 틈을 헤집고 나아갔다. 조디는 곡면의 앞 유리가 만들어놓은 공간에 누워 있었는데 이마의 상처에서 흘러내린 피로 얼굴이 범벅이었다. 그녀는 더듬더듬 잡을 곳을 찾아 몸을 일으켰다.

목이나 척추를 다쳤을 경우에 대비해 그녀를 똑바로 눕혀야겠다고 생각했지만 그럴 만한 공간은 없었다. 그보다는 일어나 앉는 게 좋을 것 같았다. 나는 그녀의 손을 잡고 그녀가 몸을 틀어 지붕에 앉을 수 있도록 도와주었다. 좌석이 머리 바로 위에 놓였다.

"어디 부러진 것 같아?"

나는 시트와 바닥 사이의 구급상자를 찾으며 물었다.

"몰라. 그런 것 같지는 않은데."

그녀가 팔다리를 움직이며 대답했다. 그녀는 이마에 손을 대 피가 눈으로 흘러내리지 못하게 하고 두 눈을 깜빡여 초점을 잡았다.

"눈도 괜찮아."

그녀가 잠시 후에 그렇게 덧붙였다. 발음은 다소 불분명했지만 목소리 자체는 매우 안정적이었다. 비상시에 대비한 수년간의 훈련 덕이겠다.

구급상자가 보이지 않아, 나는 할 수 없이 내 셔츠자락을 찢어 상처의 피를 닦아냈다. 상처를 건드리자 그녀가 움찔했지만 다행히 피가 다시 배어나오기 전 드러난 건 뼈가 아니라 힘줄이었다.

"죽지는 않겠어."

나는 일부러 장난기 섞인 진단을 내렸다. 그 정도 상처로 죽지야 않겠지만, 바깥 콜로라도의 겨울밤 때문에 죽을 수는 있었다. 나는 허리를 굽혀 창밖을 보았다. 태양은 산맥 높이 떠 있었다. 아직 햇볕이 두 시간은 남았으나, 주변에 집은 보이지 않았고 또 얼마나 더 가야 있을지도 알 도리가 없었다. 저 멀리 북쪽에 비해 바람은 약한 편이었는데, 그래도 체감 온도를 5~6도 떨어뜨릴 위력은 되었다. 호버카 안의 온기도 빠른 속도로 빠져나가고 있었다.

조디도 같은 생각을 한 모양이다.

"세상이 텅 빈 게 갑자기 안 반가워졌어."

"아직 곤경에 처한 건 아냐. 그리고 세상엔 아직 사람이 남아 있어."

내가 자동차 전화를 켜서 거꾸로 다이얼을 누르고 기다렸다. 부디 송신장치가 밑에 깔린 안테나와 연결되어야 할 텐데.

"누구한테 전화하는 거야? 데이브?" 조디가 물었다.

"그래. 가까운 곳에 있는 건 그 인간뿐이야."

"우릴 도울 리가 없잖아?"

"그야 모르지. 어쨌든 부탁한다고 누가 죽는 건 아니니까."

전화가 접속을 시도하는 시간이 10초에서 15초 정도 걸렸다. 마침내 스크린에 새하얀 영상이 깜빡거리더니 목소리 하나가 잡음과 함께 들렸다.

"또 뭐야?"

"데이브의 목소리야. 데이브, 포트콜린스 북쪽에 추락했다. 조디가 다쳤는데 와줄 수 있지?"

그의 뒤집어진 얼굴이 의심스럽다는 듯 우리를 건너다보았다.

"나를 끄집어내려는 수작이로군."

"아니, 그건 아니야. 여기 이것 좀 봐."

그녀가 카메라 앞으로 다가가 이마에서 피에 젖은 헝겊을 떼어냈다. 데이브의 표정이 조금 누그러졌으나 그 정도로는 부족했다.

"미안. 너희들이 자초한 일이니까 스스로 해결해."

그가 말했다.

"데이브. 지금 그냥 부탁하는 게 아니야. 이곳 날씨 때문에 죽을 수도 있다고."

"엄살은 집어치워. 가진 거 많잖아…… (그의 영상이 잠시 끊겼다가 돌아왔다.) ……코트나 모자 같은 건 있을 거 아냐."

"우린 거꾸로 처박힌 차 안에 들어 있다. 게다가 여기가 어딘지도 모르는데 코트나 입고 있으라고? 망할, 조디가 다쳤어! 병원에 데려가 어디가 부러졌는지 봐야 할 때란 말이다. 내상을 입었을 수도 있고!"

뒤집어진 백색의 영상으로 표정을 살피기는 어려웠다. 그가 인상을 쓰고 있다고 생각했는데 잠시 후 표정이 누그러졌다.

"좋아, 그리로 가지. 산에서 나가는 데에도 시간이 걸리고 두 사람 찾는 일도 한두 시간 예상해야 할 거다. 그냥 죽치고 기다려."

그리고 대꾸도 하기 전에 그가 먼저 통신을 끊었다.

나는 잠시 그의 갑작스러운 양보에 대해 생각했다. 느낌이 좋지 않았는데 곧 이유를 알 수 있었다.

"개자식, 오지 않을 생각이야."

조디가 화들짝 나를 돌아보았다.

"뭐? 지금 방금……"

"그렇게 생각하게 해놓고 객사시키려는 거야. 생각해 봐. 신의 관심을 끌기 위해 두 사람의 영혼을 대신 보내서 천국의 문을 두드리게 하는 것보다 더 좋은 방법이 어디 있겠어?"

"하지만…… 정말…… 설마 그렇게 할까?"

"물론, 할 거야. 직접 제 입으로 말했으니까. 산에서 나가는 데도 시간이 걸리고, 찾는 데에도 시간이 필요하다고. 놈은 시간이 걸린다는 점을 강조했어. 그래야 노력했지만 안타깝게 조금 늦었다고 자랑스럽게 말할 수 있을 테니까."

그녀가 고개를 저었다.

"아니, 아무리 그래도 그럴 리가 없어."

"있어. 아무튼 무작정 기다리다가 험한 꼴 보고 싶진 않아."

"그래서 어떻게 할 건데?"

나는 뒷좌석 아래에서 코트를 꺼내 조디에게 입히며 말했다.

"포트콜린스 쪽으로 걸어가 볼 거야. 집이든 쓸 만한 차든 찾아야지. 어두워지기 전엔 돌아올 테니 걱정 안 해도 돼."

그녀가 곰곰이 생각해 보다가 말했다.

"좋아. 그 동안 난 그웬한테 전화해서 도울 만한 사람이 또 있는지 알아볼게."

"좋아."

나는 코트와 모자와 장갑을 착용한 다음 창문을 열고 꽁꽁 언 대지로 빠져나갔다. 차가운 돌풍이 눈을 안으로 집어던졌다. 나는 상체를 숙여 조디에게 키스하고 뒤로 물러났다. 그리고 그녀가 창문을 단단히 닫는지 확인한 후에야 허리를 폈다.

타원형의 호버카가 흰 눈을 배경으로 검게 빛났다. 어둡기 전에 돌아온다면 이곳을 찾는 게 어렵지는 않을 것이다. 나는 마을이 있음직한 방향을 향해 출발했다. 비탈에 가려 보이지 않을 때까지는 이따금 뒤를 돌아보며 자동차를 확인했다. 콜로라도의 언덕은 옐로스톤만큼 눈이 많지 않았으나 선명한 발자국을 남길 정도는 되었다. 흔적을 덮으려면 앞으로 몇 시간은 족히 내려야겠기에 별 걱정은 없었다. 나는 터벅터벅 걸음을 옮겼다. 양 손은 주머니에 넣고, 바람이 목을 건드리지 못하도록 고개를 옆으로 숙이곤 열심히 문명의 흔적을 찾았다.

걷는 동안 탈기계문명의 원시적인 삶을 내가 얼마나 흠모하는지 깨달을 수 있었다. 노인이 되면 어디든 원하는 대로 떠날 수 있을 것이다. 식민지 발전소가 작동을 멈추었다면 장작을 패 연료로 이용하할 수도 있겠다. 데이브가 그렇게 절박하게 신의 귀환을 바라는 것도 무리는 아니라는 생각도 들었다.

차에서 기다리는 조디 생각도 했다. 내가 돌아가기 전에 부상이나 동상으로 죽을 수도 있다. 그 순간만큼은 신이 우리를 지켜보고 있다고 해도 상관없었다. 우리가 필요할 때 정말로 뭔가 도와준다면 말이다. 그녀를 살려주지도 않고 또 그럴 능력이 없다 해도, 우리가 함께 죽으면 함께 지낼 수 있다는 생각이 다소 위안이 되었다. 큰 기대가 있는 건 아니다. 실제로 그렇게 되기까지 아무것도 확신할 수 없기 때문인데, 그래도 그 가능성만으로 어느 정도는 기운을 낼 수 있었다.

조디가 죽는다면 어쩌면 데이브의 기획에 참여할 수 있겠다는 생각도 들었다. 아니 절대로 죽을 리가 없다. 은신처 비슷한 곳만 찾아도 우리 둘 다 살 수 있다.

마침내 완만한 계곡 아래에서 원하는 바를 찾았다. 키 크고 헐벗은 사시나무 숲 사이에 집과 헛간이 한 채씩 박혀 있었다. 문 앞엔 탈것도 두 대나 주차되어 있고 기다란 굽잇길이 왼쪽의 하이웨이에서 집까지 이어져 있었다. 나는 그곳을 향해 곧바로 헤쳐 나갔다.

보기보다 멀기는 했으나 태양이 산에 닿기 직전에 다다를 수 있었다. 집은 잠겨 있지 않았기에 부술 필요도 없었다. 당연히 불을 피워놓지 않았지만 바깥에 비하면 놀랍도록 안온했다. 휴대폰으로 조디에게 연락하려 했으나 스크린에 커다란 금이 생기고 불도 들어오지 않았다. 충돌할 때 깨진 모양이다. 집전화도 죽어 있었다. 이런 날씨를 4년간이나 견뎠으니 당연한 일이다. 뒷문 고리에 매달려 있는 열쇠꾸러미를 하나 찾아냈다. 난 열쇠를 들고 밖으로 나가 탈것에 이용해 보기로 했다.

진입로엔 호버카와 네 바퀴 픽업트럭이 놓여 있었다. 호버카는 전화와 마찬가지로 죽었지만 픽업은 열쇠를 비틀자 쿨럭 하고 기침을 토해냈다. 나는 클러치를 넣고 다시 시동을 걸었다. 플라이휠이 끙끙거리며 속도를 올리기 시작했다. 파워게이지가 낮기는 했지만 조디를 데리고 돌아올 정도는 충분할 것이다.

플라이휠의 속도가 붙는 동안, 글러브박스를 뒤졌으나 전화는 없고 렌치와 퓨즈들뿐이었다. 천천히 클러치를 풀자 차가 앞으로 구르기 시작했다. 나는 진입로를 돌아 하이웨이 쪽으로 방향을 잡았다. 바퀴 달린 차들이 쉽게 눈에 빠진다는 얘기는 들은 터라, 도로를 타고 제일 근거리까지 붙었다가 마지막에 크로스컨트리를 시도할 참이었다.

적절한 판단이었다. 그리고 1킬로미터 정도 내려갔을 때 강한 돌풍만 불지 않았던들 성공도 했을 것이다. 트럭이 계곡 기슭을 가로질러 반대편으로 오르기 시작했다. 그 지대에서 도로가 끊겨 있음을 깨달았을 땐 이미 엎질러진 물이었다. 픽업트럭은 모래톱에 코를 박고 계속 헛바퀴만 돌다가 멈춰 서고 말았다. 완전한 진퇴양난이었다. 기어를 풀고 밀어 봐도 헛수고였다.

물론 트럭에 삽이 있을 리가 없었다. 삽을 얻으려면 그 집으로 돌아가야 할 것이다. 난 미리 챙기지 못한 자신을 나무라며 타이어자국을 따라 왔던 길을 되돌아갔다.

다시 집에 다다랐을 땐 이미 어두워지기 시작했다. 나는 부엌 서랍들을 뒤져 불이 들어오는 플래시를 찾아낸 후 헛간으로 가 삽을 챙겼다. 그리고 뛰다시피 트럭으로 돌아가 모래톱을 파냈다. 조디가 너무 걱정하지 않아야 할 텐데. 그녀는 불과 1~2킬로미터 거리에 있었다. 또 처박히지만 않는다면 몇 분이면 도착할 수 있으리라.

왼쪽 바퀴를 파내고 오른쪽으로 넘어가려는데, 남쪽에서 빠른 속도로 내려오는 빛줄기가 있었다. 호버카가 있는 곳이다. 데이브.

"이런 빌어먹을, 놈이 정말로 왔어!"

기가 막혔다. 나는 잠시 픽업에 등을 기대고 숨을 골랐다. 미리 걱정할 필요는 없다. 이제 그와 조디가 나를 찾으러 올 것이기 때문이다.

나는 차 안에서 플래시를 꺼내 스위치를 켰다. 이 정도면 쉽게 찾을 수 있을 것이다. 픽업트럭도 계속 파내기로 했다.

10분 후, 바퀴 길을 완성했다. 그들은 아직 오지 않았다. 나는 픽업에 올라타 기어를 전진에 놓고 클러치를 풀었다. 꿈쩍도 하지 않았다.

나는 삽을 들고 밖으로 나가 바퀴 아래의 눈도 파냈다. 그 일에는 15분의 시간이 더 소요되었다. 이번엔 트럭이 조금 움직였다. 나는 차를 앞뒤로 움직여 구덩이에서 빠져나온 후 최대한 빨리 도로 위로 올라왔다. 뭔가 크게 틀어진 게 분명했다.

데이브는 착륙등을 켜둔 채였다. 계곡 가장자리를 넘어가자 뒤집어진 호버카를 비추는 불빛이 훤히 보였다. 그 옆에 사람도 하나 서 있었지만 데이브인지 조디인지는 알 수 없었다.

도로는 반대쪽으로 굽었다. 난 불운을 저주하며 픽업트럭을 고속에 놓고 도로를 벗어났다. 트럭은 바위와 산쑥에 걸려 인정사정없이 튀었으며 바퀴가 땅에 닿을 때마다 운전대도 마구 돌아갔다. 타이어도 헛돌고 플라이휠 모터도 못마땅한 듯 쇳소리를 질러댔다. 그래도 나는 엑셀을 있는 힘껏 밟고 두 대의 호버카를 향해 질주했다. 불빛 속에 서 있는 사람은 데이브였다. 조디는 바로 앞 땅바닥에 누워 있었는데 꿈쩍도 하지 않았다.

내가 글러브박스를 여는데, 트럭이 크게 부딪치며 시트와 바닥으로 렌치 무리를 토해냈다. 난 오른손으로 제일 큰 놈을 집은 다음, 데이브의 차 옆에 급정거를 했다. 그리고 무기를 든 채로 차에서 뛰어내렸다.

"조디한테 무슨 짓을 한 거야?"

그는 방어하려 들지도 않고 그대로 서서 묘한 미소만 지었다.

"계속 해봐. 상관없으니까. 하느님한테도 정당방위였다고 말해주지."

"하느님이 네놈하고 말이나 섞을 줄 아냐?"

나는 렌치로 그의 머리를 후려치고 싶었지만, 그냥 서 있기만 하는 상대한테 그럴 수는 없었다. 조디가 땅바닥에 쓰러져 있다 해도 마찬가지였다.

그가 그녀의 코트와 장갑을 벗겼다. 얼굴과 손이 눈처럼 하였다. 열린 입에선 숨결 하나 빠져나오지 않았다.

"누군가 먼저 하느님께 가야 한다는 사실을 뒤늦게 깨달았어. 사실 내가 가려고 했는데 조디가 죽어가기에 어쩌면 그게 낫겠다는 생각을 했지. 죽으나 사나 달라질 건 없으니까."

데이브가 말했다. 나는 상체를 숙여 조디의 목에서 맥박을 찾았다.

이마를 제외하면 다른 상처는 없는 듯했다. 그가 도착했을 때 이미 의식이 없었거나 아니면 어떤 식으로든 손을 썼을 것이다. 맥박도 만져지지 않았으나, 눈을 파느라 잔뜩 얼어붙은 손이라 필경 내 맥박도 찾기 어려웠을 것이다. 이번에는 뺨을 그녀의 입가에 대보았다. 호흡을 느껴보려 했으나 소용이 없었다. 달리 할 방법이 없어, 그녀와 입을 맞추고 인공호흡을 하기 시작했다.

데이브가 내 칼라를 잡았다.

"아니, 그건 안 돼. 그녀가 임무를 완수했다는 게 증명되기까진 되살리지 못해."

나는 순식간에 일어나 렌치의 평평한 쪽으로 그의 왼쪽 관자놀이를 후려갈겼다. 그의 머리가 옆으로 돌아가더니 쿵 소리를 내며 쓰러졌다. 주변에서 눈보라가 일었다. 나는 다시 조디에게 돌아갔다.

5회의 가슴 압박과 인공호흡, 다시 5회, 그리고 또다시……영원히 이어질 것만 같던 어느 순간, 그녀가 몸서리를 치더니 헉 하고 숨을 삼켰다. 그녀가 신음을 토해냈다.

나는 기뻐서 야호를 외쳤다. 그리고 두 팔로 그녀를 일으켜 데이브의 호버카 조수석으로 데려가 앉히고 히터를 최대로 올렸다.

나도 반대편으로 돌아가 운전석에 올라탔다. 내가 문을 쾅 하고 닫자 그녀가 비명을 지르며 깨어나더니 운전석의 나를 보고나서야 털썩 주저앉았다.

"맙소사, 깜짝 놀랐잖아. 끔찍한 악몽을 꾸었는데…… 잠깐만."

그녀가 주변을 둘러보았다. 우리가 타던 것보다 훨씬 큰 종류였다. 그녀가 잠시 후에 말했다.

"이건 데이브의 차야. 그가 왔어."

"그래. 자기를 죽이려고 밖으로 끌어냈더군."

나는 고개를 돌려 그가 쓰러진 곳을 보았다. 그리고 그가 사라졌다는 사실을 깨닫는 순간 내 옆의 문이 퍽 하고 열리더니, 그가 서 있었다. 손에 내 렌치가 들려 있었다.

나는 황급히 조이스틱을 찾았다. 그러나 차가 움직이기도 전에 그가 달려들어 렌치로 내 손을 때렸다.

"아니 안 돼. 차에서 내려. 어떤 식으로든 이 실험을 끝내야 하니까."

나는 마비된 오른손을 주무르며, 주먹을 쥘 수 있는지 또 주먹을 쥐면 그 주먹으로 뭘 할 수 있는지 궁리해 보았다.

조디가 상체를 숙여 그를 내다보았다.

"이미 끝났어." 그녀가 말했다.

"그게 무슨 소리야? 그럴 리가 없다. 넌 아직 살아 있잖아."

그녀가 웃었다.

"다시 살아난 거야, 멍청아. 죽어서 그곳에 갔었어. 천국의 문들도 봤는데 모두 단단히 잠겨 있었지."

"그래?" 나.

"그래?" 데이브.

동시에 나온 대답이었지만 그 의미는 완전히 달랐다. 나는 그녀가 정말로 환생했는지 물었지만 데이브의 관심은 천국의 문이 닫혔다는 데 있었다.

"그래."

그를 바라보는 그녀의 두 눈엔 원초적인 불꽃이 일었다.

"나도 들어갈게. 여긴 너무 추워."

데이브가 잔뜩 가라앉은 목소리로 말했다.

난 잠시 고민했다. 놈을 조금 더 밖에 두고 싶다는 생각이 굴뚝같았으나 조디가 말렸다.

"타라고 해. 데이브한테 할 얘기가 있으니까."

그래서 의자를 앞으로 기울여 그가 뒤로 올라타게 해주었다. 그가 자리에 앉는 후 나는 이륙 버튼을 눌러 곧바로 백 미터 가량 곧바로 올라갔다.

"어디로 갈 거야?" 그가 물었다.

"네놈의 개수작을 다시 한 번 생각하게 할 만큼 높이."

내 대답이었다.

"이제 데이브도 아무것도 안 할 거야. 앞으로는 절대로."

조디가 말했다.

"그걸 어떻게 알아?" 내가 되물었다.

그녀는 마치 사슴을 에워싼 늑대무리처럼 씩 웃었다.

"그럼 자기가 다칠 테니까. 이 위대한 경계의 이쪽이 아무리 외롭다 해도 저쪽에서 우리를 위해 어떤 일을 할지 알 때까지 기다리라고."

"뭐? 도대체 뭘 봤는데 그래?"

데이브가 시트 사이로 고개를 디밀었다.

그녀는 무척이나 아련한 표정을 지었다.

"과거에 천국이었던 장소를 찾아냈어. 기나긴 빛의 터널 끝에. 실제로 게이트 같은 건 없고 그보다는 어떤…… 공간이었어. 물리적으로 설명하긴 어렵지만, 분명한 건 내가 가야 했던 곳이 그곳이고 잠겨 있었다는 사실이야."

"영원히?" 데이브가 물었다.

"그런 것 같았어. 입구에 대한 기억은 있는데 더 이상의 약속은 없었으니까. 그래서 돌아온 거야. 처음엔 길을 몰라 한참을 방황하다가 우연히 발견했지. 데이브가 내 몸을 자극하지 않았던들 정말로 못 찾았을지도 몰라."

"어디에서 방황한 건데? 어떻게 생겼어?"

데이브가 재차 물었다.

"안개. 나는 다만 무형의 잿빛 안개 속에 있는 시선에 불과했어. 소리도 냄새도 없었어. 심지어 듣고 냄새 맡고 만져볼 몸도 없었지. 아니, 정말로 보고 있었는지조차 잘 모르겠어. 보이는 것도 없었으니까."

그녀의 목소리가 가볍게 떨려나왔다.

"그런데 네 몸이 어디 있는지 어떻게 알았지?"

"네 턱이 있는 자리는 어떻게 아는데? 그건 그냥 거기 있는 거야." 조디가 그에게서 돌아앉아 의자에 등을 기댔다. "나, 피곤해. 머리도 아프고. 죽었다가 돌아온 거잖아. 지금은 쉬고 싶을 뿐이니까, 얘기는 내일 듣도록 해."

나는 눈치를 채고 병원을 찾아 날아갔다.

그녀의 머리에 붕대를 묶고 다른 상처가 없음을 확인한 다음 우리는 포트콜린스 힐튼 꼭대기 층 신혼 특실을 잡았다. 데이브는 아래층의 방 하나를 골랐다. 놈을 마을 감방에 처넣고 싶었지만 조디가 허락하지 않았다.

"이빨 뽑힌 호랑이야. 이제 내 말은 뭐든 믿을걸? 그리고 우리한테 필요한 사람이잖아. 지금 최선의 선택은 그를 회복 중인 알코올중독자로 취급해서, 가능한 한 빨리 그룹으로 복귀할 수 있도록 해줘야 해."

"그룹에 복귀한다고? 자기를 그렇게 했는데? 놈은 자기를 살해했어. 그래서 죽었었잖아."

내가 투덜댔다.

그녀가 키득거렸다.

"에, 솔직히 그것도 잘 모르겠어."

"응? 빛의 터널은 뭔데? 그리고 천국의 문들은?"

그녀가 목소리를 잔뜩 낮추었다.

"그건 완전한 조작이야. 그가 듣고 싶어 한 대로 얘기했거든. 아니, 내가 들려주고 싶은 얘기라고 해야 하나?"

나는 깜빡이는 촛불 빛 속에서 그녀를 보았다. 기가 막혔다.

그녀가 어깨를 으쓱했다.

"데이브가 나를 밖으로 끌어낸 순간부터 자기 옆에서 깨어날 때까지 아무 기억도 없어."

"정말?"

"응."

"그렇다면, 완전히 여우주연상감이로군."

"잘 됐네. 그를 감쪽같이 속여야 하니까."

나도 그 생각을 해보았다. 그리고 한참 후에 물었다.

"우리가 믿지 않아도?"

"응?"

"데이브를 믿게 만들고 싶다며? 그런데 우린 전과 달라진 게 아무것도 없어. 죽은 후 뭐가 기다리고 있는지 전혀 모른단 말이야."

그녀가 다시 키득거리며 시트 속에서 바짝 몸을 붙여왔다.

"정말로 존재한다면, 신은 정당하겠지. 결국 난 불가지론자야. 내가 아는 건 그것뿐이야."

음소거 | 진 울프 |

진 울프는 서사적 시리즈 『신태양의 서(The Book of the New Sun)』로 유명하나, 이미 200여 편의 단편소설과 30편의 장편소설을 쓴 대가이다. 네뷸러 상과 월드 판타지 상을 공히 2회 씩 수상했으며 한때 작가 마이클 스완위크로부터 그를 일컬어 '생존해 있는 가장 위대한 영 미 작가'라는 칭송을 듣기도 했다. 그의 가장 최신작은 『마법사 왕(The Wizard King)』, 『시돈 의 전사(Soldier of Sidon)』 그리고 『해적의 자유(Pirate Freedom)』가 있다.

이 이야기는 텅 빈 집에 돌아와 어른으로 성장을 강요받는 두 아이의 이야기다. 이 단편이 처음 등장한 곳은 2002년 세계 호러 학술대회의 프로그램 팸플릿이었는데 울프는 그 대회의 초대 손님이었다.

같은 팸플릿에 닐 게이먼이 진 울프를 읽는 방법에 대해 몇 가지 조언을 첨부했는데, 처음 두 개의 요점은 다음과 같았다.

(1) 텍스트를 무조건 신뢰하라. 해답은 그 안에 들어 있다.

(2) 그래도 믿지 못하겠으면 텍스트를 집어던져라. 그의 소설은 교활하고 지독해, 언제라도 당신 손 안에서 터져버릴 수 있다.

조언을 명심하고 이 이야기를 읽어라. 그리고 다 읽은 다음엔 게이먼의 세 번째 조언에도 관심을 갖기 바란다.

(3) 다시 읽어라. 두 번째 읽을 때는 더 좋다.

질은 그게 버스인지조차 확신이 없었다. 버스처럼 생기고 버스 색깔이기는 했다. 애초부터 지미와 나밖에 없었다. 학교 버스가 맞는다면 왜 다른 애들은 없는 거지? 아니, 버스요금을 받는 차라 해도, 왜 아무도 타는 사람이 없는 거야? 더군다나 정류장 간판이 있어야 하는데 그런 것도 보이지 않았다.

길은 좁고 깨지고 갈라졌다. 버스도 조심스럽게 움직였다. 머리 위로는 마구 자란 나무들이 하늘을 가려, 햇살도 드문드문 거리를 비출 뿐이었다.

마치 영원히 그런 식이었다는 듯.

도로엔 자동차도 트럭도 SUV도 없고 다른 버스도 눈에 띄지 않았다. 말 탄 소녀를 그린 녹슨 간판도 지났지만 이곳엔 소녀도 말도 없었다. 크고 맑은 눈의 사슴 한 마리가 깡충거리는 수사슴 간판 옆에 서서는 버스(정말, 버스이기는 한 걸까?)가 터덜거리며 지나는 광경을 지켜보기는 했다. 마치 책에 나오는 그림 같았다. 저것과 똑같이 생긴 사슴의 목을 끌어안고 있는 어린 블론디 소녀. 항상 심술궂은 짐승을 만나고 잔인하고 못생긴 사람들만 만나는 소녀였는데 아무래도 화가 아저씨가 마음이 아파 소녀에게 이런 식의 휴식을 선물한 건지도 모르겠다. 질은 두려움과 감탄이 뒤섞인 마음으로 다른 그림들을 보다가 다시 그 그림으로 돌아왔다. 마음이 조금 놓였다. 나쁜 것들도 있지만 좋은 것도 없지는 않았다.

"말에서 떨어진 기사 기억나니?"

그녀가 남동생한테 속삭였다.

"누난 기사 본 적 없잖아. 나도 그렇고."

"책에서 봤어. 그 소녀가 만난 사람들 대부분이 끔찍했지만 그래도 그 기사는 좋아했어. 기사도 소녀를 좋아……"

그때 운전사의 목소리가 끼어들었다.

"바로 저기가 네들 엄마가 묻힌 곳이다."

그가 어딘가를 가리키며 기침을 했다. 질이 보려 했으나 온통 나무들뿐이었다.

그녀는 엄마를 떠올려보았다. 잘 기억이 나지 않았다. 목소리도 말투도 모르겠다. 분명히 엄마가 있기는 했다. 남매의 엄마. 그녀의 엄마. 그녀는 엄마를 사랑했고 엄마도 질을 사랑했다. 질은 그 기억만큼은 놓지 않겠다고 다짐했다. 그것마저 묻을 수는 없었다.

숲이 끝나고 이번엔 돌벽이 등장했다. 돌벽 중간쯤 창살이 잔뜩 일그러진 넓은 대문이 보였는데 양쪽 기둥에 돌사자가 한 마리씩 앉아 그들을 노려보았다. 쇠창살에 걸린 쇠간판에는 '포플러힐'이라고 적혀 있었다.

대문, 간판, 기둥, 사자들은 그녀가 숨을 들이마시기도 전에 사라지고 돌벽만 계속해서 이어졌다. 벽 바깥에도 나무가 있고 그 안엔 더 많은 나무가 있었다. 바깥쪽 나무는 오리나무, 안쪽엔 은행나무와 자작나무. 그런데, 포플러는 어디 있지? 그녀가 속으로 중얼거렸다.

"내가 누나 그림책을 본 적이 있어?"

그녀가 고개를 저었다.

"그래, 아닐 거야. 읽고는 싶었는데 도저히 찾을 수가 없었거든. 재미있었어?"

동생이 누나의 표정을 보고 어깨동무를 해왔다.

"영원히 잃어버리는 건 아니겠지, 누나? 그 사람들이 보내올 수도 있잖아."

그녀가 눈물을 훔칠 때 버스는 도로를 벗어나 숲 사이의 좁은 굽잇길을 기어 올라갔다. 잠시 후에는 모퉁이에서 속도를 줄이더니 더욱 느린 속도로 방향을 틀었다. 차창을 통해 커다란 집이 보였다. 파이프를 문 트위드 재킷 차림의 남자가 뒷문 같은 곳에 서 있었다.

운전사가 기침을 하더니 가래를 내뱉었다.

"여기가 아빠 집이다. 어딘가에 계실 텐데 너희를 보면 기뻐하실 거야. 가족상봉을 후회하시지 않게 착하게 굴어야 한다, 알겠지?"

질이 고개를 끄덕였다.

버스가 길 옆에 멈추고 문이 열렸다.

"여기서 내려. 가방도 챙기고."

그런 말 안 해도 가방을 두고 내릴 리가 없다. 소지가 허락된 속세의 물건들을 모두 담아왔으니 말이다. 그녀가 가방을 챙기는 동안 동생이 먼저 짐을 들고 버스에서 내렸다. 질이 내리자 버스 문이 닫혔다.

그녀는 집의 뒷문을 바라보았다. 문은 닫혀 있었다.

"아빠가 여기 산대. 조금 전에 아빠를 봤어."

"난 못 봤어."

"문에서 우리를 기다리고 계셨어."

동생이 어깨를 으쓱했다.

"때마침 전화가 왔을지도 몰라."

뒤쪽에선 버스가 후진과 전진, 다시 후진을 거듭한 끝에 마침내 진입로를 따라 내려가기 시작했다. 질이 손을 흔들었다.

"잠깐만! 잠깐 기다려요."

운전사가 들었는지 모르겠지만 멈출 기미는 보이지 않았다.

"안에 들어가야 해. 기다리고 계실지도 모르잖아."

"잠겼을지도 몰라." 질이 마지못해 그를 따라갔다.

문은 잠겨 있지 않았다. 빗장도 걸려 있지 않았다. 널따란 부엌 바닥엔 낙엽들이 어지러웠는데 바람이 부는 동안 몇 시간이나 열려 있던 모양이다. 질이 문을 힘껏 밀어 닫았다.

"현관에서 기다리실까?" 동생의 목소리가 갈라졌다.

"전화 통화 중이라 해도 우리 목소리는 들었을 거야."

"상대방이 얘기하는 중이라면 못 들을 수도 있어. 가자."

동생은 부엌을 다 살폈는지 몰라도 질은 그렇지 못했다. 부엌엔 전기 스토브가 있었는데 버너가 붉은 빛을 띠다가 금세 진홍빛으로 타올랐다. 냉장고엔 치즈 한 덩어리와 맥주 두 병이 들어 있고 찬방은 통조림으로 그득했다. 접시, 그릇, 프라이팬, 칼, 스푼, 포크들도 많았다.

동생이 돌아왔다.

"응접실 TV가 켜 있는데, 사람은 안 보여."

"아빠가 어딘가 계실 거야. 분명히 봤거든." 질이 말했다.

"난 못 봤어."

"음, 내가 봤어."

그녀는 동생을 따라 넓은 홀로 나갔다. 홀 한쪽으로 높고 어두운 창들이 늘어져 있었다. 커다란 문을 지나자 대형 식당이 나왔는데 앉아서 식사를 하는 사람은 없었다. 거실 역시 대여섯 명의 운전사가 대여섯 대의 버스를 주차할 정도로 넓고 햇살도 가득했다.

"한 사람 솜씨야." 그녀가 돌아보며 말했다.

"뭐가?"

"여기. 한 사람이 이 가구, 양탄자, 모든 것을 골랐어."

"저기 봐. 뿔로 만든 의자야. 진짜 멋져."

동생이 손으로 의자를 가리키며 말했다.

그녀가 끄덕였다.

"그래, 멋있구나. 하지만 나라면 믿지 않겠어. 방은…… 방은 액자고 그 안의 사람들은 사진들에 불과해."

"누나 미쳤어?"

"아니, 정말이야." 그녀가 변호라도 하듯 고개를 저었다.

"그럼 아빠가 멋있게 보이기 위해 이런 걸 사들였다는 얘기야?"

"제대로 보이기 위해서야. 사람들을 멋있게 보이게 만들 수는 없어. 못생긴 건 못생긴 거니까. 그게 전부니까. 하지만 제대로 보이게는 할 수 있어. 그리고 그게 더 중요해. 제자리에 있어야 제대로 보이는 법이거든. 너한테 아빠 사진이 있다면……"

"없어."

"있다면 말이야. 그래서 액자를 구하러 갔다고 쳐. 주인은 원하는 액자를 골라보라고 할 거야. 그럼 은꽃으로 장식한 예쁜 검은색 액자를 고를 거야?"

"절대 아니지!"

"거봐, 그렇다니까. 하지만 내 사진은 그런 액자에 넣고 싶어."

동생이 미소 지었다.

"언젠가 그렇게 해줄게, 누나. 그런데, TV 봤어?"

그녀가 끄덕였다.

"들어오자마자. 하지만 남자 말은 들리지 않았어. 음소거 상태라."

"거봐, 그러니까 전화를 걸고 있는 게 분명해."

"다른 방에서?"

전화는 TV 옆 작은 탁자 위에 있었다. 그녀가 수화기를 들어 귀에 댔다.

"어때, 목소리 들려?"

그녀가 얌전히 수화기를 내려놓았다.

"아니. 아무 소리도 없어. 연결도 안 되어 있나 봐."

"그럼 다른 방에서 전화 받는 것도 아니겠네."

논리적인 결론은 아니지만 솔직히 반박할 힘도 없었다.

"아무래도 여기 안 계신 모양이야." 동생이 말했다.

"TV가 켜 있잖아." 그녀가 의자에 앉았다. 왁스칠의 살풍경한 나무에 갈색/오렌지색 쿠션이 깔려 있었다. "조명은 네가 켰니?"

동생이 고개를 저었다.

"난 분명히 아빠를 봤어. 문 앞에 서 있었다고 했잖아."

"알았어." 동생은 잠시 아무 말도 하지 않았다. 그는 큰 키에 금발이며, 아빠처럼, 자기 표정이 너무 딱딱하게 굳었음을 깨닫기 시작한 아이의 얼굴을 했다. "아빠가 떠났다면 자동차 소리가 들렸을 거야. 혹시나 해서 내내 귀를 기울이고 있었거든."

"나도 그래."

비록 말은 하지 않았으나 이 텅 빈 방에는 귀를 기울이게 만드는 존재가 있었다. 잘 들어. 잘 들어. 한 눈 팔지 말고.

조용. TV는 그렇게 지시하곤 소리 하나 내지 않았다.

"TV의 남자가 뭐라고 하는지 알고 싶어. 음소거가 되어 있는데 리모컨이 안 보여."

그녀가 동생한테 말했다.

그리고 아무 말 없이 갈색/오렌지색의 쿠션에 앉아 TV 화면을 노려보았다. 비록 미미하기는 했지만 의자는 왠지 일종의 장막처럼 그녀를 보호해 주는 느낌이었다.

"채널을 돌려볼까?"

"리모컨이 없다니까."

그가 화면 옆에 작은 패널 덮개를 열었다.

"버튼은 있어. 크고 끄고. 왼쪽 채널, 오른쪽 채널. 볼륨 조절. 오직 음소거 버튼만 없어."

"음소거 버튼은 필요 없어. 음소거 해제 버튼이 있어야지."

"채널 돌려? 이것 봐."

다음 채널은 파장선이 그려진 회색 화면이었다. 한쪽 모퉁이에 노란색으로 음소거라고 박혀 나왔다. 그 다음 화면에는 예쁘고 착해 보이는 여성이 테이블에 앉아 뭔가 얘기하고 있었다. 이번에도 한쪽 모퉁이에 노란색 음소거 표시가 나타났다. 그녀는 얘기하는 동안, 노란색의 아주 날카로운 연필을 두 손으로 만지작거렸다.

질은 그녀가 뭔가 적었으면 했으나 역시 헛된 바람이었다.

다음 채널은 텅 비다시피 한 거리와 노란색 음소거였다. 거리엔 단 두 사람, 한 남녀가 누워 있었는데 둘 다 꿈쩍도 하지 않았다.

"이거 볼 거야?"

질이 고개를 저었다.

"아빠가 보고 있던 남자 틀어봐."

"제일 처음 것?"

그녀가 끄덕이자 채널이 깜빡거리며 변했다.

"정말 이걸……"

동생이 말을 하다 말고 갑자기 입을 다물었다. 몇 초가 순식간에 흘렀다. 두렵기도 하고 죄스럽기도 한 시간이.

"난……"

"쉬이이이! 누군가 위층에 있어. 안 들려?"

동생이 방에서 뛰쳐나갔다.

그녀는 아무 소리도 듣지 못한 채 혼자 중얼거렸다.

"저 남자가 맘에 드는 건 아냐. 하지만 여자보다 더 느리게 말하잖아. 자세히 본다면 입술을 읽을 수 있을 거야"

그녀는 그를 노려보다가도 순간순간 리모컨을 찾아보았다.

위층에는 아무도 없었다. 다만 넓은 침실에 소형 침대 두 개가 있는데 하나는 동쪽 벽에 붙어있고 다른 하나는 남쪽 벽이었다. 그리고 창문이 셋, 경대가 둘 있었다. 동생은 자기 방을 원했으나, 그녀는 어둠 속에 혼자 잔다는 생각에 더럭 겁이 나 그 방을 동생 방으로 주겠다고 약속했다. 그리고 그녀도 그 방에서 자는 대신 매일 방을 청소하고 동생 침대도 정리해 주겠다는 약속도 덧붙였다.

그가 마지못해 동의했다.

그들은 첫날밤에 칠리 통조림을, 다음날 아침엔 오트밀을 먹었다. 이제야 알았지만 저택은 3층이고 방은 열네 개나 되었다(저장실까지 더하면 열다섯). 식사를 데우기 위해 방을 떠나는데 TV가 다시 켜져 있었다. 여전히 음소거인 채였다.

건물 옆 차고엔 자동차가 두 대나 되었다. 동생은 오후 내

내 자동차 열쇠를 찾아다니다가 결국 포기하고 말았다. 열쇠라고는 하나도 보이지 않았다.

거실의 TV 속 사내는 여전히 소리도 끝도 없이 얘기했다. 질은 대부분의 시간을 그를 지켜보며 보냈다. 그리고 마침내 그가 녹음된 인물임을 깨달았다. 마지막 언급이 끝나자(그때 그는 반지르르한 책상을 내려다보았다.) 바로 처음으로 돌아왔기 때문이다.

그날 저녁 비엔나소시지와 감자샐러드 통조림을 준비하던 차에 동생의 고함소리가 들렸다.

"아빠!"

고함은 이내 방 문 두드리는 소리와 동생의 발소리로 이어졌다.

그녀도 그에게 달려갔다. 동생은 안쪽 복도에 서서 좁은 입구를 들여다보고 있었다.

"아빠를 봤어! 저기에서 날 바라보며 서 있었다고!"

그가 말했다.

좁은 입구는 마찬가지로 좁은 나무계단으로 이어져 있는데, 어둡기가 짝이 없었다.

"그리고 문이 쾅 닫히는 소리도 들었어. 이 문이 분명해. 절대로!"

질이 계단 아래를 내려다보았다. 문을 통해 밀려드는 통풍이 너무도 차갑고 습하고 또 역겨웠다. 당혹스러웠다.

"지하실 같은데?" 그녀가 말했다.

"지하실 맞아. 두 번 정도 내려가 봤는데 조명을 찾을 수가 없었어. 그래서 플래시를 찾아 다시 와야겠다고 생각하던 참이었는데." 동생이 계단을 내려가다가 갑자기 돌아섰다. 전선에 매달린 흐린 전구에 갑자기 불이 들어왔기 때문이다. "어떻게 한 거야, 누나?"

"복도에 스위치가 있어. 바로 문 뒤에."

"에, 내려와! 누나도 갈 거지?"

그녀가 시키는 대로 했다.

"그곳으로 돌아가고 싶어."

동생은 그녀의 말을 듣지 못했다. 아니면 무시했거나.

"아빠는 여기 어딘가에 있어. 누나. 분명해. 우리 둘이면 숨기가 쉽지 않을걸?"

"비상구 같은 게 있지 않을까?"

"아닐 거야. 오래 머물지는 못했지만 정말 어둡고 냄새도 지독했거든."

둘은 연장과 페인트 통이 가득한 이동식 선반장 뒤에서 냄새의 원인을 찾아냈다. 그는 썩어가고 있고 옷도 더럽기 짝이 없었다. 여기저기 살갗이 함몰되거나 떨어져나갔다. 동생이 선반에서 나무쪼가리, 정원용 분무기, 병 대여섯 개, 그리고 항아리 몇 개를 치워 시체 위로 더 많은 빛이 비추게 했다. 1~2분 후엔 질도 그를 도왔다.

할 일을 마무리 지은 다음 동생이 물었다.

"누구지?"

"아빠." 그녀가 속삭였다.

그리고 그녀는 뒤로 돌아 계단을 올라갔다. 그녀는 부엌 싱크대에서 손과 팔을 씻고 테이블에 앉았다. 잠시 후 지하실 문이 닫히며 동생이 들어왔다.

"씻어. 아니, 그보다 목욕을 해야겠어. 우리 둘 다."

"그럼, 하지, 뭐."

2층에는 욕실이 두 개였다. 질은 방과 가까운 욕실을 선택했다. 그녀는 목욕을 하고 수건으로 닦은 다음 가운을 걸쳤다. 아마도 엄마가 쓰던 옷이리라. 그녀는 옷을 당기고 띠를 단단히 묶어 옷자락이 바닥에 닿지 않게 했다. 가운을 차려입은 후에는 자기 옷을 들고 아래층 세탁실로 내려가 모두 기계에 집어넣었다.

그녀가 입술을 읽어내려 했던 거실 TV 속 남자도 사라졌다. 화면은 노란 광택의 음소거 활자를 제외하면 회색뿐이었다. 다른 채널도 사정은 같았다. 회색 화면. 노란색 음소거.

동생이 반바지와 구두 차림으로 들어왔다.

"안 먹을 거야?"

"나중에. 지금은 생각 없어." 질이 대답했다.

"난 배고픈데?" 그녀가 어깻짓을 했다. "누나는 그게 아빠라고 생각하는 거야?"

"그래. 죽는다는 게 그런 건지 상상도 못했어."

"나도 아빠를 봤어. 누나가 봤다고 할 땐 믿지 못했는데 정말이야. 지하실 문 닫는 소리도 분명히 들었고."

그녀는 아무 말도 하지 않았다.

"다시는 아빠를 못 본다고 생각하지?"

"그래."

"그게 다야? 아빠는 우리가 찾아주기를 원했어. 그래서 찾았지. 아빠가 원한 게 고작 그것뿐이라고?"

"아빠는 자기가 죽었다는 사실을 알리고 싶었던 거야. 더 이상 우리를 도울 수가 없게 되었다고 말이야. 그래서 알게 되었고. 배고프다고?"

"응."

"잠깐만 기다려. 나도 함께 먹을게. 이제 TV도 안 나오는 거 알아?"

"전에도 안 나왔어."

"어쩌면. 내일은 나갈래. 자동차 때문에 대문이 열려 있을지도 몰라. 아니더라도 벽을 넘을 수 있을 거야. 나무도 많고 별로 높지도 않았으니까. 너도 가면 좋겠지만, 그렇지 않아도 난 떠날래."

"나도 가. 이런, 배고프다니까." 그가 재촉했다.

그들은 다음날 아침에 출발했다. 부엌문은 닫기만 하고 일부러 잠그지 않았다. 버스가 올라왔던 기나긴 커브길을 내려가다가, 저택이 거의 보이지 않은 즈음에 이르자 질이 잠시 멈춰 돌아보았다.

"어쩐지 집에서 도망 나오는 기분이야." 그녀가 말했다.

"그렇지 않아." 동생이 말했다.

"모르겠어."

"이런, 내가 알아. 봐, 저건 우리 집이야. 아빠가 죽었으니까 누나하고 내 거란 말이야."

"맘에 들지는 않지만 우리한테는 유일한 집이니까."

이제 집은 완전히 시야에서 떨어져나갔다.

진입로는 길었지만 그래도 끝은 있었다. 그 끝에 하이웨이가(그걸 하이웨이라고 부를 수 있다면) 좌우로 길게 뻗어 있었다. 조용하고도 텅 빈 도로.

"차가 지나가면 세울 수 있을 거야. 버스가 지나갈지도 모르고."

동생이 말했다.

"갈라진 틈에 풀까지 자랐는데?"

"그래, 알아. 이쪽이야, 누나."

그가 발걸음을 떼었다. 언제나처럼 심각하고, 아주 아주 단호한 표정이다.

"승용차나 트럭을 세우면 난 그 사람들과 함께 떠날 거야. 누나도 마찬가지고."

그녀가 고개를 저었다.

"하지만 세우지 못하면 누나 말대로 포플러힐로 가자. 거기 누군가 있을지 몰라. 그럼 누구든 우릴 도와주겠지."

"당연히 누군가 있겠지."

그녀가 자신 있게 대답했지만 사실 자신은 없었다.

"TV 화면이 하나도 안 나왔어. 채널을 다 돌려봐도 마찬가지였고."

그는 세 발짝 앞서 걸었지만 돌아보지는 않았다.

"나도."

거짓말이었지만 그래도 몇 채널은 확인했다.

"TV 방송국에 아무도 없다는 얘기야. 어느 곳에도." 그가 목을 가다듬었다. 목소리가 갑자기 사춘기 아이처럼 깊어졌다. "어쨌든 살아 있는 사람은 없어."

"방송국 장비를 못 다뤄서 그렇지 누군가 살아있기는 할 거야." 그리고 잠시 후에 그녀가 덧붙였다. "어쩌면 사람들이 있는 곳에 전기가 없는 건지도 모르고."

그가 걸음을 멈추고 그녀를 돌아보았다.

"우리는 살아있어."

"그럼 사람들도 살아있어. 내 요점은 그거야."

하이웨이 중앙의 균열에서 초록색의 싱싱한 관목 한 그루가 삐져나왔다. 질은 나무를 보면서, 어쩌면 어떤 미지의 힘이 말을 엿듣고 그들이 틀렸음을 보여주려는 건지도 모른다는 생각을 했다. 그녀는 몸서리를 치며 오히려 그 관목이 거짓임을 밝힐 타당한 이유들을 끌어내려 했다.

"그곳엔 살아있는 사람이 있었어. 버스운전사도 살아있었고."

철문은 여전히 전날 본 그 모습 그대로였다. 양쪽에 잘 깎인 돌기둥도 그대로이고 그 위에 사자들도 이를 드러낸 그대로였다. 그리고 쇠창살의 쇠간판도 '포플러힐'이라고 우겨대고 있었다.

"잠겼어."

동생이 선언하며 자물쇠를 흔들어보였다. 튼튼한 맹꽁이자
물쇠는 새것처럼 보였다.

"그래도 들어가야 해."

"당연하지. 봐, 난 이 벽을 따라갈 거야. 넘을 만한 곳이 있
겠지. 아니라도 어딘가 무너진 곳이라도 있을 거야. 찾아내면
돌아와서 얘기해 줄게."

"나도 같이 갈래."

두려움이 삭풍처럼 전신을 휘감았다. 지미가 떠났다가 다
시 못 보게 되면 어쩌지?

"잘 들어. 저 집에 있을 때 이 모든 걸 누나 혼자서 하려고
했어. 그때도 혼자 했으니까 지금도 10분 정도 여기 남아 자
동차를 기다려. 따라오지 말고!"

그녀는 따라가지 않았다. 하지만 그가 벽을 따라 돌아왔을
때 그녀는 벌써 안으로 들어가 한 시간째 그를 기다리고 있
었다. 그는 잔뜩 긁히고 더러웠으나, 게이트를 통해 밖에 있
을 그녀와 대화할 생각에 들떠 있었기에 깜짝 놀랐다.

"어떻게 들어왔어?" 그가 물었다.

그녀가 어깻짓을 했다.

"너부터. 어떻게 들어왔니?"

"죽어서 넘어진 작은 나무가 있었지. 뿌리 끝이 걸리지만 않으면 내 힘으로 충분히 끌어당길 수 있을 만큼 작은 나무였어. 그걸 벽에 기대고 올라간 다음 뛰어내린 거야."

"그럼 나갈 수 없잖아."

그녀가 말하곤, 앞장서서 안쪽으로 걷기 시작했다.

"방법이 있을 거야. 누나는 어떻게 들어왔는데?"

"철망 사이로. 하지만 촘촘해서 넌 못할 거야." 그녀는 심술궂게 이렇게 덧붙였다. "여기서 한참이나 기다렸단 말이야."

사유지 도로는 모델만큼이나 날씬한 녹색 나무들 사이를 지나 언덕 위까지 이어졌다. 정상에 있는 대형 저택의 대형 현관문은 잠겨 있었다. 동생이 커다란 청동 노커를 아무리 두드려도 집 안에서는 공허한 메아리만 돌아왔다. 아름다운 진주색 초인종을 눌러도 아련한 차임벨 소리뿐, 문을 열어주는 사람은 없었다.

그녀가 문 왼쪽 창문을 들여다보았다. 방 안엔 갈색/오렌지색 쿠션이 놓인 나무의자와 잿빛의 TV 화면이 보였다. 스크린 모퉁이에 연노랑 글씨로 음소거라고 적혀 있었다.

부엌문은 잠겨 있지 않았다. 그들이 남겨둔 그대로였다. 그녀가 프라이팬에서 콘비프 해시를 덜어내는데 불이 모두 꺼졌다.

"이제 더운 음식은 틀렸어. 전기가 나간 거야. 스토브도 마찬가지고."

그녀가 동생한테 말했다.

"다시 들어올 거야."

그가 자신 있게 말했지만 전기는 들어오지 않았다.

그날 밤, 그녀는 불 꺼진 저택에 둘이 정한 어두운 침실에서 옷을 벗고, 보이지 않는 옷을 개어, 보이지 않는 의자를 더듬어 얌전하게 올려둔 다음 시트 안으로 미끄러져 들어갔다.

잠시 후 동생이 그녀를 따라 들어왔다. 따뜻한 알몸이었다.

"그거 알아, 누나? 우리가 세상에서 살아남은 유일한 사람일지 모른다는 거?"

그가 그녀를 끌어안으며 말했다.

마비 | 낸시 크레스 |

낸시 크레스는 열네 편의 SF와 판타지 저자이며 80편 이상의 단편을 발표했다. 단편은 『트리니티와 다른 이야기들(Trinity and Other Stories)』, 『지구의 외계인(The Aliens of Earth)』, 『비커의 열세 가지 이야기(Beaker's Dozen)』에 수록되어 있다. 그녀의 중편 「스페인의 거지들(Beggars in Spain)」은 휴고 상과 네뷸러 상을 수상한 후, 다시 장편소설로 확대, 개작되었다. 그녀는 「밝은 별들을 떠나며(Out of All Them Bright Stars)」와 「올릿 감옥의 꽃(The Flowers of Aulit Prison)」으로 네뷸러 상을 두 번 더 수상했으며, 후자의 작품은 또한 테오도르 스터전 기념상의 주인공이 되었다. 2003년 크레스는 소설 『확률공간(Probability Space)』으로 존 W. 켐벨 기념상을 수상하였다.

2007년과 2008년, 크레스는 신작 세 권을 발표하였다. 신작 단편선, 신작 SF 『하늘 저편으로(Steal Across the Sky)』, 그리고 SF 스릴러 『개들(Dogs)』로, 마지막 소설은 여기 포함된 단편처럼 매우 전염성이 강한 역병을 다루었다.

「마비」는 신체를 손상시키는 전염병에 걸려 현대판 나병촌에 갇힌 피해자들 얘기를 다룬다. 크레스는 작품의 핵심이 정체성, 즉 자신이 누구이며, 왜 이곳에 있으며, 또한 왜 현재의 자신이 되었는지에 대한 탐구라고 했는데, 이 단편도 예외는 아니다.

　해질녘, 침실 뒤쪽이 떨어져 나간다. 1분 후 한쪽 벽면과 노출된 샛기둥들, 금 간 청색 석고보드만 남고, 다음 순간 그마저 조각나더니 담벼락이 내 허리 높이만 남는다. 어느 것이나 가장자리가 들쭉날쭉하고 밀가루라도 뒤집어씌운 듯 먼지가 자욱했다. 구멍을 통해, 우리 막사와 E 블록 뒤쪽 막사들 사이의 좁은 공간에 삐죽 솟아난 나무 한 그루가 보인다. 나는 좀 더 자세히 보기 위해 침대에서 빠져나오려 했으나, 오늘은 이놈의 관절염이 더욱 기승을 부린다. 하긴 애초부터 침대에 누워 있는 이유이기는 하다. 레이철이 침실로 뛰어 들어온다.

"무슨 일이에요, 할머니? 괜찮아요?"

나는 고개를 끄덕이며 손으로 가리킨다. 허리를 숙여 구멍을 들여다보는 레이철의 머릿결이 캘리포니아의 여명에 후광을 두른다. 이 침실도 이 아이의 소유이다. 그녀의 매트리스가 내 상처투성이 사각침대 아래 가지런히 놓여 있다.

"흰개미들! 망할. 우리 집에도 있는 줄 몰랐네. 정말 괜찮은 거죠?"

"괜찮다. 방 끝에 있었으니까. 걱정 안 해도 돼."

"에, 엄마한테 부탁해서 수리할 사람을 구해야겠어요."

나는 아무 말도 하지 않는다. 레이철이 허리를 펴고 얼핏 나를 보곤 재빨리 시선을 돌린다. 그래도 난 메이미에 대해 언급하지 않는다. 문득 오일 램프가 깜빡거려 난 그 빛으로 레이철을 똑바로 바라본다. 그녀가 너무도 예뻐 보이기 때문이다. 미인은 아니다. 여기 인사이드 내에서조차 그녀는 미인과 거리가 멀다. 그래도 아직까지는 역병이 그녀의 얼굴 왼쪽 면만 공격했다. 그녀가 오른쪽 얼굴로 서 있는 동안엔, 새끼줄처럼 딱딱하고 거칠어진 피부도 보이지 않는다. 그래도 코는 커다랗고 눈썹은 짙고 처졌으며 턱은 뾰족한 혹처럼 불거져 나왔다. 정직한 코, 표현력이 풍부한 이마, 진솔해 보이는 회색 눈, 뭔가 경청하려고 고개를 갸웃할 때마다 앞으로 돌출하는 턱…… 할머니의 눈으로 보면 레이철은 괜찮은 외모다. 아웃사이드…… 그 사람들 생각이야 다르겠지만, 그들이라고 항상 옳은 건 아니다.

"아무래도 추첨권으로 석고보드와 못을 구해서 내가 직접 붙여야겠어요."

"그런다고 흰개미들이 없어지겠니?"

"음…… 그래도 뭐든 해야죠." 난 대꾸하지 않는다. 기껏 열여섯 살이 아닌가. "웃풍이 있나 보네. 요즘 같은 날씨엔 밤에 얼어 죽고 말아요. 할머니 관절염에도 안 좋고. 부엌으로 가요. 불을 피워놓았으니까."

그녀는 나를 부축해 부엌으로 간다. 장작난로가 내뱉는 불그레한 온기에 관절도 훨씬 부드러워진다. 1년 전 정체모를 자선단체나 특별한 이해단체에서 기증한 난로다. 그나마 이런 식의 자선이 계속되는 건, 세금공제라는 혜택이 따라붙기 때문이겠다. 레이철 얘기로는 아직 신문도 들어온단다. 텃밭에서 거둔 야채들이 새것으로 보이는 신문지에 포장된 걸 한두 번 보기는 했다. 심지어 스티븐슨이라는 청년이 J 블록 마을 회관에서 기증받은 컴퓨터로 소식지를 만든다지만, 아웃사이드의 세금법을 잊고 산 지도 오래다. 추첨 달도 아닌데 메이미가 어떻게 장작난로를 손에 넣었는지도 묻지 않았다.

스토브의 불빛은 침실의 오일 램프보다 밝다. 레이철의 얼굴을 보니, 죽은 침실 벽에 대한 걱정 이면에 흥분으로 인한 홍조가 발그레하다. 지적인 턱에서 질병의 까칠한 고랑까지 그녀의 젊은 피부가 빛을 발한다. 내가 그녀에게 미소를 짓는다. 열여섯은 쉽게 흥분하는 나이다. 기부창고에서 얻은 새 머리띠, 남자아이의 시선, 사촌 제니와의 비밀 이야기 등등……

"할머니, 아웃사이드에서 손님이 왔어요. 제니가 봤대요."

그녀가 내 의자 옆에 무릎을 꿇고 두 손을 다 깨진 나무팔걸이에 얹는다.

난 미소를 잃지 않는다. 레이철도 제니와 마찬가지로 수많은 손님이 이곳 전염병 부락을 찾았던 시절에 대한 기억이 없다. 처음엔 방역복 차림의 펑퍼짐한 사람들이 들어오더니, 그 다음엔 위생복의 보다 날렵한 사람들이 그 자리를 대신했다. 몇 년간은 림의 검문소도 드나드는 차량들로 북적였다. 물론 태어나기도 전의 일이라 레이철이 알 리가 없다. 이곳에 들어왔을 때 메이미도 겨우 열두 살이었으니까, 레이철에게 방문객이 대단한 뉴스인 것도 당연한 일이다. 나는 한 손으로 그녀의 머리를 다독였다.

"제니가 그러는데, 그 사람이 부락에서 제일 오래 산 사람들과 얘기하고 싶다고 했다네요. 병에 걸려 이곳으로 들어온 사람들 말이에요. 할 스티븐슨이 그랬다더라고요."

"그래?"

그녀의 머리카락은 부드럽고 매끄럽다. 메이미의 머리카락도 레이철 나이엔 이랬건만.

"어쩌면 할머니하고 얘기를 나눌지도 몰라요."

"흠, 나야 늘 이곳에 있으니까."

"할머닌 기대되지 않아요? 그 사람, 원하는 게 뭘까요?"

다행스럽게도 마침 메이미가 들어온 덕분에 대답의 부담을 피할 수 있었다. 메이미의 애인 피터 말론이 창고에서 얻은 야채용 망태기를 들고 따라 들어온다.

문고리 돌아가는 소리에 레이철이 일어나 짐짓 장작불을 들쑤신다. 얼굴이 무표정으로 변하지만 그 표정도 얼마 가지 않을 것이다.

"우리 왔어요! 엄마, 좀 어때? 아, 레이철도 있구나! 넌 상상도 못 할 거다. 피터가 여분의 배급 카드로 닭을 구했지 뭐니! 내가 스튜를 만들어줄게!"

메이미가 들뜬 고음으로 재잘댄다. 흡사 아기 인형 같은 목소리다. 홀의 찬 공기가 회오리처럼 그녀를 휘감는다.

"침실 뒷벽이 떨어져나갔어."

레이철이 무뚝뚝하게 내뱉는다. 그녀는 피터와 닭이 든 망태기를 쳐다보지도 않지만 나는 본다. 그가 참을성 있게 씩 웃어 보인다. 늑대처럼 음흉한 미소. 아마도 포커판에서 배급 카드를 따냈으리라. 그의 손톱이 지저분하다. 접힌 신문지에 선 '……통령, 몰수 지시……'라는 헤드라인만 보인다.

"무슨 얘기냐, 떨어져나가다니?" 메이미가 묻는다.

레이철이 어깨를 으쓱한다.

"말 그대로 떨어져 나간 거야. 흰개미한테."

메이미가 맥없이 피터를 돌아보자 그의 미소가 더 커진다. 물론 결과는 뻔하다. 그들은 잠시 후 쇼를 벌일 것이다. 우리가 지켜보도록 쇼는 부엌에서 있겠으나, 그렇다고 온전히 우리를 위한 쇼는 아니다. 메이미는 얌전하게 피터에게 벽 수리를 부탁하고 그는 씩 웃으며 거절한다. 그녀는 물물교환을 조건으로 온갖 역겨운 암시를 하는데 피터가 거절할수록 제안은 점점 노골화된다. 그리고 끝내 그도 벽 수리에 동의한다. 레이철과 난 몸을 피할 방이 없는 탓에, 메이미와 피터가 여봐란 듯 그녀의 방으로 향하는 동안, 난로나 신발만 하릴없이 바라볼 수밖에 없다. 우리를 당혹스럽게 하는 건 바로 그 뻔

뻔함이다. 메이미는 늘 그렇게 자신의 매력에 증인들을 필요로 한다.

하지만 피터는 메이미가 아니라 레이철을 보고 있다.

"이 닭은 밖에서 온 게 아니다, 레이철. B 블록의 닭 농장 거야. 그곳이 아주 깨끗하다고 얘기한 게 너지?"

"예." 레이철이 간단하면서도 성의 없이 대답한다.

메이미가 눈을 굴린다.

"고맙다고 해야지, 그 닭을 얻어내기 위해 피터가 얼마나 고생을 했는데."

"고마워요."

"진심으로 고마워하면 어디가 덧나니?"

메이미의 목소리가 높아간다.

"고마워요."

레이철이 간단히 대꾸하곤 벽이 세 개뿐인 우리 침실로 피신한다. 피터는 닭을 다른 손으로 옮겨 들면서도 음흉한 시선을 거두지 않는다. 망태기의 압력으로 닭의 노란 살갗에 줄무늬가 박힌다.

"레이철 앤 윌슨……"

"그냥 내버려 둬." 피터가 조용히 말린다.

"안 돼! 망할 년이 제멋대로야. 게다가 저년한테 할 얘기도 있잖아. 너 이년, 당장 돌아오지 못해!"

메이미가 외쳐 불렀다. 다섯 개의 질병십자선 중에서도 그녀의 얼굴선들은 특히 흉측하다.

레이철이 침실에서 돌아온다.

레이철이 엄마에게 불복종한 적은 한 번도 없었다. 그녀는 열린 침실 문 옆에 서서 기다린다. 까맣게 변색된 두 개의 빈 촛대가 그녀의 얼굴을 가린다. 지난 해 겨울 이후론 양초를 끼워본 적이 없다. 이마에 짜증이 가득하던 메이미가 갑자기 밝게 미소 짓는다.

"오늘은 특별한 저녁이에요. 우리 모두에게. 피터와 내가 발표할 게 있는데…… 우리 결혼하기로 했어요."

"어, 축하해 줘요." 피터가 말한다.

미동도 않던 레이철이 순간 움찔한다. 피터는 그녀를 주의 깊게 살피고 메이미는 얼굴을 붉히며 두 눈을 내리깐다. 불쌍한 년 같으니…… 나도 안타까운 심정이다. 피터 말론같이 미덥지 못한 인간한테 서른 중반의 창창한 인생을 맡기다니. 나는 그를 노려본다. 레이철을 건드리는 날엔…… 하지만 실제로 그런 짓을 할 것 같지는 않다. 그런 일은 더 이상 없다. 적어도 인사이드에서는.

"축하해요."

레이철이 중얼거리곤 건너와 엄마를 안아준다. 그녀도 과장된 열정으로 딸을 안는다. 잠시 후면 메이미가 울기 시작할 것이다. 그녀의 어깨 위에서 난 언뜻 레이철의 얼굴을 본다. 애처롭기도 하고 사랑스럽기도 한 얼굴……. 나도 고개를 떨구고 만다.

"자! 건배를 해야겠어요!"

메이미가 신이 나서 외친다. 그녀는 윙크를 던지고 서툰 발레리나처럼 몸을 한 바퀴 돌리더니, 찬장 안쪽 선반에서 병 하나를 꺼낸다. 지난 기부 추첨 때 레이철이 타온 선반인데 우리 부엌과는 전혀 어울리지 않는 물건이다. 흔들리는 의자들과 고장 난 서랍들뿐인 상처투성이 식탁…… 아무도 고칠 엄두도 못내는 쓰레기 가구들 사이에 래커 칠까지 번드르르한 동양식 찬장이라니. 메이미는 술병을 자랑하지만 난 그 병이 그곳에 있는 줄도 몰랐다. 세상에, 샴페인이 아닌가!

도대체 무슨 생각으로 역병 부락에 샴페인을 기증한 거람? 아웃사이드 놈들이란. 그들한테도 더 이상 축하할 일이 없다는 얘기일까? 그게 아니면, 이곳이 어떤 곳인지 아직 모르는 인간이라도 남아서…… 아니, 이곳 사람들보다는 그들 자신을 위해서일 수도 있겠다. 병자들이 이곳에 있는 한은 만사형통일 터이니…… 하기야 아무러면 어떠랴.

"난 샴페인이 좋아!" 메이미가 신이 나서 외친다. 아무래도 벌써 한 잔 한 모양이다. "오, 봐요. 축하해 줄 사람이 더 있네요! 어서 와라, 제니. 들어와서 샴페인 한 잔 해!"

제니가 미소 띤 얼굴로 들어온다. 엄마의 결혼 발표가 있기 전, 한창 신나 하던 레이철과 똑같은 표정이다. 제니의 예쁜 얼굴에 홍조가 가득하다. 그녀의 손과 얼굴엔 증세가 없다. 인사이드에서 태어났으니 어딘가 있겠지만 아무도 묻지는 않는다. 레이철은 알고 있으리라. 두 소녀는 절대 떨어지는 법이 없다. 제니는 레이철의 죽은 아버지 동생 딸이다. 그러니까 레이철과는 사촌이다. 메이미는 명목상으로나마 그녀의 후견인이지만, 요즘 누가 그런 관계에 신경을 쓰겠는가. 레이철과 내가 이곳에 와서 살라고 했는데도 제니는 고집스럽게 옆 블록 막사에서 다른 사람들과 지내고 있다. 그녀가 고개를 젓는다. 어깨를 때리는 예쁜 금발이 거의 흰색의 빛을 발한다. 그녀가 당혹스러움에 얼굴을 붉히지만 메이미를 보지는 않는다.

"난 결혼할 거야, 제니."

메이미가 말하며 수줍은 듯 다시 고개를 숙인다. 저 샴페인을 얻기 위해 누구와 또 무슨 짓을 한 걸까?

"축하해요! 말론 아저씨도."

"피터라고 불러라." 그가 말한다.

전에도 그렇게 말한 적이 있다. 그리고 나는 제니를 향한 그의 굶주린 시선을 본다. 그녀는 다른 곳을 보고 있으나, 육감 때문인지(여기 인사이드에서도 육감은 있다.) 조금 뒷걸음질을 친다. 물론 제니는 계속 말론 아저씨라고 부를 것이다.

"제니, 샴페인도 마시고 이따가 저녁도 하고 가."

메이미가 권한다.

제니는 남은 샴페인 양과, 식탁에서 피를 흘리고 있는 닭의 크기를 확인하곤 요령껏 사양한다.

"안 되겠어요, 고모. 오늘 정오에 식사를 했거든요. 사실은 할머니한테 물어볼 게 있어서 온 거예요. 할머니, 사람 하나 데려와도 돼요? 아웃사이드에서 온 방문객인데."

그녀의 목소리는 나지막하지만 얼굴의 홍조는 다시 돌아와 있다.

나는 그녀의 반짝이는 푸른 눈을 본다. 그런데 어찌 거절할 수 있겠는가. 두 소녀는 모르겠지만 난 이 방문의 결론을 짐작할 수 있다. 친할머니는 아니나 제니는 세 살 때부터 나를 친할머니처럼 대한다.

"그러려무나."

"와, 고마워요, 허락해 줘서! 아니면 우리가 언제 방문객하고 이렇게 가깝게 얘기해 보겠어요!"

제니가 외친다. 그녀와 레이철은 신이 나서 서로를 본다.

"고마워 할 것 없다." 내가 말한다.

두 아이는 아직 어리다. 메이미는 화난 표정이다. 결혼 발표가 무색해졌기 때문이다. 피터도 덩달아 신이 나 레이철을 끌어안는 제니를 훔쳐본다. 문득 그도 제니의 신체 어디에 병이 있는지 궁금해하고 있다는 생각을 해본다. 그가 나와 시선을 마주치고는 얼른 고개를 떨군다. 그래도 멋쩍은 건 아는 모양이나, 그래도 곁눈질은 여전하다. 난로에서 장작이 딱딱거리더니 순간 불길이 솟구친다.

다음 날 오후 제니가 방문객을 데려온다. 놀라운 사람이다. 위생복도 입지 않고 심지어 사회학자도 아니라니.

격리 후 몇 년간 역병 부락은 방문객들로 넘쳐났다. 의사들도 인간의 몸을 서서히 점령해 오는 이 지독한 피부 융기의 치유를 바랐으나, 원인은 아무도 알지 못했다. 신체를 훼손해 추하게 만들고 때때로 치명적이기까지 한 천형. 전염성도 강했다. 문제는 거기에 있었다. 전염성. 위생복 차림의 의사들이 원인이나 치유방법을 찾기 위해 부지런히 드나든 것도 그 때문이었다. 기자들이 컬러 사진 특집판을 위한 이야기를 찾기 위해 드나들고 국회 진상조사단들도 진상 조사차 게이트를 통과했다. 적어도 국회가 부락의 투표권을 박탈하기 전까지는…… 점차 경제적 어려움에 직면한 시민들이 끝내 밑 빠진 독처럼 달러를 빨아들이는 우리에게 등을 돌리고 국회를 억압했던 것이다. 그리고 사회학자들이 손에 미니캠을 들고 떼를 지어 몰려들었다. 이 주먹구구식 역병 부락들이 더러운 범죄소굴 및 잔인한 무정부주의로 붕괴되어 가는 과정을 기록하기 위해서였다.

하지만 그런 일은 일어나지 않았다. 그러자 또 최신식 위생복 차림의 다른 사회학자들이 들어와 부락들이 왜 붕괴되지 않는지에 대한 이유를 캐고 다녔다. 그 그룹들도 결국은 모두 실망해서 떠났다. 치료도 붕괴도 이유도 없었기 때문이다.

그래도 제일 오래 머문 그룹이 사회학자들이었다. 기자들은 마감일을 지키고 또 내용도 흥미로워야 하지만 그들은 그냥 책만 내면 된다. 게다가 그들의 문화전통에 따라 인사이드가 조만간 전쟁터로 변질될 수밖에 없다는 전망도 한 몫 했다. 그들이 빼앗아간 건 투표권뿐이 아니었다. 전기(전기료가 비싸졌다.), 경찰(누가 인사이드에 들어오겠는가?), 이사의 자유, 정치적 영향력, 직업, 도로, 극장, 연방법원, 공립 초등학교 등등…… 이 정도면 단순 생존을 위해서라도 무차별적인 폭력이 필요할 것이다. 모든 문화가 그렇게 말하고 있지 않은가. 폭격 당한 도심들, 파리 대왕, 시카고 프로젝트, 서부영화, 감옥, 브롱크스, 동부 LA. 토머스 홉스. 사회학자들은 다 아는 사실이다.

문제는 그들이 원하는 상황이 발생하지 않았다는 것이다.

사회학자들은 기다렸다. 하지만 인사이드 사람들은 야채 재배하는 법도 배우고 뭐든 닥치는 대로 먹어치우는 닭도 키웠다. 컴퓨터를 다룰 줄 아는 사람들은 모뎀을 통해 진짜 직업을 갖기도 했지만 기껏 10년 정도였다. 그 후엔 장비가 낡고 교체도 불가능해지고 말았다. 선생 출신의 환자들은 학교를 세워 아이들을 가르쳤으나 과목은 매년 줄어들었다. 레이철과 제니가 역사나 과학에 무지한 것도 그 때문이다. 의사들은 세금공제를 노리는 회사들이 기부한 약품으로 개업도 하고 10년 후에는 제자를 기르기도 했다. 한동안 라디오를 듣고 TV도 시청했는데 그 정도면 꽤나 오랜 세월이라 하겠다. 아웃사이더에서 기증 받은 기계가 아직 작동한다면 지금도 가능한 일이다.

결국 사회학자들은 대규모 문화권을 뒤져 박탈과 차별과 고립의 성공 선례들을 찾아냈다. 유대인 촌락공동체, 프랑스위그노 교도, 아만파 농부, 자립 모델들은 정체되기는 했어도 붕괴되지는 않았다. 그리고 그들이 선례를 뒤지는 동안, 우리는 구호품 추첨일을 정하고, 도제를 가르치고, 필요한 사람을 기준으로 보급식량을 배급하고, 망가진 가구를 다른 망가진 가구와 교환했으며, 결혼을 하고 후손을 낳았다. 세금도 내지 않고 참전하지도 않았지만 투표권도 없었다. 당연히 극적인 삶도 없었다. 그리고 한참 후, 아주 아주 한참 후, 방문객의 발길도 끊겼다. 심지어 사회학자들까지도.

그런데, 여기 이 젊은이가 서 있는 것이 아닌가. 갈색 눈으로 한껏 미소를 짓는 흑발의 젊은이…… 게다가 위생복도 입지 않은 채 내 손을 덥석 잡다니! 그는 질병의 고랑들을 건드리면서도 전혀 개의치 않는다. 향후의 기록을 핑계로 부엌 가구들을 목록화 하지도 않는다. 의자 셋(그 중 하나는 기증 받은 짝퉁 퀸 앤 의자이고, 하나는 인사이드 정품 조 클라인슈미트이다.), 식탁, 장작 난로, 래커 칠도 찬란한 동양식 찬장. 아웃사이드의 저수지 파이프와 연결된 손 펌프식 싱크대, '보이스 캐스케이드 기증' 도장이 찍힌 목재함, 그리고 병 걸린 괴물 취급을 받을 이유 없는 지적이고 성실하고 사랑스러운 소녀 둘이다. 모두 오래 전 일이나 난 기억하고 있다.

"안녕하세요, 프래트 부인. 톰 맥헤이브라고 합니다. 만나

주셔서 정말 감사합니다."

내가 고개를 끄덕인다.

"무슨 얘기를 하자는 거죠, 맥헤이브 씨? 기자인가요?"

"아뇨, 전 의사입니다."

전혀 예상치 못한 대답이다. 미소로 바뀌기 전 그의 얼굴을 스친 순간적인 긴장도 의외다. 아니, 긴장감은 당연한 일이다. 인사이드에 들어온 이상 나갈 방법은 없다. 도대체 어디에서 병을 얻은 것일까? 내가 기억하는 한 우리 부락에 새로운 환자가 들어온 경우는 없다. 모종의 정치적 이유로 다른 부락으로 데려가는 걸까?

"전 병에 걸리지 않았습니다, 프래트 부인……"

맥헤이브가 주장한다.

"그럼 도대체 왜……"

"초기 정착부락 주민들의 질병 추이에 대한 논문을 쓰고 있죠. 물론 인사이드에서 해야 할 일입니다."

난 즉시 거짓말임을 직감한다. 레이철과 제니는 그대로 믿는다. 두 아가씨는 호기심 많은 새들처럼 그의 양옆에 앉아 귀를 쫑긋거리고 있다.

"그럼 논문을 쓴 다음엔 어떻게 발표할 참인가요?"

내가 묻는다.

"단파무전기를 쓸 겁니다. 동료들도 그렇게 알고 있습니다."

하지만 그가 시선을 외면한다.

"그럼 그 논문이 영구 고립을 자초할 가치가 있어야겠군요."

"질병이 얼마나 빠른 속도로 진행되었습니까?"

이번에는 아예 답변도 피한 채 다시 묻는다. 그는 내 얼굴과 손과 팔목을 살핀다. 그의 이야기가 어느 정도 사실임을 믿게 만드는 객관적이고 전문적인 관찰이다. 의사라는 얘기는 사실이다.

"감염 부위에 통증이 있습니까?"

"없어요."

"감염에 따른 불구나 기능 저하 같은 건요?"

레이철과 제니가 다소 당혹스러운 표정을 짓는다. 그는 내가 용어를 이해했는지 눈치를 살핀다.

"아니, 없어요."

"최초의 피부 감염 부위에 지난 몇 년간 외형적인 변화가 있었습니까?"

"아뇨."

"제가 언급하지 않은 종류의 변화는요?"

"없어요."

그는 고개를 끄덕이곤 뒤꿈치로 서서 가볍게 몸을 흔든다. '비기능장애성 질병 고랑'을 자초한 사람치고는 무척 대범한 모습이다. 나는 그가 이곳에 들어온 진짜 이유를 말해줄 때까지 기다리기로 한다. 침묵이 길어지나 마침내 맥헤이브가 입을 연다.

"부인은 공인회계사였죠?"

그와 동시에 레이철이 "누구 주스 마실 사람?" 하고 묻는다.

맥헤이브가 기꺼이 응한다. 마침내 움직일 수 있게 된 두 소녀가 찬물을 펌프질하고, 복숭아 통조림을 따고, 갈색 플라스틱 주전자에 담긴 '감주'와 섞느라 분주하다. 뜨거운 스토브에 닿은 부분이 까맣게 탄 주전자다.

"그래요. 공인회계사였죠. 그게 어때서요?" 내가 묻는다.

"지금은 모두 불법이 되었습니다."

"CPA가? 왜? 사회의 단단한 토대 아닌가?"

내가 말하곤, 그런 단어를 쓰던 때가 과연 언제던가 하며 새삼스러워 한다. 마치 녹슨 양철 같은 맛이다.

"더 이상은 아닙니다. 국세청이 세금 계산을 모두 처리하고 집집마다 맞춤형 청구서를 보내죠. 특정 세액을 어떤 식으로 산출했는지의 셈법은 비밀입니다. 적국이 국방 예산을 짐작하지 못하도록 하기 위해서라는 이유가 붙긴 합니다만."

"아."

"제 삼촌도 공인회계사셨죠."

"지금은?"

"지금은 아닙니다."

맥헤이브는 그렇게 대답한다. 미소도 짓지 않는다. 제니가
복숭아 주스를 갖고 나와 맥헤이브에게 건네자 그제야 그가
미소를 지어 보인다. 제니가 눈을 살며시 감는데 두 뺨이 발
그레해진다. 맥헤이브의 눈이 잠시 흔들리나 피터와는 다른
종류의 동요다. 차원도 다르다.

내가 레이철을 본다. 아직 아무 눈치도 채지 못한 모양이
다. 질투도 근심도 상심도 없다. 조금 마음이 놓인다.

"역사를 대중화하기 위한 논문도 여러 번 발표하셨죠?"

맥헤이브가 말한다.

"그런 건 다 어떻게 아는 건가요?"

그는 또 다시 내 질문을 외면한다.

"독특한 결합의 능력이십니다. 회계와 역사."

"그럴지도." 내가 대답한다.

오래 전 일이라 사실 관심도 없다.

레이철이 맥헤이브에게 묻는다.

"뭣 좀 여쭈어 봐도 돼요?"

"물론입니다."

"혹시 밖에 흰개미로 고생하는 나무 치료제가 있나요?"

그녀의 표정이 너무도 심각하다. 맥헤이브도 웃지 않는다. 나는 마지못해 그가 호감형임을 인정한다. 그의 대답도 배려로 가득하다.

"나무를 치료하지는 않는답니다. 그냥 흰개미들을 없애죠. 가장 좋은 방법은 나무에 크레오소트 방부제에 담가두는 겁니다. 흰개미들이 싫어하는 약품이라 아예 나무속으로 들어가지 않거든요. 어쨌든 나무에 침입한 흰개미들을 죽이는 화학약품도 있을 겁니다. 수소문해 두었다가 다음에 인사이드에 들어오는 길에 가져다 드리죠."

다음에 들어오는 길이라고? 그는 드나드는 게 당연하다는 듯 허풍을 친다. 레이철과 제니가 눈을 크게 뜨고 나를 본다. 맥헤이브도 나를 본다. 그때 그가 내 반응을 꼼꼼히 챙기고 있음을 깨닫는다. 그는 세부사항을 물어주기를 바라고 있다. 아니면 정말로 거짓말한다고 화를 내거나…… 아무튼 이런 식의 용어로 생각을 해보는 것도 너무나 오랜만이다. 하지만 난 그의 말이 거짓인지 아닌지조차 모른다. 게다가…… 아무려면 어떤가. 아웃사이드에서 몇 사람 들어온다고 해서 해

될 게 뭐가 있겠는가. 어차피 이주민이 많지도 않겠거니와 나 갈 사람은 아무도 없을 텐데.

"여기 온 진짜 이유가 뭔가요, 맥헤이브 박사?"

내가 조용히 묻는다.

"말씀드렸듯, 질병의 진전 상황을 파악하기 위해서입니다, 프래트 부인." 내가 반응이 없자 그가 덧붙인다. "혹시 아웃사이드의 현 상황에 대해 알고 싶으십니까?"

"별로."

"왜죠?"

내가 어깻짓을 한다.

"그 사람들도 우릴 건드리지 않아요."

그는 눈빛으로 나를 가늠해 본다. 제니가 조심스럽게 끼어든다.

"아웃사이드 얘기를 듣고 싶어요."

그때 미처 레이철이 '저도요.'라고 덧붙이기도 전에 문이 활짝 열리고 메이미가 뛰쳐나오며 뒤쪽 홀에 대고 고함을 지른다.

"다시는 올 생각도 하지 마! 그…… 그 망할년하고 지랄해 놓고 감히 내 몸에 손을 대? 그년 거기에 걸린 매독이 네 새끼 거기에……"

그녀는 맥헤이브를 보고 입을 다문다. 온몸이 분노로 부들부들 떨고 있다. 불 옆에 앉은 터라 알아듣지는 못하지만, 홀에서 들려온 부드러운 대응에 그녀가 헉 하고 숨을 몰아쉬고는 더욱 더 얼굴을 붉힌다. 그녀는 문을 쾅 닫고, 울음을 터뜨리며 자기 방으로 달려 들어가서는 역시 방문을 세게 닫아버린다.

레이철이 일어난다.

"내가 하마, 얘야."

내가 말한다. 하지만 내가 일어서기도 전에(관절은 훨씬 편하다.) 레이철이 먼저 엄마 방으로 사라진다. 부엌이 당혹스러운 침묵에 가볍게 흔들린다.

톰 맥헤이브가 떠날 생각으로 일어난다.

"앉아요, 의사."

내가 말린다. 그가 머무른다면 어쩌면 메이미도 히스테리를 가라앉히고 레이철도 엄마 방에서 더 빨리 나올지도 모른다는 부질없는 바람 때문이다.

맥헤이브가 머뭇거리자 제니가 다시 나선다.

"예, 더 계세요. 아웃사이드 사람들이 어떻게 지내는지도 얘기해 주시고요."

그녀는 무척이나 어색해한다. 괜히 바보 같아 보일까 봐 염려하는 것이리라.

그가 제니를 보며 자리에 앉는다. 하지만 그의 목적은 여전히 나다. 그가 최근의 계엄령 개정안과, 남미 전쟁 반대파들의 진압 실패, 그로 인한 시위대들의 백악관 행군, 그리고 다른 지하조직들이(그는 복수로 말한다.) '신의 폭도'라고 부르는 원리주의 지하조직의 세력 확대 등에 대해 얘기한다. 경쟁국 한국과 중국에 지속적으로 잠식당하는 산업과 폭주하는 실업률, 인종 갈등, 불길에 휩싸인 도시들 얘기도 들려준다. 마이애미. 뉴욕. 로스엔젤리스 등은 이미 몇 년째 폭동에 시달렸고, 포틀랜드, 세인트루이스, 애틀랜타, 피닉스도 휩쓸렸으며 그랜드래피즈도 불타고 있다. 상상하기 어려운 이야기들이다.

"내가 아는 한 우리 창고의 구호물품은 떨어지지 않았어요."

그가 예의 뚫어볼 듯한 시선으로 나를 본다. 나도 모르는 뭔가를 가늠하는 것이리라. 이윽고 그가 구둣발로 난로 가장자리를 건드리는 데 우리만큼이나 낡고 생채기가 많은 구두다.

"한국산 난로. 지금은 거의 모든 구호를 그들이 한답니다. 홍보 때문이죠. 어떻게든 감추려 하겠지만 계엄령 의원들 중에 이곳에 가족이 있는 사람들이 많습니다. 그리고 아시아 국가들은 전면적인 보호주의를 깨뜨리기 위한 협정들을 맺으려 들죠. 이곳 구호물자야 극히 일부에 불과하겠습니다만, 인사이드 내부의 거의 모든 물자가 짱깨 아니면 김치인 이유가 그 때문입니다."

그는 비속어들을 아무렇지도 않게 내뱉는다. 예의바른 젊은이의 거침없는 비아냥거림 덕분에, 전황 보고와 요약 자체보다 아웃사이더의 상황이 더욱 실감나게 들린다.

그때 제니가 머뭇거리며 입을 연다.

"어제 봤는데…… 아무래도 아시아인 같았어요."

"어디에서?"

내가 깜짝 놀라 묻는다. 이유는 모르지만 병에 걸린 아시아계 미국인은 거의 없다. 그나마 우리 부락엔 한 명도 없다.

"림에서요. 간수 중 한 명인데, 다른 둘이 발로 차며 욕을 퍼붓더라고요. 인터콤으로는 잘 들리지 않았어요."

"너하고 레이철이? 도대체 림엔 왜 간 거냐?"

내가 언성을 높인다. 림은 아무도 거주하지 않는 길고 넓은 섬으로 인사이드의 전염병 환자들을 나가지 못하도록 고압전류와 가시철망을 쳐둔 곳이다. 고엽제와 소독약, 예방용 화학약품으로 중독된 수 킬로미터의 땅은, 강제 차출된 군인들이 순찰을 돌고 있다. 군인들은 가시철망 양쪽에 800미터마다 설치된 인터콤으로 인사이드 주민들과 대화할 수 있는데, 우리 부락의 폭력 및 겁탈, 그리고 초기 몇 년간 단 한 건 있었던 살인 사건 등은 모두 림에서 발생하였다. 전기담장과 가시철망 안에 무기력하게 갇혀 있는 데다, 인사이드 안에까지 따라올 경찰이 없다는 이유로 가증스러운 악당들이 우리를 죽이려 침입한 적도 있었다. 다행히 군인들과 우리 주민들이 합세해 림에서 그들을 막아내기는 했다. 죽은 사람들은 림 근처에 묻었다. 그런데, 맙소사, 레이철과 제니가 림에 갔다지 않는가.

"간수들한테 흰개미 막는 방법을 물어보려고요. 물론 인터콤으로요. 어차피 벌레든 뭐든 막는 사람들이잖아요. 흰개미 잡는 방법을 알지도 모른다고 생각했어요. 그런 훈련을 받았을 수도 있고."

그녀가 말한다. 말은 된다.

침실이 열리고 레이철이 나온다. 잔뜩 풀이 죽은 표정이다. 맥헤이브가 그녀에게 미소를 짓고 다시 제니를 본다.

"군인들이라고 흰개미 잡는 훈련까지 받는 건 아닙니다. 어쨌든 분명히 약속드리죠. 다음에 인사이드에 들어올 때 꼭 약을 가져다 드리겠습니다."

또 그 얘기다. 제니가 철없이 맞장구를 쳐준다.

"이야, 고마워요. 오늘 석고보드를 조금 더 부탁했는데, 흰개미를 잡지 못하면 결국 마찬가지 꼴이 되고 말 거예요."

"흰개미가 여왕을 뽑는다는 거 알아요? 아주 정교한 선거 시스템이랍니다. 진짜예요."

맥헤이브가 주장한다.

레이철이 미소 짓지만 정말로 이해했을 것 같지는 않다.

"개미는 고무나무도 쓰러뜨려요."

그가 노래를 부르기 시작했다. 어릴 적 내가 부르던 노래. 전축으로 흘러나오던 프랭크 시내트라의 「고귀한 희망」. 심지어 CD도 없을 때다……. 일요일 오후, 목이 긴 유리잔에 따라놓은 아이스티와 콜라, 부엌에 둘러앉은 이모들과 삼촌들, 축구 중계가 한창인 거실 TV, 테이블 위에 정원에서 막 따와 화분에 담은 그 해의 국화, 일요일 늦은 오후의 아련한 레몬향, 월요일 아침 노란 스쿨버스가 지나가기 전 주말의 끝…….

제니와 레이철은 그 어느 것도 알지 못한다. 그들은 행복하기만 한 가사들을 듣고 있다. 멋진 바리톤과 이해하기 쉬운 단순한 리듬. 얼빠진 어휘들로 읊어대는 희망과 용기. 두 소녀는 즐거워한다. 맥헤이브가 몇 번 부른 후엔 따라 부르기도 한다. 아이들은 동네 댄스파티에서 인기를 끈 노래 세 곡을 불러주고, 복숭아주스를 더 내오고, 아웃사이드에 대한 질문을 퍼붓기 시작한다. 단순한 질문들. '사람들은 뭘 먹고 살아요?', '식량은 어디에서 구하죠?', '어떤 옷을 입나요?', 내가 침대로 갈 때에도 셋은 얘기에 여념이 없다. 관절이 욱신거리기 시작했다. 나는 메이미의 닫힌 문을 힐끗 보곤 형언할 수 없는 슬픔을 느낀다.

"그 개자식이 다시는 곁에 오지 못하게 할 거야."

다음날 아침 메이미가 말한다. 화창한 날이라 나는 창문 옆에 앉아 손가락 운동 겸 담요를 뜨며, 구호 털실이 중국 양을 깎은 건지 아니면 한국 양을 깎은 건지 궁금해 하던 참이다. 레이철과 제니는 E 블록 우물 공사의 부역호출을 받고 나갔다. 벌써 몇 주째 우물을 파야 한다고 웅성거리더니, 기어이 누군가 총대를 메고 인력을 꾸린 모양이다. 메이미는 맥없이 식탁에 앉았는데 얼마나 울었는지 눈이 빨갛다.

"메리 델바튼이랑 개지랄하다가 딱 걸렸잖아. 세상에, 엄마, 그 새끼가 델바튼 년하고 그 짓을 하더라니까."

목소리가 두 살배기처럼 갈라져 있다.

"이제 놓아줘라, 메이미야."

"난 또 혼자야. 개자식이 약혼한 다음날 화냥년하고 붙어먹는 바람에 혼자가 되었단 말이야!"

아무래도 담담하게 받아들일 수 없는 모양이다.

나는 대꾸하지 않는다. 사실 할 말도 없다. 메이미의 남편은 11년 전, 레이철이 다섯 살 때 죽었다. 정부가 주도하는 치료 실험의 희생자가 된 것이다. 부락민들은 모르모트에 불과해 부락 네 곳에서 열일곱 명이 목숨을 잃었다. 그 후 정부는 자금 지원을 끊고 역병 지구로 드나드는 자체를 범죄행위로 분류했다. 고전염성 질병으로부터 시민을 보호한다는 게 이유였다.

"이제 절대 내 몸에 손 못 대!" 메이미가 비명을 지른다. 눈꺼풀에 매달려 있던 눈물이 3센티미터쯤 흘러내리다 첫 번째 질병 고랑에 걸리고는 그녀의 입까지 빗겨 흐른다. 내가 손을 내밀어 눈물을 닦아준다. "나쁜 놈, 죽여 버리고 말 거야!"

저녁때쯤 그녀와 피터는 손을 잡고 있다. 둘은 나란히 앉았는데 그의 손이 식탁 아래로 내려가 그녀의 허벅지를 애무한다. 메이미도 그의 엉덩이 아래로 손을 밀어 넣는다. 레이철과 제니는 시선을 피한다. 제니는 살짝 얼굴까지 붉힌다. 문득 주마등처럼 옛 생각이 스쳐지나간다. 그동안 까맣게 잊고 지냈건만…… 열여덟, 예일대 1학년, 기하학적 무늬가 그려진 시트와 대형 청동 침대. 불과 세 시간 전에 만난 붉은 머리의 남자. 하지만 이곳 인사이드의 섹스는, 다른 것과 마찬가지로, 너무 느리고 너무 조심스럽고 은밀하게 진행된다. 그 오랜 세월, 사람들은 이 질병이 에이즈처럼 성 접촉으로 옮을까 봐 두려워했다. 그리고 추한 생김새에 대한 수치심도 있다. 질병의 고랑이 십자무늬로 새겨진 신체. 필경 레이철은 남자의 알몸조차 보지 못했을 것이다.

"그래, 수요일에 마을 댄스파티가 있다고?"

내가 말한다. 뭐든 말해야 했다.

"B블록이에요. 지난여름에 E블록에서 연주한 밴드도 온댔어요."

제니가 푸른 눈을 반짝이며 좋아한다.

"기타도 있니?"

"에이, 아뇨. 트럼펫과 바이올린뿐이래요. 할머니도 그 악기들이 내는 소리를 들어봤어야 했는데. 기타하곤 다르다니까요. 할머니도 같이 가요, 응?"

"나야 못 가지만, 맥헤이브 박사는 가겠지?"

두 아가씨의 표정에서 난 짐작이 옳았음을 본다.

제니가 머뭇머뭇 말한다.

"파티에 가기 전에 할머니하고 잠시 얘기하고 싶댔어요. 할머니가 허락하시면요."

"왜?"

"저도 잘…… 잘 몰라요."

그녀가 눈을 피한다. 얘기할 수도 없고 거짓말도 어렵다는 뜻이다. 비로소 깨달은 사실이지만 인사이드 아이들 대부분이 거짓말을 못한다. 그리고 해봐야 금세 티가 나고 만다. 프라이버시를 중시하지만 그건 정직한 프라이버시여야 한다.

"할머니, 만날 거죠?" 레이철이 애원한다.

"그래, 만나마."

메이미는 잠시 피터에게서 눈을 떼며 차갑게 덧붙인다.

"너와 제니 문제라면, 그 남자는 할머니가 아니라 날 만나야 해. 난 네 엄마고 제니 후견인이니까. 설마 잊은 건 아니겠지?"

"설마 그럴 리가 있겠어?" 레이철의 대답이다.

"너 어째 말투가 이상하다."

"미안."

레이철은 그렇게 대답하지만 말투는 그대로다. 제니가 당혹스러운지 고개를 떨군다. 그리고 메이미가 버릇없는 딸을 향해 포문을 열기 전, 피터가 그녀의 귀에 무어라 속삭인다. 그녀가 손으로 입을 막고 키득거린다.

잠시 후, 부엌에 우리 둘만 남을 때 내가 조용히 레이철을 꾸짖는다.

"엄마를 화나게 하면 안 된단다. 엄마도 어쩔 수 없잖니."

"죄송해요, 할머니." 레이철이 공손히 대답한다.

하지만 난 그녀의 말투에서 불신을 본다. 나와 (어쩌면) 제 엄마를 향한 사랑 때문에 표현은 안 해도 분명 그 안에 불신이 들어 있다. 메이미가 어쩔 수 없다는 말을 믿지 못하는 것이다. 레이철은 인사이드에서 태어났다. 메이미의 상실감을 이해 못하는 게 당연한 노릇이다.

✳

6일 후, 그러니까 댄스파티 직전에 톰 맥헤이브가 두 번째로 찾아왔을 때, 지난 번과는 무척 달라 보였다. 주변의 공기를 흔들 정도의 에너지와 자신감을 발산하는 사람이 있다는 사실조차 잊고 살았건만. 그가 두 다리를 조금 벌려 서고, 그의 양쪽에 레이철과 제니가 댄스파티를 위한 새 스커트 차림으로 붙어 있다. 제니의 곱슬머리에 꽂힌 빨강리본이 꽃만큼이나 예쁘다. 맥헤이브가 가볍게 그녀의 어깨를 건드린다. 나는 그녀의 반응을 보고 둘 사이에 어떤 일이 일어나는 중인지 직감한다. 갑자기 목이 멘다.

"솔직히 말씀드리겠습니다, 프래트 부인. 잭 스티븐슨 씨와 메리 크래머를 비롯해 C와 E블록의 사람들과 얘기를 나누면서, 여러분들이 이곳에서 어떻게 지내시는지 대충 이해했습니다. 어차피 수박 겉핥기겠지만요. 후에 스티븐슨 씨와 크래머 씨도 만나겠지만 우선은 부인께 먼저 말씀드리고 싶습니다."

"왜요?" 내가 묻는다.

의도보다 다소 목소리가 거칠게 나왔다. 아니, 그냥 느낌이 그런 건가?

그는 당황하지 않는다.

"질병의 생존자 중 가장 연장자 그룹이시니까요. 아웃사이드 교육도 많이 받으셨고 또 사위께서 악소페르딘으로 돌아가셨죠."

맥헤이브가 무슨 말을 할지 깨달은 바로 그 순간, 난 레이철과 제니가 이미 같은 얘기를 들었음을 깨닫는다. 두 아이도 놀라기는 하지만, 살짝 입을 벌리고 열심히 귀를 기울이는 모습이 아는 얘기가 분명하다. 하지만 이해는 한 걸까? 아빠가 숨을 몰아쉬며 죽어갈 때 레이철은 세상에 나오지도 않았다.

맥헤이브가 내 눈을 보며 말한다.

"그분들의 죽음 후 많은 연구가 있었습니다, 프래트 부인."

"아니, 없었어요. 당신네 정부 말대로 너무 위험하니까."

그가 내가 언급한 대명사에 주목한다.

"예, 질병의 실제 치료 행위는 불법입니다. 전염병과의 접촉을 최소화하기 위해서죠."

"그런데, 그 '연구'가 어떻게 가능하다는 건가요?"

"다시 나가지 않을 각오로 인사이드에 들어온 의사들이 있습니다. 데이터는 암호화되어 레이저로 전송되죠."

"병에 걸리지 않은 의사가 들어와 나가지 않는다고요?"

맥헤이브가 미소 짓는다. 나는 그의 샘솟는 에너지의 특이성에 또 한 번 충격을 받는다.

"오, 놀라셨군요. 펜실베이니아 부락 내에 의사 셋이 들어갔죠. 한 분은 은퇴 연령이 지나신 분이고, 한 분은 독실한 가톨릭 신자시랍니다. 하느님께 연구의 영광을 돌리셨죠. 세 번째는 아무도 짐작하지 못할 겁니다. 아주 고집이 세시지만 훌륭한 과학자셨죠."

과학자셨죠?

"그리고 당신이군요."

"아닙니다. 전 드나드는 걸요." 그가 조용히 말한다.

"다른 분들은 어찌 되었나요?"

오른손을 움찔하는 것으로 보아, 그는 흡연자거나 끊은 지

얼마 되지 않는 모양이다. 담배를 지니지 않은 사람에 대해 그런 식의 결론을 내린 적이 얼마만이던가. 20년? 담배를 기부하는 사람은 없기에 지금은 너무도 귀한 물건이 되었지만 그래도 난 그 동작을 기억하고 있다.

"모두 돌아가셨습니다. 두 분은 병에 걸리셨죠. 자원자들은 물론 당신들 자신을 상대로 연구하셨는데, 어느 날 정부가 전송된 데이터를 가로채고 안으로 들어가 모든 걸 파괴해 버렸죠."

"왜요?" 제니가 묻는다.

"질병에 대한 연구가 불법이기 때문이에요. 아웃사이드 사람들이 병원균이 새어 나올까 봐 두려워했으니까요. 바이러스는 모기나 새, 심지어 포자 형태로도 빠져나올 수 있답니다."

"근래엔 빠져나간 적이 없어요." 레이철이 말한다.

"예. 하지만 과학자들이 바이러스를 마구 분할하고 삽입하기 시작한다면, 바이러스가 더 강해질 수도 있다고 판단했죠. 레이철, 당신은 아웃사이드를 이해 못해요. 모든 게 불법이죠. 지금은 미국 역사상 가장 폭압적인 시대라, 다들 두려움에 빠져 있어요."

"박사님은 아니죠?" 제니가 묻는다.

얼마나 나긋나긋한 목소리인지 간신히 들을 정도다. 그녀를 향한 맥헤이브의 미소에 가슴이 먹먹해진다.

"그래도 우린 포기하지 않았고 연구도 계속 진행 중입니다. 지하로 숨은 데다 이론적인 과정에 불과하지만, 그래도 많은 걸 알아냈습니다. 바이러스가 단지 피부만 건드리는 것이 아니라……"

"그만." 내가 말린다. 뭔가 중요한 얘기를 할 모양이다. "잠시만 기다려요. 나도 생각 좀 정리해야겠으니."

맥헤이브는 기다린다. 제니와 레이철이 나를 본다. 둘 다 흥분을 억제하느라 두 눈을 반짝이고 있다. 나도 마음을 굳힌다.

"맥헤이브 박사, 뭘 원하는 거죠? 그 연구들은 순수한 과학적 열정을 넘어 우리한테 뭔가 원하는 게 있어요. 만일 당신 말처럼, 아웃사이드의 상황이 열악하다면 그곳에도 질병이 많을 거예요. 굳이 이런 식으로 자살을 무릅쓰지 않아도 의사들이 많이 필요하지 않나요?" 그가 눈을 반짝이며 고개를 끄덕인다. "그런데도 당신은 인사이드를 택했어요. 왜죠? 우리한테 더 이상 새롭거나 흥미로운 증상도 없는데? 우리는 근근이 살아가고 있고 아웃사이드가 관심을 끊은 지도 옛날 일이에요. 아무것도 없는 이곳에 들어온 이유가 뭔가요?"

"틀렸습니다, 프래트 부인. 여긴 흥미로운 일이 일어나고 있습니다. 생존하셨으니까요. 이곳 사회는 퇴화하긴 해도 붕괴되지 않았어요. 불가능한 상황에서 기능을 잃지 않은 겁니다."

늘 듣는 헛소리. 나는 그에게 눈썹을 치켜떠 보인다. 그가 불을 바라보다가 다시 얘기를 이어간다.

"워싱턴이 폭동에 휩싸인 건 아무것도 아닙니다. 부인께 직접 보셔야 해요. 열두 살짜리 아이가 사제폭탄을 던지고, 직장이 있다는 이유로 실업자 이웃한테 사타구니까지 난자당하고, 세 살배기 아이가 도둑고양이처럼 버려진 채 굶어죽는 세상을…… 부인은 모르십니다. 여긴 그런 일이 없으니까요."

"우리가 그 사람들보다 낫네요." 레이철이 말한다.

나는 손녀를 바라본다. 자긍심보다는 놀라움 때문에 한 말이다. 그녀의 뺨을 가로지른 잿빛의 피부 고랑들이 밤색으로 빛난다.

"그럴지도 모릅니다. 우리는 바이러스가 단순히 피부만이 아니라 두뇌의 신경전달물질 수용체를 바꾸어놓는다는 사실을 알아냈습니다. 상대적으로 느린 과정이라 초기의 무차별적 연구에서 드러나지 않은 거죠. 하지만 사실입니다. 그 정도 빠르기는 아니지만 코카인이 야기하는 수용량 변화만큼이나 분명하답니다. 이해하시겠습니까, 프래트 부인?"

내가 끄덕인다. 개념까지는 아니겠으나 제니와 레이철도 대충 알아듣는 표정이다. 물론 맥헤이브 박사가 설명했을 것이다.

"질병이 두뇌로 진행하면서 흥분성 전달물질이 조금씩 힘을 잃어가고 진정성 전달물질들이 쉽게 자리를 잡기 시작했죠."

"우리가 더 멍청해졌다는 얘기로군."

"오, 아닙니다. 지능은 전혀 영향을 받지 않습니다. 결과는 정서적이고 행동적 차원일 뿐 지적인 차원과는 무관합니다. 여러분은 더 온화해지신 겁니다. 모두가. 행동과 혁신을 기피하고 다소 우울하고 침체되신 거죠."

불이 꺼져가는 바람에 난 불쏘시개를 들고 장작을 찔러댄다. 누군가 쇠지레로 사용하는 바람에 손잡이 부분이 굽은 쏘시개는, 합성펄프 주조품으로 '와이어하우저 세이예드 기증'이라는 도장이 선명하게 박혀있다.

"난 우울하지 않아요, 젊은이."

"신경시스템의 우울증이기는 합니다만, 새로운 종류입니다. 임상적 우울증에 수반되기 마련인 무기력증이 없으니까요."

"못 믿겠군요."

"진심이십니까? 무례하자는 건 아니지만, 부인을 포함한 부락 지도자들께서 일을 하면서 마지막으로 의미 있는 변화를 밀어붙인 게 언제죠?"

"상황을 구조적으로 바꾸는 것보다 그저 수용하는 게 좋을 때도 있어요. 이건 화학공식이 아니라 현실이니까."

"아웃사이드는 아닙니다. 그들은 구조적으로 변하지도 수용하지도 않습니다. 그저 폭력화될 뿐이죠. 인사이드에선 초기 몇 년 이후 거의 폭력이 없었죠. 자원이 고갈돼도 마찬가지였습니다. 버터를 맛보시거나 담배를 피워본 게 언제죠? 청바지를 입은 적은요? 소비재가 떨어진 지역에 경찰마저 없을 경우 아웃사이드가 어떤지 아시지 않습니까? 하지만 인사이드 사람들은 구호품을 최대한 공정하게 분배하거나, 아예 없이 지냅니다. 약탈도 폭동도 위험천만한 질투도 없죠. 아웃사이드에서는 아무도 모르지만, 이제 저희는 압니다."

맥헤이브의 목소리는 너무도 진지하다.

"우리한테도 질투는 있다오."

"하지만 분노로 표출되지는 않죠."

우리가 논쟁하는 동안 마치 테니스 경기를 구경하듯 제니와 레이철의 고개가 좌우로 돌아간다. 물론 둘 다 테니스를 본 적은 없다. 제니의 피부가 진주처럼 빛을 발한다.

"우리 젊은이들이 폭력적이진 않지만 그 중엔 거의 질병과 무관한 이들도 있다오."

"어른들로부터 품행을 배우는 겁니다. 그건 어디나 마찬가지예요."

"난 우울하지 않아요."

"그럼, 에너지가 펄펄 넘치십니까?"

"관절염 환자라오."

"제 말뜻은 그게 아닙니다."

"그럼 뭐죠, 의사 선생?"

또다시 없는 담배를 찾으려는 듯 초조한 몸짓. 그래도 목소리만은 차분하다.

"제가 레이철에게 가져다 준 흰개미 살충제를 사용하는 데 얼마나 걸리셨죠? 부인께서 못 쓰게 하셨다고 들었습니다. 예, 옳으신 선택이셨습니다. 위험한 약품이니까요. 어쨌든 부인이나 손녀께서 약을 살포하는데 얼마나 망설이신 거죠?"

약품은 아직 통 속에 담겨 있다.

"지금 화가 많이 나십니까? 이제 제 정체를 아시잖습니까? 제가 이곳에 온 이유도 아실 겁니다. 그런데 꺼지라는 말씀도 없으시네요. 핀잔은커녕 귀를 기울이고 계십니다. 그것도 아주 차분하게요. 제가 뭘 원하는지 아시면서도 그 말을 인정하고 계시는……"

그때 문이 열리는 바람에 그의 말이 끊긴다. 메이미가 뛰어들어오고 피터가 그 뒤를 따른다. 그녀는 잔뜩 구겨진 표정에 발까지 쿵쿵거린다.

"레이철, 너 여기서 뭐 하니? 밖에서 10분도 더 기다렸잖아! 파티가 시작했단 말이야!"

"조금만 있다가, 엄마. 지금 얘기 중이야."

"얘기? 무슨 얘기? 무슨 일 있어?"

"아무것도 아닙니다. 그저 모친께 인사이드의 삶에 대해 몇 가지 질문 중인데, 기다리게 해드려 죄송합니다."

맥헤이브가 사과한다.

"나한테는 절대 묻지 말아요. 춤추러 가야 하니까!"

"두 분이 먼저 가 계시면 제가 레이철과 제니를 데려가죠."

맥헤이브가 말한다.

메이미는 아랫입술을 깨문다. 아무래도 피터와 맥헤이브를 양쪽에 거느리고 거리를 활보하고 싶은 모양이다. 두 사람 팔짱을 끼고 두 아이를 졸졸 쫓아오게 만드는 것이다. 맥헤이브가 조용히 그녀의 시선을 받아준다.

"에, 뭐, 정 그러시다면. 가요 피터."

그녀가 새치름하게 대꾸한 후 문을 쾅 닫고 나간다.

나는 맥헤이브를 바라본다. 레이철 앞에서 할 만한 질문이 아니라, 박사가 요점을 눈치 챘으면 했는데 다행히 눈치가 빠른 사람이다.

"임상적 우울증이 불안증이나 수동증을 유발하지 않는 경우가 간혹 있습니다. 아직 모르지만 다르지는 않을 듯싶습니다."

"할머니, 박사님이 치료법을 아신대요." 레이철이 말한다.

더 이상 모르는 척하기가 어려운 모양이다.

"단지 피부 증상뿐입니다. 두뇌에 미치는 영향은 아닙니다."

맥헤이브가 재빨리 덧붙인다. 그도 그런 식으로 불쑥 내뱉고 싶은 생각은 없었을 것이다.

그가 손으로 제 머리카락을 헤집는다. 숱이 많은 갈색 머리. 제니가 그의 손을 바라본다.

"피부세포와 뇌세포는 다릅니다, 프래트 부인. 바이러스는 동시에 피부와 두뇌에 접근하지만, 두뇌세포가 훨씬 복잡한 탓에 증세가 나타나는 것도 늦을 수밖에 없고 또 되돌릴 수도 없습니다. 신경세포는 재생이 안 되니까요. 만약에 부인께서 손가락 끝을 베신다면, 완전히 새로운 조직이 만들어질 겁니다. 예, 부인께서 젊으시다면 온전한 손가락을 회복할 수도 있죠. 우리가 피부에 기대하는 것도 그런 식의 기능입니다. 하지만 대뇌 피질을 다칠 경우 그것으로 끝입니다. 두뇌의 다른 기능이 보완하지 못한다면 그 세포들이 담당한 행동들 역시 영원히 바뀌겠죠."

"우울증 얘기군요."

"평화 말씀입니다. 행동의 억제라고 할까요? 지금 이 나라에 시급한 게 바로 억제입니다."

"그래서 이곳 사람들 몇을 아웃사이드로 데려가 피부병을 치료해 주고 '우울증'을 전파하겠다는 건가요? '억제'이든 '행동 제약'이든······"

"저 밖엔 행동이 난무하지만 통제가 불가능한 지경입니다. 모두 잘못된 종류의 행동이죠. 우리한테 필요한 건 세상의 속도를 늦추는 겁니다. 더 이상 늦기 전에."

"그래서 전 인류를 감염시키겠다는······"

"진정시키는 겁니다. 냉정을 찾도록. 그들을 위한 일이죠."

"결정은 그럼 당신 몫인가요?"

"대안을 고려한다면, 어쩔 수 없습니다. 효과가 있으니까요. 그 끔찍한 강탈에도 불구하고 부락들은 제대로 돌아가고 있습니다. 질병 덕분이죠!"

"모두 피부줄무늬 병에 걸릴 거야."

"그건 치료할 수 있습니다."

"당신네 치료를 믿어? 그놈의 치료 때문에 레이철 아버지가 죽었어!"

"우리 치료가 아닙니다. 이건 새롭고도 올바른 방법이죠. 의학적으로 완전히 다릅니다."

그가 주장한다. 그의 목소리엔 절대적 확신이 담겨 있다. 젊음과 열정의 확신. 아웃사이드의 확신.

"그러니까 당신의 모르모트로서 내가 그 새롭고 올바른 방식의 치료를 받았으면 하는 거군요."

드디어 긴장된 침묵의 순간이다. 두 사람의 눈이 흔들린다. 파란 눈. 갈색 눈. 그리고 레이철이 스툴의자에서 일어나거나, 맥헤이브가 "흉터를 완전히 없앨 가능성은 고랑무늬가 깊지 않은 젊은이들이 더 많습니다."라고 말하기 전에, 난 이미 결론을 깨닫고 만다. 레이철이 두 팔로 나를 끌어안는다. 그리고 제니…… 머리에 붉은 리본을 꽂고 망가진 의자에 공주처럼 앉아 있던 제니. 신경전달물질, 지발(遲發)형 바이러스, 위험률 따위의 개념을 들어본 적도 없는 제니…… 그녀가 결국 "내가 할게요."라고 간단히 내뱉곤 사랑이 가득 찬 눈으로 맥헤이브를 올려다본다.

나는 거부한다. 허락할 수 없다고 선언하고 맥헤이브를 쫓아낸다. 두 소녀를 타이르며 안 된다고 한다. 그들은 슬픈 눈으로 서로를 바라본다. 모르긴 몰라도 두 아이는 결국 허락 없이, 저희들 멋대로 행동할 것이다. 지금껏 한 번도 그런 적이 없건만.

우리는 한 시간 가까이 말다툼을 한다. 나는 그들을 댄스파티에 보내며 나도 함께 가겠다고 고집을 부린다. 추운 밤. 제니는 스웨터 차림이다. 손으로 뜬 옷이 목에서 무릎까지 단단히 감싸주고 있다. 레이철도 코트를 질질 끌고다녀 검은색 합성섬유의 소맷부리와 가두리가 다 헤졌다. 문을 나서자 그녀가 내 팔을 잡아 세운다.

"할머니, 왜 안 된다고 하시는 거예요?"

"왜냐니? 오, 얘야 벌써 한 시간째 얘기하잖니. 위험이 너무 커."

어두운 복도이지만 난 그녀가 각오를 다지는 걸 느낄 수 있다.

"겨우 그거뿐이에요? 아니면…… 나한테 화내지 마세요, 할머니. 할머니 화나게 하려는 거 아니니까요……. 하지만 혹시…… 치료가 새로운 것이기 때문은 아니에요? 그러니까 변화 말이에요. 변화는 자극적이기 때문에 거부하는 것 아니냐고요? 톰의 말처럼?"

"아니, 그렇지 않단다."

나는 손녀의 긴장을 느낀다. 이 아이가 평생 긴장이란 걸 해본 적이 있던가?

우리는 거리를 따라 B블록으로 내려간다. 하늘엔 달이 뜨고 바늘로 뚫어놓은 듯한 작은 별들로 가득하다. 색이 다 벗겨진 밋밋한 사각 막사들 앞마당에 박아 넣은 등불과 횃불들이 조명 역할을 해주고 있다. 밋밋하다고? 맥헤이브의 말 때문에 그렇게 보이는 걸까? 우리가 이 황량한 공리주의보다 더 잘 해내는 게 가능했던 걸까? 이 칙칙한 환경, 침체된 평화보다? 이제껏 해본 적도 없는 질문이다.

나는 레이철, 제니와 함께, 막사 바로 뒤 어두운 거리의 입구에 선다. 밴드는 맞은편에서 연주 중이다. 바이올린, 그리고 밸브가 하나뿐이라 음이 고정된 트럼펫. 사람들은 옷으로 온몸을 감싸고 횃불 주변의 빛 무리들 속에 삼삼오오 모여 차분한 목소리로 대화를 나눈다. 밋밋한 마당 가운데에선 예닐곱 커플이 춤을 추고 있다. 서로 내외하듯 짝을 이루고 평범한 각색의 「우주선과 장미」 반주에 맞춰 이리저리 몸을 흔드는 수준이다. 내가 병이 걸리던 바로 그해 인기를 끌다가 10년 후 최초의 유인탐사선이 화성으로 떠나면서 리바이벌된 노래이다. 그래, 화성식민지를 세울 거라고 했는데……

아직 그곳에 가 있는 건가?

우린 새로운 노래를 만든 적이 없다.

피터와 메이미도 다른 커플들 사이에서 돌고 있다. 「우주선과 장미」가 끝나고 밴드는 「예스터데이」를 시작한다. 두 사람이 한 바퀴 돌면서 메이미의 얼굴이 횃불에 잡힌다. 단단하게 굳은 얼굴에 눈물자국이 선명하다.

"어디 앉아 계세요, 할머니."

레이철이 말한다. 막사를 떠난 후 내게 처음으로 말을 한 것이다. 가라앉기는 했으되 화난 목소리는 아니다. 세 발 스툴의자를 가져와 나를 앉히는 제니의 팔에도 노기는 없다. 어느 누구도 실제로 화내본 적이 없다.

내 몸무게에 의자가 땅속에 비스듬히 박힌다. 열둘이나 열셋쯤 되는 사내아이가 제니한테 다가와 아무 말 없이 손을 내민다. 두 아이가 춤추는 무리 속으로 빨려 들어간다. 나보다 관절염이 심한 잭 스티븐슨이 손자 할을 데리고 다가온다.

"안녕, 사라. 오랜만이요."

"안녕, 잭."

질병의 두터운 고랑이 그의 두 뺨을 굽이돌아 코까지 이어져 있다. 오래 전, 우린 함께 예일에 다녔었다.

"할, 가서 레이철과 함께 춤 추거라. 그 전에 저 의자부터 갖다 주고."

할이 시킨 대로 의자를 가져와 레이철과 교환한다. 잭이 내 옆에 앉는다.

"큰일이 생겼소, 사라."

"나도 들었어요."

"맥헤이브가 얘기합디까? 모두? 나보다 당신을 먼저 보겠다더군."

"그래요."

"그래, 어떻소?"

"잘 모르겠어요."

"할이 치료를 받았으면 합디다."

할. 미처 생각지 못했다. 그 애의 얼굴은 깨끗하다. 피부고랑도 오직 오른손뿐이다.

"제니도예요." 내가 말한다.

잭이 고개를 끄덕인다. 그럴 줄 알았다는 투다.

"할은 싫다고 했소."

"그래요?"

그가 나를 물끄러미 바라본다.

"제니는 허락한 모양이군. 아웃사이드를 지나야 하는 데다, 한 번도 시도해 보지 않은 치료까지 하는 일인데, 그래도 상관없다는 건가?"

나는 대답하지 않는다. 피터와 메이미는 다른 커플들 뒤에서 춤을 추다가 다시 어디론가 사라진다. 사람들이 춤추는 노래는 느리고 슬프고 또 너무도 낡았다.

"잭…… 우리가 이것보다 더 잘할 수 있었을까요? 이 역병 부락에서?"

잭이 춤추는 사람들을 바라보다가 마침내 입을 연다.

"우린 서로 죽이지 않소. 불을 지르지도 않고 훔치지도 않지. 훔쳐봐야 서리 수준이고 더더욱 사재기도 하지 않잖소. 우리 자신을 포함해 어느 누구도 상상하지 못할 만큼 잘해온 거요." 그가 무리들 속에서 할을 찾는다. "저 아이, 내 인생에서 가장 소중한 존재라오."

다시 주마등같은 기억. 잭은 오래 전에 잊힌 예일대 정치과학 교실에서 논쟁을 벌이고 있다. 열정적인 젊은이. 그는 파이터나 댄서처럼 발끝을 단단히 디디고 가볍게 상체를 내밀고 있다. 전기불빛이 그의 흑발을 밝게 비춘다. 여학생들은 펼쳐놓은 교과서에 두 손을 가지런히 놓고 그를 우러러본다. 그는 해당 논제의 찬성 진영으로, 거침없는 언변으로, 제3차 세계대전을 도발하는 건 초강국들의 핵무기 갈등을 억지하기 위한 효과적인 방법이라고 주장한다.

갑자기 연주가 끊긴다. 광장 중앙에서 피터와 메이미가 서로 소리를 질러댄다.

"……그년 만지는 걸 봤단 말이야, 이 개자식아! 이 음탕한 변태 새끼!"

"맙소사, 메이미, 그게 아니야!"

"왜 아니야? 입이 헤벌쭉해서 그년하고 춤 췄잖아! 등이랑 엉덩이도 마구 주무르고…… 또…… 또……"

그녀가 울기 시작한다. 사람들이 당혹스러워 하며 시선을 피한다. 처음 보는 여자가 나서더니 머뭇머뭇 메이미의 어깨에 손을 얹는다. 메이미가 손을 뿌리치고는 두 손으로 얼굴을 감싸고 광장에서 달아난다. 피터는 멍하니 서 있다가 누구에게랄 것도 없이 중얼거린다.

"죄송합니다. 그냥 춤추세요."

그가 밴드를 향해 걸어간다. 밴드는 맥없이 「이제 더 이상 바랄 게 없어요」를 연주하기 시작한다. 25년 전 노래.

"내가 도와줘도 되겠소, 사라? 당신 딸 말이요."

잭 스티븐슨이 말한다.

"어떻게요?"

"난들 알겠소?"

물론 그도 모른다. 정말로 방법이 있어서가 아니라, 횃불 속에서의 사소한 난장판에 내가 당혹스러워하고 있기에 위로 삼아 한 말이다. 우리 모두 그렇게 쉽게 슬픈 마음을 이해하는 건가?

레이철은 모르는 남자와 춤을 추고 있다. 조용한 인상의 노인인데, 그녀가 어깨 너머로 걱정스러운 시선을 던진다. 지금은 제니가 피터의 상대다. 피터의 얼굴은 보이지 않아도 제니의 얼굴은 똑똑히 보인다. 허공을 응시하고 있는데 어쩌면 당연한 반응이겠다. 그녀의 메시지는 분명하다. 맥헤이브와 춤추는 건 금했지만 피터까지는 아니었다. 그래서 원치 않으면서도, 그리고 이 작은 도발 행위에 스스로 겁을 먹으면서도, 그쪽을 선택한 것이다. 피터가 단단히 끌어안자 그녀가 어색한 미소를 지으며 엉덩이를 한껏 빼낸다.

카라 데스몬드와 로브 코트렐이 다가와 눈앞을 막아선다. 둘 다 나만큼이나 이곳에 오래 있는 사람들이다. 카라는 어린 증손주가 있는데, 뱃속에서 손상된 채 태어난 희귀한 아기 중 하나다. 청바지 위에 껴입은 그녀의 드레스도 가두리가 다 헤져 있다.

"사라, 네가 밖에 나온 걸 보니 반갑구나."

그녀가 부드러운 목소리로 말한다.

로브는 아무 말하지 않는다. 마지막으로 본 후 체중이 많이 분 모양이다. 횃불 빛에 비친 군턱 때문인지 마치 병 걸린 부처처럼 보인다.

제니가 사라진 걸 깨달은 건 두 번의 춤곡이 끝난 후다.

레이철을 찾으니, 그녀는 밴드에게 슈막 차를 따르고 있다.
피터는 드레스 속에 청바지를 받쳐 입지 않은 여자와 춤을
추는 중인데, 여자는 몸을 달달 떨면서도 미소를 놓치지 않는
다. 그럼 제니와 떠난 게 피터는 아니라는 얘기인데……

"로브, 나 좀 집에 데려다줄래요? 넘어질까 봐 그러는데."

한기가 관절을 괴롭히기 시작했다.

로브가 자연스레 고개를 끄덕인다. 카라가 같이 가겠다고
나서, 우리는 잭 스티븐슨에게 기다렸다가 따뜻한 차라도 마
시라고 인사하고는 자리를 뜬다. 걷는 동안 카라가 즐겁게 수
다를 떤다. 나는 최대한 노력하지만 제대로 속도가 날 리 없
다. 달은 이미 저물고 땅은 울퉁불퉁하며, 별들과 막사 창밖
으로 비치는 불빛이 조명의 전부인지라 어둡기가 그지없다.
촛불, 램프 불…… 한 번은 아주 강력한 불빛이 비추기도 했
는데 그 정도면 집적식 태양광이겠다. 그 구호품을 본 지도
무척이나 오랜만이다.

한국산. 톰은 그렇게 말했다.

"이런 떨고 있네. 얘, 여기 내 코트라도 걸치렴."

카라의 말에 내가 고개를 젓는다.

집 안으로 들이지 않고 막사 밖에서 내쫓는 데도 그들은 아무 질문 없이 돌아선다. 조용히 문을 열자 어두운 부엌이다. 난로는 꺼져 있다. 안쪽 침실 문이 반쯤 열려 있는데 어둠 속에서 목소리들이 새어나온다. 온몸에 소름이 돋는다. 이럴 땐 카라의 코트도 소용이 없다.

하지만 내 오판이다. 목소리는 제니와 피터가 아니다.

"……지금 그런 얘기 할 기분이 아니라……"

메이미가 말한다.

"하지만 꼭 해야 합니다."

"그래요?"

"예."

나는 두 목소리의 굴곡을 듣는다. 토라진 메이미의 목소리. 맥헤이브의 열정적인 목소리.

"부인은 제니의 후견인이시죠?"

"오, 제니? 그래요, 아직 1년 더 남았으니까."

"그럼 부인 말씀은 들을 겁니다. 아무리 모친께서…… 최종 결정권자는 부인과 제니니까요."

"그렇겠죠. 하지만 좀 더 생각해 봐야겠어요. 아직 모르는 게 너무……"

"원하시는 건 뭐든 말씀드리겠습니다."

"그래요? 결혼 했나요, 토머스 맥헤이브 박사님?"

조용. 그리고 그의 목소리.

"이러지 마세요."

"정말요? 정말 진심인가요?" 당연히 진심이다. "정말로 정말로 진심이에요? 내가 그만 두기를 바라세요?"

나는 의자에 무릎까지 부딪치며 성큼성큼 부엌을 가로지른다. 열린 문으로 들어서자 벽에 난 흰개미 구멍을 통해 별빛 가득한 하늘이 보인다.

"오, 이런!"

"전 그만 두라고 했습니다, 윌슨 부인. 제발 제니에 대해 드린 말씀을 한 번만 더 생각해 보세요. 내일 다시 돌아올 테니 그때……"

"지옥에나 가!" 메이미가 소리친다. 그녀가 기이할 정도로 가라앉은 목소리로 덧붙인다. "내가 병들었기 때문이죠? 당신도 제니도 멀쩡하기만 한데?"

"아닙니다. 맹세코 아니에요. 다만 이러려고 찾아온 게 아니라서요."

"아니겠죠. 당신은 우리를 도우러 왔어요. 치료약을 가져오고 아웃사이드를 되돌려주러 왔겠죠. 하지만 모두를 위한 것도 아니잖나요? 오직 병이 심하지 않은 일부에게만 해당되는 얘기겠죠. 너무 추해 보이지 않아 이용이 가능한 사람들?"

"그런 게 아닙니다."

"당신이 구할 수 있는 건 소수에 불과해요. 나머지는 지금 껏 그랬듯 이곳에서 썩어가겠죠."

"머지않아, 모두를 구할 수……"

"머지않아! 인사이드에서 시간이 무슨 의미죠? 여기에서 시간은 개도 안 먹어요! 시간이 중요한 건, 당신 같은 사람들 이 들어와 건강한 피부를 자랑하면서 이곳 사람들을 더욱 깊 은 실의에 빠뜨릴 뿐이라고요! 당신들은 그저 잘나빠진 새옷 을 입고 고장 나지 않은 시계를 차고 기름 바른 머리에다가 또…… 또……"

그녀가 훌쩍이기 시작한다. 내가 방 안으로 들어간다.

"진정해라, 메이미. 괜찮아."

내 등장에도 둘 다 아무 반응이 없다. 맥헤이브는 멍하니 서 있다가 내가 손을 젓자 아무 말 없이 집을 나선다. 내가 메 이미를 끌어안는다. 그녀가 내 가슴에 기대 울음을 터뜨린다. 그러고 보니 맥헤이브가 손목시계를 차고 있었다는 사실조차 모르고 있었다.

그날 밤 늦게 탈진한 메이미가 깊은 잠에 빠져든 후, 난 몇 시간 동안 잠 못 이루고 뒤척이기만 한다. 이윽고 레이철이 돌아와, 제니와 할 스티븐슨 둘 다 톰 맥헤이브의 실험주사를 맞았다고 얘기한다. 그녀는 온몸을 떨고 있다. 두려움에 치를 떨고 그들의 끔찍한 도발에 잔뜩 겁내한다. 나는 그녀 역시 잠들 때까지 안아준다. 나는 젊은 잭 스티븐슨을 떠올려본다. 그가 교실 불빛에 짙은 머리카락을 반짝이며, 다른 문명을 위해 한 문명을 희생하라고 호기 있게 주장하고 나선다.

  메이미는 다음날 아침 일찍 막사를 떠난다. 어젯밤에 그렇게 울어댄 탓에 눈이 통통 불어 있다. 아무래도 피터를 찾으러가는 모양이지만 난 아무 말도 하지 않는다. 레이철과 나는 식탁에 앉아 오트밀을 먹으면서도 서로 시선을 피한다. 사실 스푼을 드는 것조차 힘들다. 메이미는 오랫동안 돌아오지 않는다.
  후에, 난 그때의 광경을 그려본다. 제니와 할과 맥헤이브가 왔다 간 후, 나도 모르게 생각이 떠오른 것이다. 메이미는 통통 불어터진 눈으로 양쪽에 막사가 줄지어 선 더러운 거리를 내려간다. 비포장의 광장 모퉁이 채소밭마다 황폐한 콩 섶과 황록색의 당근 머리가 보인다. 그녀는 중국산, 일본산, 한국산 양모와 장작난로와 양철판과 관리 소홀의 구호약품들을 보관한 보급소들을 지나고, 닭장과 염소 우리를 지나고, 우리가 언제 태어나고 막사를 왜 수리하는지 따질 이유가 없다는 이유로 이미 10년 전에 기록보관을 중지한 중앙관청의 벽돌 건물을 지나고, 깊고 풍부한 지하수를 공유하는 마지막 공동 우물을 지난다. 메이미는 그러고도 계속 걸어가 마침내 림에 다다른다. 그들이 용건을 묻자 그녀가 대답한다.

그들이 도착한 건 몇 시간 후다. 위생복으로 단단히 무장하고 미제처럼 안 보이는 자동소총으로 무장하고 있다. 헬멧의 깨끗한 비산방지 유리를 통해 그들의 얼굴이 보인다. 그들 중 셋은 나와 내 얼굴, 그리고 할 스티븐슨의 두 손을 살펴본다. 다른 둘은 아예 시선을 피한다. 바이러스가 시선 교환으로 전염되는 줄 아는 모양이다.

그들은 부엌 식탁에 앉아 있는 맥헤이브를 낚아채 벽으로 집어던진다. 다행히 레이철과 할을 심하게 다루지는 않는다. 그 중 하나가 신기하다는 듯 제니를 보는데, 그녀는 식탁 맞은편에 완전히 얼어붙어 있다. 그들은 맥헤이브의 열정적인 설명조차 허락지 않는다. 그가 입을 열자 대장이 그의 얼굴을 때린다.

레이철, 레이철이 뒤에서 달려들더니 튼튼한 팔과 다리로 대장을 힘껏 끌어안는다.

"그만 해요! 제발!"

하지만 그는 그녀를 파리처럼 떨어내고 두 번째 병사가 그녀를 의자에 주저앉힌다. 그가 레이철의 얼굴을 보며 몸서리를 친다. 그녀가 계속 뜻 모를 비명을 지른다.

제니는 비명도 지르지 못하고 있다가, 테이블을 뛰어넘어 맥헤이브의 어깨에 매달린다. 금발머리가 흘러내려 그녀의 얼굴을 가린다.

"입 닥치지 못해!" 대장이 소리친다. 헬멧을 쓰지 않은 것처럼 또렷한 목소리다. "그래 인사이드, 아웃사이드를 오가며 우리 모두를 감염시킬 생각이었나?"

"난……" 맥헤이브가 버벅댄다.

"닥쳐!" 대장이 외치며 그를 쏴버린다.

맥헤이브는 벽에 기댄 채 축 늘어진다. 제니가 끌어안고 어떻게든 일으켜 세우려 하지만 소용이 없다. 병사가 다시 총을 쏜다. 총알은 제니의 손목뼈를 부순다. 그리고 세 번째 총성. 맥헤이브가 바닥으로 미끄러진다.

병사들이 떠난다. 피도 거의 흐르지 않는다. 총알이 들어가 박힌 자리에 작은 구멍 두 개만 남아 있다. 우리는 몰랐다. 인사이드의 누구도 몰랐다. 그들이 그런 식으로 총을 쏜다는 것도 몰랐고, 총알이 저렇게 만들 수 있다는 것도 몰랐다. 정말 몰랐다.

"엄마 짓이야." 레이철이 따진다.

"그래! 하지만 널 위해서다!"

메이미도 지지 않는다. 둘은 서로 부엌 반대편에 서 있다. 메이미도 집에 돌아와 문을 닫고 그대로 문에 기대섰다. 레이철은 맥헤이브가 죽은 벽 앞에 서 있다. 제니는 조용히 침실에 누워 있다. 할 스티븐슨은 5인의 무장군인을 상대로 무기력한 분노만 삭이다가 마침내 J 막사지구에 살고 있는 의사를 부르러 달려간다. 그가 만났을 때 의사는 염소 다리를 고치는 중이다.

"엄마 짓이야. 엄마가 했어."

그녀의 목소리는 너무도 차분하다. '고함을 질러, 레이철. 고함!' 난 그렇게 외치고 싶다.

"네 안전을 위해서야!"

"아니, 날 인사이드에 가두려고 한 짓이야. 엄마처럼."

"갇혀 있다는 생각도 안 해봤잖아! 지금껏 이곳에서 행복하게 살았어!"

메이미가 울부짖는다.

"그래, 그리고 지금부터는 엄마도 행복하지 못할 거야. 절대로. 여기에서도, 다른 어느 곳에서도."

나는 두 눈을 질끈 감는다. 레이철의 얼굴에 그려진 어른

표정을 차마 볼 수가 없다. 하지만 다음 순간 그녀는 다시 아이가 되어 격렬하게 흐느낀다. 그러고는 나를 지나 침실로 달려가 쾅 하고 문을 닫는다.

나는 메이미를 본다.

"왜 그랬니?"

그녀는 대답하지 않는다. 하긴 아무려면 어떠랴. 어차피 믿지도 않을 아이의 대답일 테니. 메이미의 정신은 그녀의 것이 아니다. 억압되고 병든 머리…… 그래, 이제 그 사실을 믿어야겠다. 그녀는 내 딸이다. 그리고 그녀의 머리도 외모를 일그러뜨린 추한 고랑 흔적에 멍들고 말았다. 그녀는 질병의 희생자이며 그녀가 무슨 말을 해도 달라질 건 아무것도 없다.

동 트기 전. 레이철은 침대와 벽 사이의 좁은 공간에 서서 옷을 개키고 있다. 침대보엔 아직 제니가 잠든 흔적이 남아 있다. 제니는 할 스티븐슨이 그녀의 막사로 부축해 갔다. 그곳이라면 잠에서 깨었을 때 메이미를 보지 않아도 되기 때문이다. 조잡한 선반의 오일 램프가 새로 맞춘 벽에 그림자를 드리운다. 벽에서 흰개미 살충제 냄새가 난다.

사실 꾸릴 옷도 별로 없다. 조잡한 바느질의 낡은 청바지 한 벌, 올이 풀려나간 스웨터. 양말 두 켤레. 여분의 스커트

한 벌…… 블록 댄스파티에 입었던 바로 그 치마다. 나머지는 모두 입고 있다.

"레이첼."

내가 부른다. 대답은 없지만 난 침묵이 얼마나 그녀를 힘들게 하는지 안다. 이런 상황에서조차 그 정도의 도발이 버거운 것이다. 어쨌든 그녀는 떠날 것이다. 맥헤이브가 아웃사이드로 나갈 때 활용하던 접선자들을 찾아, 지하 의료진들의 연구 결과를 수소문할 것이다. 그들이 치료의 다음 단계를 이루었다면, 그러니까 이미 흉터가 심한 사람들을 위한 치료 방법이 있다면, 그 치료를 받아들일 것이다. 설령 그렇지 못해도 결과는 마찬가지다. 그녀는 여행하는 동안 되도록 많은 사람들을 감염시킬 참이다. 그래서 수동적이고 비폭력적으로 만들 것이다. 얘기가 통하는 사람들로.

그녀는 가야 한다고 확신한다. 제니 때문에. 메이미와 맥헤이브 때문에. 열여섯 살, 그녀는 뭐든 해야 할 나이라고 믿고 있다. 그건 인사이드에서 자라더라도 마찬가지다. 그게 잘못된 일이라도 상관없다. 잘못된 일이라도 아무것도 하지 않는 것보다 낫다는 사실을 배운 것이다.

아웃사이드에 대해서 제대로 아는 게 없다. TV도 본 적이 없고 빵 배급소에서 줄을 서 본 적도, 마약쟁이들이 숨어 있

는 뒷골목이나 잔인한 공포영화를 본 적도 없다. 네이팜이
나 정치적 고문, 신경 폭탄, 집단 겁탈이 무슨 뜻인지도 모른
다. 그녀에게, 메이미는 혼란과 자기연민에서 비롯된 두려움
이자, 지독한 자학과 배신을 뜻한다. 거북살스러울 정도로 음
탕한 피터는 위험의 상징이자 닭 도둑이며 최후의 범죄자일
뿐이다. 아우슈비츠, 칸푸르 전쟁[1], 이단 재판소, 검투사 시합,
내트 터너[2], 폴포트[3], 스탈린그라드, 테드 번디[4], 히로시마, 미
라이 학살[5], 운디드니[6], 바비 야르[7], 블라디 선데이[8], 드레스덴[9],

---

1) 인도 칸푸르에서 일어난 전쟁. 영국 수비대를 비롯해 여자와 아이들까지 대
량 학살되었으나, 이를 빌미로 영국은 끔찍한 전쟁을 일으킨다.
2) 1831년 사우스햄턴에서 백인지주 새뮤얼 터너의 억압에 저항하여 반란을 일
으켜, 조직적으로 50여 명의 백인을 살해한다.
3) 캄보디아의 공산당 지도자로 국민 대학살을 자행한 인물.
4) 세계 최초의 연쇄 살인범으로 15명 이상을 살해한 것으로 알려짐.
5) 1968년 베트남 美軍들이 비무장 민간인 347명을 학살한 사건.
6) 마지막 인디언 수족이 기병대와 최후의 항쟁을 벌였던 곳으로 패배한 인디
언들이 모두 무참히 학살된 바 있다.
7) 우크라이나 마을. 과거 파시스트가 수십만의 우크라이나 사람들과 유태인들
을 학살한 곳이다.
8) 1972년 시민권을 요구하는 북아일랜드의 비폭력 민간시위대를 상대로 영국
군이 발포해 13명이 죽는다.
9) 2차대전 말, 연합군의 무차별 포격으로 10만~20만의 민간인이 희생된 독일
도시.

다카우 수용소[10] ……그녀는 그 어느 것도 들어본 적이 없다. 일종의 정신적 불감증과 더불어 자란 탓에, 야만적이고 파괴적인 불감증에 대해서는 아무것도 모른다. 일단 문명 속에 자리 잡기만 하면 질병만큼이나 멈추기가 어려운 불감증.

맥헤이브가 어디까지 가르쳐 주었는지는 몰라도 지하 연구자들을 찾는 건 불가능할 것이다. 그녀의 아웃사이드 행로가 의미 있는 정도의 감염을 일으키지도 못할 것이며, 오히려 얼마 가지 못하고 인사이드로 잡혀오거나 살해당할 가능성이 더 크다. 그녀가 세상을 바꿀 수는 없다. 너무도 늙고 단단하고 사악한 세상이 아닌가. 그녀는 실패할 것이다. 파괴적인 불감증보다 더 강한 힘은 없다.

그녀와 함께 가기 위해 나도 물건을 챙기고 있다.

---

10) 2차대전 당시 35000의 유대인이 학살당한 수용소.

그리고 깊고 푸른 바다 | 엘리자베스 베어 |

엘리자베스 베어는 여러 편의 SF소설을 발표했다. 그 중 제니 케이시 3부작 『해머드 (Hammered)』, 『스케어다운(Scaredown)』, 『월드와이어드(Worldwired)』는 로커스 최우수 소설상을 탔으며, 『암류(Undertow)』와 『카니발(Carnival)』은 필립 K. 딕 상의 결선에 오른 바 있다. 그녀는 또한 『프로메테우스 시대(Promethean Age)』 판타지 시리즈의 저자이며, 사라 모네트와 『늑대들과 함께(A Companion to Wolves)』를 공저하기도 했다. 단편 다작 작가이기도 한 그녀는 2003년 이후로 거의 50편을 발표했는데, 그 대부분은 『당신이 거절한 사슬(The Chains That You Refuse)』에 수록되어 있다. 자신의 웹사이트 http://www.elizabethbear. com 에 몇 편의 단편과 수많은 소설을 곧 발표할 것이라고 약속한 바 있다.

「그리고 깊고 푸른 바다」는 온라인잡지 《SCI 픽션》에 처음 발표한 작품으로, 물론 독창적이긴 하지만, 로저 젤라즈니의 『파멸의 골목(Damnation Alley)』을 연상시킨다. 종말 이후 버려진 장소에 대한 베어의 호기심과 그녀가 몇 년간 '미국의 핵 도시' 라스베이거스에 살았다는 사실이 이 단편을 쓰게 된 배경이다. 그녀는 작품 연구를 위해 방사능 지역을 안전하게 지나는 법을 배웠다고 하는데, 이 이야기가 이끄는 사건들을 지나고자 한다면, 여러분한테도 효용이 있을 것이다.

세상의 종말이 오고 갔지만 별 차이는 없는 것 같았다.

우편물도 여전히 배달해야 했다.

해리는 어제 서류에 사인하고 달력 날짜들을 확인하고 잠시 자기 사인을 바라보다가 펜 뚜껑을 닫았다. 그녀는 손에 금속통을 든 채 국장의 처진 눈을 보았다.

"이번 배달에 특별한 게 있나요?"

그가 어깨를 으쓱이곤 카운터의 양식 회람판을 뒤집어 그녀가 제대로 기입했는지부터 살폈다. 그녀는 신경도 쓰지 않았다. 실수한 적은 한 번도 없었다.

"특별한 게 있어야 하나?"

"특별하지 않으면 봉급을 지불할 필요가 없잖아요."

그가 카운터의 절연 케이스를 집자 그녀가 씩 웃었다.

"여덟 시간 내에 새크라멘토에 도착해야 해."

"이유는요?"

"의료 약품. 온도조절 시스템의 배아세포 배양. 너무 뜨거워도, 차가워도 안 돼. 이런 식의 증식용 배지에서 얼마나 생존 가능한지에 대한 복잡미묘한 공식이 있는 데다, 또 18시까지 캘리포니아에 도착하면 후한 수수료를 쳐준다니까."

"이런 벌써 10시네요. 그리고 너무 뜨겁거나 차가운 건 또 뭐죠?"

해리가 케이스를 들어보았다. 보기보다는 가벼웠다. 케이스는 여행용 오토바이 잡낭 안에 쉽게 미끄러져 들어갔다.

"지금보다 더 뜨겁지만 않게 하면 돼. 할 수 있지?"

국장이 이마를 훔치며 말했다. 해리가 허리를 굽혀 태양을 살폈다.

"여덟 시간? 피닉스에서 새크라멘토까지? 그럼 베가스를 지나야겠네요. 대폭발 이후로 캘리포니아 루트는 속도가 나지 않거든요."

"다른 아이는 보내지 않을 거야. 그리고 리노를 가로지르는 게 제일 빠르다."

"댐 이쪽에서 토노파까지는 기름이 하나도 없어요. 배달원 신분증으로도 소용이 없는 걸요."

"볼더 시에 검문소가 있다. 거기서 주유해 줄 거야."

"군인?"

"수수료가 짭짤할 거라고 얘기했잖아."

그가 어깨를 으쓱였다. 어깨가 벌써부터 땀으로 번들거렸다. 아무래도 더운 날이 될 모양이다. 피닉스라면 거의 50도에 육박할 텐데.

그나마 북쪽이라는 게 다행이겠다.

"할게요. 리노엔 집배용 트럭이 없나요?"

"리노가 어떤지 몰라서 물어?"

"예. 스파크(불꽃)가 보일 만큼 지옥에 가깝긴 하죠."

스파크는 리노의 최대 위성도시 이름이다.

"그래. 리노에서 알짱대지 말고 그냥 통과해. 베가스에서도 절대 멈추지 말고. 고가도로가 내려앉기는 했지만 파편만 없으면 신경 쓸 필요는 없다. 팰런까지는 95번 국도를 고수하라고. 그쪽은 깨끗할 테니까."

"감 잡았음. 새크라멘토에 도착하면 무전 칠게요."

그녀가 케이스를 어깨에 멨다. 국장이 움찔하는 건 일부러 모른 체했다.

"전보로 해. 도시간 잡음 때문에라도 다른 신호는 잡히지도 않을 거야."

그가 지적했다.

"오케이."

그녀는 열어둔 문을 향해 돌아섰다. 부서져가는 연석 옆에 전전(戰前)의 가와사키 콩쿠르가 사납고 거대한 고양이처럼 웅크리고 있었다. 인근 최고의 오토바이는 아니지만 그래도 물건은 물건이다. 다지 토마호크만 주차장에 처박지 않았던들……

"해리……"

"예?" 그녀는 발길을 멈췄지만 돌아보지는 않았다.

"길에서 '부처'를 만나면 죽여 버려."

그녀가 힐끗 등 뒤를 보았다. 머리카락 몇 올이 절연 케이스 줄에 닿고 가죽옷 고리까지 흘러내렸다.

"악마를 만나면요?"

콩쿠르는 후버 댐까지의 기나긴 내리막을 부드럽게 내려갔다. 피닉스로부터의 강행군 이후에 처음으로 얻은 휴식이다. 그녀는 자신의 옵션을 따져보았다. 정각에 도착하려면 볼더 시에서부터 토노파까지 평균시속 160킬로미터는 지켜야 한다. 도중에 문제가 발생하면 큰일일 테니까 말이다. 볼더 시와 토노파 사이에서 다른 운송수단과 마주쳐도 난감할 수 있다.

피닉스를 떠나기 전 만약에 대비해 예비용 방사선량계(放射線量計)를 확인했다. 댐과 오염된 강을 지날 때 부드럽게 딸깍거리는 소리가 익숙하고 느긋한 잡담 같은 긴장감을 전해주었다. 오른쪽의 푸른 강물은 물론 왼쪽의 가파른 경사를 만끽할 여유가 있을 리 없지만 댐은 그 모든 참사에도 불구하고 아름답기가 그지없었다.

언제부터 베가스가 이렇게 아름다웠지?

해리는 블랙캐년의 북쪽 급경사를 오르면서 저속 기어로 바꾸었다. 머리는 이미 땀에 흠뻑 젖었다. 한때는 이런 식의 배달은 비행기로 이루어졌다. 사실 지금도 그런 곳이 남아 있기는 했다. 연료비와 활주로 수리비가 남아 있는 곳들.

대부분의 활주로에서 비행기 착륙은 불가능했다. 오염된 활주로 옆에 오염된 새들이 즐비하게 누워 있고, 고속으로 지나는 동안에도 방사선량계가 따다다닥거릴 정도로 오염이 심했기 때문이다.

배달부의 보수는 끔찍할 정도로 빈약했다. 국장의 청구 방식과 같은 방식으로 계산해도 마찬가지다.

햇살이 거울 같은 콜로라도 강을 낮게 비추며 붉은색과 황금색으로 반짝였다. 오른쪽엔 다 허물어져가는 카지노가 있고, 협곡이 검고 날렵한 오토바이의 엔진음을 튕겨냈다. 아스팔트는 거미집이 점령했지만 그래도 절반 정도는 대형 오토바이로 달릴 만했다. 꾸준히 시속 90킬로미터로 달리는 대형 오토바이. 도로에 장애가 있으면 불가능하다. 그런 생각을 하는데 뭔가 옆으로 미끄러져 갔다. 잿빛 그림자 하나가 움푹 들어간 암벽 그림자 속으로 사라진 것이다. 야생 양. 바람에 병들어 쓰러지기 전까진 아무도 신경 쓰지 않는 존재들이다.

웃기는 건, 놈들이 점점 번식하는 것 같다는 사실이다.

해리는 브레이크를 잡으며 오토바이를 기울여 마지막 모퉁이를 돈 다음 다시 액셀로 바꿔 바람의 저항력을 만끽했다. 그는 곧바로 볼더 시 검문소를 향해 질주했다. 길 가, 페인트 벗겨진 철주(鐵柱) 위로 붉은 빛이 깜빡거렸다. 가와사키 오토바이가 신음을 흘리며 그녀의 허벅지 사이를 자극했다. 멈추고 싶지 않다는 뜻이다. 오토바이는 그녀가 먼지를 피하기 위해 속도를 올리자 비로소 얌전해졌다.

언덕마루는 경비대의 은신처이자 기지로 쓰였는데, 과거 건물들이 모두 붕괴된 터라 저 아래 볼더 시가 한 눈에 훤히 내려다보였다. 수명이 다한 불도저가 한 대 버려져 녹슬고 있었다. 방사선에 노출된 탓에 제거할 수도, 재생을 위해 녹일 수도 없는 천덕꾸러기다.

한때는 볼더 시도 융성했으나, 지금은 메인스트리트 양쪽에 껍데기뿐인 최첨단 건물들만 즐비했다. 적색과 짙은 회색의 벽돌과 회벽 건물들. 사막 열기에 백화된 나무 프레임이 천천히 뒤틀리며 벗겨져 나갔다.

검문소 너머의 게이트는 닫혀 있고 초소의 납 덧문도 마찬가지다. 지붕의 디지털계기에 주변 방사능 수치에 해당하는 50대의 두 자리 수가 표시되고 온도는 세 자리의 낮은 수로 그려냈다. 화씨. 베가스로 내려가면 방사능은 더 짙어지고 날씨는 뜨거워질 것이다.

해리는 가와사키를 세우고 스탠드로 받친 후 경적을 울렸다.

오두막에서 나온 젊은 남자는 원정 근무지임에도 불구하고 놀랍도록 깔끔해 보였다. 모자는 반듯하고 부츠는 먼지 속에서도 반짝거렸는데, 붉은색 철 계단을 내려와 해리의 오토바이 쪽으로 건너올 때보니 여전히 호흡 필터를 착용하고 있었다. 해리스는 그가 누구를 엿 먹였기에 여기까지 쫓겨났는지 궁금했다. 그게 아니면 지원 신병일 것이다.

"배달원이에요. 토노파까지 가도록 연료를 채워줘야겠어요."

그녀가 말했다. 헬멧 마스크를 통해 목소리가 메아리쳤다. 그녀는 가슴의 투명 명패에 들어 있는 신분증을 두드려 보이고 장갑 낀 손으로 더듬더듬 탱크 주머니의 서류를 꺼내 투명 폴더 째로 펼쳐보였다.

"독립형 필터인가요? 아니면 헬멧 마스크가 전부입니까?"

그가 사무적으로 서류를 살피며 물었다.

"독립형."

"그럼 바이저를 올려 봐요."

헬멧을 벗으라는 요구는 아니었다. 그러기엔 먼지가 너무 많았다. 그녀는 시키는 대로 했다. 그가 신분증 사진과 그녀의 코와 눈을 대조했다.

"앵해러드 크로우더. 서류는 문제없어 보이네요. UPS[11] 소속인가요?"

"독립 계약업체예요. 의료 배달이고." 해리가 대답했다.

그가 따라오라고 하고는 돌아서서 주유 펌프로 안내했다.

---

11) 세계적인 물류 운송 업체.

펌프는 모두 비닐로 덮여 있었는데 하나는 경유이고 하나는 무연휘발유였다.

"코니인가요?"

해리가 장갑 낀 손으로 연료탱크를 두들겨보였다.

"손을 좀 대서 소음이 심하지는 않아요. 토노파까지 가는 동안 특이 사항이 있나요?"

그가 어깻짓을 했다.

"규칙은 아시죠?"

"도로를 벗어나지 말 것. 건물 안에 들어가지 말 것. 운송수단에 접근하지 말 것. 멈추지 말고 돌아보지 말 것. 특히 돌아서지 말 것. 먼지를 뚫고 달리지 말 것. 반짝이는 물건을 건드리지 말고 블랙존에서는 아무것도 줍지 말 것."

"당신이 간다고 토노파에 미리 전보를 쳐두죠. 저 놈이 고장 난 적은 있습니까?"

"십 년 가까이 무사고예요."

그녀는 그렇게 대답하면서도 손가락을 꼬는 식으로 행운을 기원하지는 않았다. 그가 그녀에게 영수증을 내밀었다. 그녀는 지퍼 달린 주머니에서 스테인리스 크로스 펜을 꺼내 이름을 적었다. 장갑 때문에 사인은 해독불가의 낙서에 불과했지만 경비원은 그녀의 신분증과 대조까지 해보고 그녀의 어깨를 두드려주었다.

"조심해요. 저기서 고장 나면 도와줄 사람 아무도 없으니까. 행운은 빌어주죠."

"격려 눈물나게 고맙네요."

그녀는 그에게 씩 웃어주고 바이저를 내린 다음 쏜살같이 달려 나갔다.

유선형 덮개 안, 해리가 고개를 숙이자 디지털 음악이 헬멧 헤드셋으로 울려 퍼졌다. 더운 바람이 소매를 당기고 장갑과 소맷부리 사이를 간질였다. 가와사키는 잔뜩 기지개를 켜며 전력질주에 대비했다. 해리도 몸이 근질거렸다. 베가스의 블랙존에 대해 한 가지 알아야 할 게 있다. 그곳엔 차가 거의 없다. 거리 양쪽의 붉은 벽돌에 회벽으로 지은 똑같은 모양의 집들. 그리고 관개가 끊기자마자 곧바로 사막에 희생된 가로수들이 주마등처럼 해리 옆을 지나쳤다. 그녀는 시속 160킬로미터의 속도로 단단한 바람벽을 관통했다. 가와사키가 궤도에 오르자 회전속도계도 시계처럼 돌아갔다. 대형오토바이는 주차장 돼지처럼 다루기가 어렵지만 일단 하이웨이에 오르면 정말로 유리 위를 미끄러지는 듯했다.

시속 160킬로미터. 예기치 못한 상황만 없다면, 토노파에

도달하기 위해 필요한 속도 이상이지만 그렇다고 옆길로 빠져 라스베가스 잔해를 관광할 생각은 없었다. 방사선량계가 불규칙적으로 재잘댔으나 그것도 아직 걱정할 단계는 아니다. 해리는 중앙차선을 고수하다가 옛 다운타운 근처의 하이웨이 곡선차로에 접어들면서 140킬로미터 정도로 속도를 낮추었다. 왼쪽의 카지노 건물 뼈대들, 그리고 오른쪽의 저주받은 황무지와 게토의 을씨년스러운 경관을 보며, 그녀는 힘껏 가와사키의 핸들을 비틀었다. 이렇듯 갈라진 도로와 좁은 K 레일 협곡에서 더 이상 빠르게 달리는 건 무리였다.

하늘은 싸구려 터키석 같은 푸른빛을 띠었다. 먼지 장막은 불에 그슬린 황토 빛이며, 역전층이 사방을 에워싼 산맥 고리에 갇혀 있다.

다운타운을 벗어나자마자 고속도로가 활짝 열렸다. 국장이 경고한 고가도로는 머리 위를 지났는데, 침묵의 도시 심장을 가로지르는 교차도로가 여러 겹으로 겹쳐보였다.

그녀는 유령 호텔들을 향해 인사를 전했다. 해가 중천에 뜬 것으로 보아 앞으로 네 시간 정도는 더위가 절정에 이를 것이다. 뒤쪽으로 손을 뻗어 소중한 화물이 안전한지 확인이라도 하고 싶었지만 아직은 참기로 했다. 여행 중에 온도조절장치가 고장 난다 해도 알 도리가 없거니와, 시속 170킬로미터의 속도로 달리면서 헬멧 덮개를 후류[12]에 노출시킬 수는 없었다.

지금부터 비티라는 작은 유령마을까지는 전속력이다. 특히 마을 옆 도로를 따라 설치된 캐틀가드[13]도 신경 써야 했다. 더욱이 방사선량계는 계속 따닥거리고 빈티지 로큰롤은 헬멧 스피커를 쿵쿵 울리고, 가와사키는 그르렁거리며 질주본능을 불사르고 있지 않은가.

아직 살아야 할 지독한 날들도 많이 남아 있다.

그녀는 기어를 4단으로 낮추고 고가도로에 올라탔다. 피닉스에서 리노까지 이어진 하이웨이가 (지금은 흔적마저 사라진) LA에서 솔트레이크까지 달리던 하이웨이와 교차하는 대형 고가도로다. 국장은 고가도로가 붕괴되었다고 했다. 요컨대 통행이 위험하지만, 그 아래 간선도로가 연립주택만 한 콘크리트 덩어리로 뒤덮여 있다는 뜻도 된다. 그리고 해리는 브레이크 잡을 시간도 없는 상태에서 상황을 확인할 생각은 전혀 없었다. 바람이 잦아들었다. 그녀는 음악 볼륨을 낮추고 잠시 주변을 살펴보았다.

그녀는 에어필터를 향해 가볍게 욕을 내뱉고 조금 더 속력

---

12) 고속 주행 중의 자동차 뒤에 생기는 저압.
13) 도로에 구덩이를 파고 자동차는 지나가도 가축은 못 지나가도록 설치한 철망.

을 떨어뜨렸다가 엔진을 완전히 열었다.

무언가…… 아니 누군가 간판에 기대어 있었다. 총에 맞은데다 페인트도 벗겨진 간판인데, 예전엔 속도제한이 표시되어 있었겠지만 지금 그런 걸 신경 쓰는 사람은 없었다.

오토바이를 가장자리에 대자 방사선량계가 미친 듯이 따닥거렸다. 멈추지 말아야 했지만 누구든 이곳을 혼자 걸어가는 건 사형선고에 다를 바 없었다.

태양이 내리쬐는 것도 아니건만, 헬멧 안은 땀으로 가득하고 가죽옷은 살갗에 달라붙었다.

그녀가 브레이크를 잡은 건 상대가 아는 인물임을 깨닫고 난 후였다. 황토 빛 피부와 말쑥한 줄무늬 더블정장, 뻐딱하게 쓴 페도라 중절모와 반들거리는 코도반 가죽구두도 낯이 익었다. 그녀는 총을 가져오지 않은 자신을 원망했다.

어쨌거나 총은 아무 소용이 없다. 그 총으로 자기 입을 쏜다 해도…….

"닉. 지옥 한가운데서 보니 기분이 묘하군요."

그녀는 오토바이를 중립에 놓고 두 발을 땅에 댔다.

"사인할 서류가 몇 장 있다, 해리. 펜은 있지?"

그가 홀쭉한 얼굴에 다시 중절모를 씌웠다.

"있는 거 알잖아요. 만년필은 누구한테 빌려줄 물건은 못

되죠."

그녀가 주머니 지퍼를 열고 크로스펜을 꺼냈다.

그가 고개를 끄덕이더니, 중앙차벽에 등을 기대고 무릎을 구부려 그 위에 서류를 펼쳐놓았다. 그가 펜을 받았다.

"마감에 대해 쓴 각서는 기억하지?"

"닉……"

"아니, 징징거릴 때가 아냐. 내가 거래 내용을 어긴 적이 있나? 우리가 얘기한 후로 오토바이가 도랑에 처박힌 적 있어?"

"아뇨, 닉."

그녀가 고개를 숙였다.

"도둑맞은 적은? 고장 난 적은? 데드라인 어긴 적도 없지?"

"그 펜 빨리 돌려주지 않으면 어기게 될 거예요."

그녀가 도도하게 손을 내밀었다. 정말로 걱정되어서가 아니라 그 상황에선 최선의 대응 같았기 때문이다.

"음흠." 그래도 그는 느긋하기만 했다.

문득 불안한 생각이 들었다.

"기한이 만료되었다면…… 회수하러 온 건가요?"

"내가 온 건 재계약의 기회를 주기 위해서다. 네가 할 일이 하나 있어. 패만 잘 돌리면 몇 년은 더 얻을 수 있다."

그가 펜 뚜껑을 덮고 돌려주었다.

그녀가 큰소리로 웃으며 펜을 낚아챘다.

"몇 년?" 그가 고개를 끄덕였다. 입술을 굳게 다문 모습이 농담 같지는 않았다. 그녀도 눈을 깜빡이다가 역시 인상을 찌푸렸다. "정말이군요."

"주지도 않을 걸 제안한 적은 없다. 어때, 음, 3년 더?"

그가 손끝으로 자기 코를 긁었다.

"3년은 너무 빨라요. 지금 돌이켜보면 10년도 그다지 길지 않았는걸요."

그가 어깨를 으쓱거렸다.

"금방 지나버리지, 응? 좋아 7년……"

"이유는요?"

"이유라니, 그게 무슨 소리야?"

그의 순진무구한 표정에 또다시 웃을 뻔했다. 너무도 빤한 표정이었다.

"7년 동안 보호를 연장해 주는 대신 요구하는 게 뭐냐는 거예요. 당연히 누군가의 비극이겠죠?"

무게 때문에 오토바이를 지탱하기가 버겁기는 했지만 그렇다고 스탠드를 내릴 생각은 없었다.

"늘 그렇지, 뭐." 그는 모자챙을 1센티미터 정도 누르며 대수롭지 않은 듯 그녀의 안장가방을 가리켰다. "사실은 저 가방에 든 것 좀 잠깐 봤으면 해."

그녀는 가방을 바라보며 입을 삐죽 내밀었다.

"흠, 예상치 못한 요구네요. 배아 세포 케이스로 뭘 하겠다는 거죠?"

그가 표지판을 차고 나와 한 발짝 다가섰다.

"그건 네가 신경 쓸 문제가 아니잖아, 아가씨. 잠깐만이면 돼. 그럼 넌 7년을 갖게 된다. 거절하면? 계약서는 다음 주가 마감이야, 안 그래?"

그녀는 침이라도 뱉고 싶었지만 헬멧을 벗을 수가 없어 그만 두었다.

"화요일. 난 당신이 무섭지 않아요, 닉."

"너야 뭘들 무섭겠어? 그게 네 매력인데."

그가 능글맞은 미소를 지었다.

그녀가 고개를 돌려 햇볕 이글거리는 사막과 폐가 지붕들 너머를 내다보았다. 버려진 세상. 네바다는 항상 대도시를 유령마을로 만드는 방법을 알고 있었다.

"싫다고 하면 어떻게 되는 거죠?"

그가 손을 뻗어 가속핸들을 쥔 그녀의 오른손에 얹었다.

"그런 건 묻지 않는 거란다, 애야. 그래, 이놈이랑은 잘 지내나보네?"

해리가 가와사키의 연료탱크를 두드렸다.

"아주 잘 지내요. 그래서요? 거절하면 어떻게 되는 거냐고요?"

그가 어깨를 으쓱이며 팔짱을 꼈다.

"심부름을 끝낼 수 없겠지."

그 말엔 그 어떤 위협도 들어 있지 않았다. 얼굴을 가로지른 모자챙 그림자도 특별히 어둡지 않고 미소에도 악의는 보이지 않았다. 오직 냉혹한 사실뿐. 그래서 그녀는 있는 그대로 받아들일 수 있었다.

껌이라도 씹을 수 있으면 지금 분위기에 기가 막히게 어울리련만. 그녀는 허벅지로 가와사키의 균형을 잡고 팔짱을 꼈다. 해리는 거래를 즐겼다.

"그건 거래 내용에 없어요. 넘어지지 않고, 고장 나지 않고 처박히지 않고, 모든 배달을 정시에 완수하는 것이었죠. 이 세포를 여덟 시간 내에 새크라멘토에 가져갈 거라고 했는데, 지금 당신이 시간을 잡아먹고 있어요. 누군가의 생명이 달려 있는 일인데."

"누군가의 생명이 달려 있긴 하지. 굳이 따진다면 아주 많은 누군가라고 해야겠지만."

"거래를 깨요, 닉. 배달은 엿 먹으라죠. 그럼 계약도 끝이니까."

"넌 거래할 게 아무것도 없어."

그녀가 노골적으로 비웃었다. 가와사키가 허벅지 사이에서 푸르르 떨며 그녀를 응원했다.

"운명을 바꿀 시간이야 늘 있는 법이죠."

"새크라멘토에 닿기도 전에 죽으면 소용없어. 앵해러드, 다시 생각해 보지 그래. 아직까지는 악수를 나누고 정겹게 이별할 수 있다. 아니면 조건에 따라 마지막 여행을 마칠 수야 있겠지만 별로 아름답지는 못할 거야. 네 오토바이도 마찬가지고."

가와사키가 연료를 불사르며 부드럽게 이를 갈았다.

"좆까요, 닉."

해리는 핸들을 비틀며 두 발을 걷어 올리고는 곧바로 그를 향해 질주했다. 그가 펄쩍 뛰며 몸을 피하는 꼴을 보겠다는 부질없는 욕심 때문이었다.

네바다는 오랜 세월 천천히 죽어가고 있었다. 세계 2차 대전 티타늄 공장의 후유증인 과염소산염 오염 지하수, 지상 핵실험 낙진의 노출에 따른 암 발병률 급증, 치명적인 가뭄과 기후 변화, 전원마을들의 백혈병 창궐. 어느 정도 상상력이 있는 사람들이라면 1988년 펩콘 공장의 폭발[14]을 신의 경고로 받아들였겠지만 진짜 피해가 일어난 것은 수십 년 이후였다. 고준위 방사성 폐기물을 싣고 유카산 저장시설로 향하던 기차가 선로를 가로지르고 멈춰 선 유조차와 충돌한 것이다.

그로 인한 라스베이거스 계곡의 화재와 방사능 오염은 차라리 천벌이었다. 넬리스 공군기지와 유카산 핵기지에 전쟁이 터졌을 때 라스베이거스는 이미 리오라이트나 골드필드와 다를 바 없는 유령마을이었다. 차이가 있다면, 둑이 붕괴되거나 금이 고갈되어서가 아니라 거리를 뒤덮은 먼지 바람이 하늘을 날던 참새를 떨어뜨릴 만큼 뜨거웠다는 점이다.

사실 참새 얘기가 사실인지 아닌지는 해리도 모른다.

"그래, 저 개자식이 우리한테 뭘 던질 것 같나 친구?"

그녀가 헬멧 속에서 중얼거렸다. 오토바이는 비명을 지르며 섬뜩한 라스베이거스를 등지고 북북서쪽으로 달려갔다.

오토바이는 굉음을 터뜨리며 무한질주를 이어갔다. 중앙도

---

14) 암모늄 과염소산염(PEPCON) 공장의 폭발은 진도 3.5의 지진까지 초래하고 주변 13킬로미터를 쑥밭으로 만들었지만 여전히 폭발원인은 밝혀지지 않았다.

시는 황량한 교외로 변하고 하이웨이는 곧바로 땅으로 내려와 여름의 열기를 은빛 아지랑이로 피워냈다.

양쪽으로는 온통 사막뿐이었다. 가와사키가 잿빛 산맥의 넓은 도로를 지나자 덤불과 경질지층으로 이루어진 암갈색 황야가 시야에 들어왔다. 해리의 방사선량계는 꾸준히 딸깍거렸다. 머큐리의 핵실험 지역을 시속 200킬로미터에 육박하는 속도로 통과할 때보다 조금 더 높은 수치였다. 그녀가 속도를 줄인 건 작은 마을이 나타났을 때였다. 버려진 트레일러 몇 대, 또 다른 군사기지, 버려진 감옥…… 신경 써야 할 행인은 없지만 박살난 캐틀가드에서 속도를 내기는 어려웠다.

마을만 지나면 80킬로미터 가까이 거칠 게 없을 것이다. 그녀는 음악을 키우고 덮개 안쪽으로 고개를 젖히고 속도계를 안전 한계에 맞춘 후 비티가 있는 지평선을 향해 달렸다.

비티에 다다르자 도로가 다시 울퉁불퉁해졌다. 네바다의 문명은 산기슭과 계곡 아래쪽에 숨은 오아시스와 옹달샘으로 몰려들었다. 이곳은 탄광 지대라 산은 다이너마이트와 굴착기의 날카로운 이빨에 씹혀나갔다. 하이웨이 오른쪽의 기다란 골짜기를 따라 여기저기 나무 군락도 보였다. 버려진 버력더미에 오염된 물이 흐르는 곳이다. 길이 그 근처로 돌아들며 방사선량계가 시끄럽게 울어댔다. 만일 둑 아래로 내려가

버드나무와 사시나무 뿌리 사이의 개울에서 물장구를 친다면, 백열광을 뿌리며 걸어 나와 해질 무렵엔 숨을 거둘 것이다.

그녀는 굽잇길을 돌아 비티의 폐허로 들어갔다.

문제는 네바다의 작은 마을들이 모두 같은 장소에서 성장했다는 데 있었다. 사거리. 사실 이번 사거리쯤에서 닉이 기다릴 거라는 생각을 하기는 했다. 가와사키가 부르릉거리며 회전초들이 여기저기 굴러다니는 거리로 접어들었다. 마을에 하나밖에 없는 신호등 아래를 지날 때도 아무도 보지 못했다. 거의 물리적인 힘으로 가죽을 짓누르는 태양에도 불구하고 차가운 손가락이 그녀의 척추를 훑는 기분이었다. 차라리 그 빌어먹을 작자가 어디 있는지 알면 좋으련만.

"어쩌면 리오라이트에서 방향을 잘못 틀었는지도 몰라."

가와사키는 다시 광활한 도로를 질주하고 싶다며 으르렁거렸으나 해리는 신중에 신중을 기해 죽은 자동차들 사이를 지나고 바람에 날린 파편들을 피해갔다.

"아무도 우릴 찾지 않을 거야, 코니." 해리가 중얼거리며 장갑 낀 왼손으로 태양에 달궈진 연료탱크를 두드려주었다. 그들은 버려진 주유소를 지났다. 전력이 끊겨 무용지물이 된 펌프들이 아무렇게나 늘어져 있었다. 방사선량계가 찍찍거렸다. "어떻게든 저 먼지들을 일이키지 않아야 할 텐데."

허물어져가는 단층 및 2층 건물들이 사막과 하이웨이로 바뀌었다. 해리는 잠시 오토바이를 멈추고 햇볕에 눅눅해진 타맥에 두 발을 대고는, 물주머니 빨대가 홀더에 제대로 붙어 있는지 확인했다. 지평선이 열기로 가물거리고, 양쪽으로 산마루와 암갈색의 언덕이 무한히 펼쳐져 있었다. 그녀는 한숨을 내쉬며 미지근한 물을 꿀꺽꿀꺽 빨아들였다.

그녀는 양손으로 클러치와 가속핸들을 희롱하다가 두발을 발판 위로 올렸다. 가와사키가 천천히 속도를 높이기 시작했다. "자, 가자. 토노파가 얼마 남지 않았다. 그곳에 가서 실컷 먹어보자고."

닉은 그녀에게 생각할 시간을 주는 참이었다. 덕분에 그녀는 데드 케네디, 보일드인 리드, 그리고 머스탱스의 「액시드 트립」 수록곡들로 근심을 가라앉힐 수 있었다. 비티에서 토노파의 질주는 빠르고 평이했다. 가와사키의 바퀴 아래 줄자처럼 풀리는 평지, 도로 양쪽으로 스멀거리는 산과 들. 도중에 만난 변수라면 황량한 골드필드 정도겠다. 바람에 휩쓸린 거리들이 황량하고 황폐하기가 그지없었다. 인구 2만이 넘는 마을이었건만 베가스가 방사능에 허물어지기 전에 텅 비고 말았다. 그것도 핵폐기물이 터지기 훨씬 전의 일이다. 그녀는 대부분의 길을 시속 200킬로미터를 유지했다. 길은 온전히 그녀의 것이었다. 그녀의 지배권에 시비라도 걸 듯 저 멀리 자동차 유리를 때리는 햇살조차도 그녀의 소유다. 정적과 텅 빈 도로는 그녀를 다시 초조하게 만들었다. 그래서 그녀는 시체를 쪼아 먹는 독수리처럼 자신의 문제를 쪼기 시작했다.

가슴주머니의 만년필이 무거워질 때쯤 토노파가 멀리에서 아른거리기 시작했다. 머리는 열기로 어지럽고 헬멧은 흠뻑 젖은 머리카락을 마구 짓눌렀다. 그녀는 정량을 넘지 않는 선에서 물을 조금 더 들이켰다. 기온이 50도를 향해 기어오르는 터라 물 없이는 오래 견딜 수도 없었다. 가와사키가 조금 쿨럭거리며 완만하고도 긴 경사를 내려갔다. 연료 계기는 아직 탱크의 4분의 1이 남았음을 보여주었다. 메인탱크를 소진해도 예비가 남아 있기는 하지만, 아무리 그렇다 해도 기계가 항상 건강할 수는 없다. 행운도 늘 그녀의 편만은 아니리라.

해리는 혀로 헬멧 안쪽의 패드를 눌러 음악을 끄고 왼손으로 탱크를 두드려보았다. 소리는 공허했지만 반향음으로 미루어 아직 연료는 좀 남아 있었다. 저 앞의 작은 도시 풍경도 반갑기만 했다. 그곳에 도착하면 물도 연료도 있을 것이다. 덕지덕지 앉은 먼지도 씻어내고 소변도 볼 수 있으리라. 빌어먹을, 가죽을 적셔 온몸에 달라붙게 만드는 땀을 보니 소변 따위가 남아 있을 리 없건마는 나중에 밝혀지다시피, 악마란 원래 사소한 문제부터 챙기는 법이다.

남자가 되고 싶은 적은 없으나 이따금 정말로 서서 싸는 기술이 있다면 좋겠다는 생각은 했다.

500미터쯤 접근했을 때, 그녀는 토노파에 뭔가 문제가 있음을 직감했다. 분명 평소와 달랐다. 도시에 들어서자 방사선량계는 배경 소음 정도에 불과했으나 석탄이라도 태우는 듯 지독한 연기가 목구멍을 끌로 갈다시피 했다. 먼지 필터도 소용이 없었다. 게다가 저 섬뜩한 촌락은 그녀의 기억과 달라도 너무 달랐다. 사방을 에워싼 언덕은 검고 헐벗은 나무들로 빽빽했으며 정체된 대기엔 먼지가 아니라 연기 안개가 떠돌았다. 갈라진 도로 위로 열기가 아지랑이처럼 꿈틀거렸다. 도로 양쪽을 가득 메운 건물들도 토노파 특유의 사막식 구조물이 아니라, 페인트가 벗겨지는 지붕널벽의 집들과 길거리 우체국, 그리고 벽에 첨탑을 새긴 채 연기 구덩이 속으로 반쯤 떨어져 내린 흰색의 교회였다.

해리가 속도를 줄이자 가와사키가 투덜거리며 전신을 떨었다. 그녀는 안장에 똑바로 앉아 앞을 바라보았다.

"도대체 여기가 어디야?"

헬멧 안에서 목소리가 울리는 바람에 그녀는 새삼 놀라고 말았다. 마이크를 켜두었다는 걸 잊은 탓이다.

"그래, 센트레일리아에 온 걸 환영한다."

왼쪽에서 낯익은 목소리가 들렸다. 닉은 헬멧의 안면을 연 채 혼다 골드윙 뒷좌석에 앉아 있었다. 마치 마른 피에 황금 가루를 섞어 바른 듯한 바이크였다. 혼다가 씩씩대자, 가와사키 코니도 온몸을 떨고 으르렁거리며 응수했다. 해리는 부드러운 손길로 오토바이를 달래고 연료를 조금 먹여 기운을 북돋아주었다.

"센트레일리아?"

처음 들어본 이름이었다. 모르는 곳이 거의 없다고 자부했건만.

닉은 클러치에서 검은 장갑의 손을 들어 주변을 가리켜보였다.

"펜실베이니아. 아니면 인도 쟈리아나 중국의 신강일지도 모르지. 텅 빈 탄광에서의 지하 석탄불, 무연탄 연소. 버려진 마을. 공기구멍을 스며드는 유황, 빗물을 데울 정도로 뜨거운 지표…… 그 덕분에 네 오토바이 타이어가 녹을지도 모르겠다. 아니면 균열에 처박히거나. 온실가스까지 기가 막힌 곳이 잖아?" 그가 씩 웃으며 상어이빨을 드러냈다. "두 번째 묻겠다, 앵해러드 공주마마."

그녀는 도로만 응시했다. 이제 아스팔트가 뒤틀린 모양새와 교회 아래 구덩이 바닥에서 새어나오는 흐린 불빛을 볼 수 있었다.

"두 번째도 거절이에요. 이봐요, 닉, 지금껏 분부대로 따르는 사람들만 상대한 모양이군요."

"제대로 싸울 줄도 모르는 자들이었지."

그가 클러치를 건 상태에서 가속핸들을 비틀자 혼다가 호전적인 기침을 뱉어내며 펄쩍 뛰었다.

해리는 그의 어깻짓을 곁눈으로 흘겼을 뿐, 고집스럽게 앞만 내다보았다. 대지가 흔들리는 건가? 아니면 도로 위에 열기가 아른거리기 때문인가? 가와사키가 툴툴거려 해리는 클러치로 달래주었다.

하지만 대답 대신 들려온 천둥소리는 가와사키의 것이 아니었다. 오토바이 아래 땅이 비틀리며 치솟기 시작했다. 그녀는 무릎으로 안장을 꼭 끌어안고 핸들을 비틀어 코니를 조금 앞으로 빼냈다. 뒷바퀴 밑에서 깨진 아스팔트가 삐져나왔다. 등 뒤에서도 도로가 깨지고 부서지고 가라앉았다. 그녀는 있는 힘껏 오토바이를 당겨 똑바로 세우고는 용기를 내어 슬쩍 백미러를 살폈다. 도로 위 쩍 벌어진 균열에서 뭉글거리는 뜨거운 증기들.

닉이 대수롭지 않다는 듯 옆으로 따라붙었다.

"진심이냐, 앵해러드?"

"나한테 지옥을 뭐라고 설명했죠, 닉?"

그녀는 잔뜩 상체를 낮추고 어깨 너머로 그에게 씩 웃어 주었다. 헬멧 때문에 눈가의 주름 정도밖에 보이지 않는다는 사실은 알고 있다. 그저 눈에 불을 켜주는 것만으로 충분했다.

그가 상체를 웅크리고 발끝을 발판에 올리더니, 클러치와 가속핸들을 힘껏 비틀어 그녀의 뒤로 쏜살같이 지나갔다.

"지옥에 온 것을 환영한다고 했지."

가와사키가 대꾸하듯 툴툴대고 으르렁거렸다. 그녀는 호기 있게 연료를 잔뜩 먹여 기운을 북돋아주었다. 원래는 이곳에서 재충전할 계획이었다. 하지만 남서부의 탄탄했던 토노파는 붕괴된 건물 잔재만 남고 그것도 대부분 늑대 눈처럼 이글거리는 구덩이 속으로 사라진 터였다. 당연히 주유소도 물 건너갔다. 최소한 길은 텅 비어, 꼬불꼬불 낮은 늪지를 지나고 언덕을 넘어갔다. 그렇다고 마냥 깨끗한 것만은 아니었다. 아스팔트는 두더지들이 들쑤셔놓은 것처럼 일어나고 그 중엔 균열과 구덩이를 숨기고 있는 것들도 있었다. 오토바이 바퀴도 녹아내릴 기세였다. 그녀가 필터에 대고 기침을 하자 마이크가 그 소리를 하이에나의 울부짖음으로 변환하여 돌려주었다. 주머니의 크로스펜이 심장 바로 위의 가슴을 찔렀는데 그나마 위안이 되었다. 그녀는 덮개 안쪽으로 고개를 젖혀 악취나는 바람과 아무렇게나 삐져나온 앙상한 나뭇가지들을 피했다. 어차피 계약서에 사인한 이상, 닉은 그녀와 가와사키의 안전을 보장하든가, 아니면 지금까지의 대가를 돌려주어야 한다.

계약을 이행할 생각이 남아 있다면.

그녀를 죽이고도 그가 원하는 바를 챙길 수는 없다. 그녀가 죽으면 그녀를 포기해야 한다.

"빌어먹을."

그녀가 저주를 내뱉고 가와사키의 연료탱크 쪽으로 상체를 숙였다. 바람이 그녀의 가죽옷을 잡아당겼다. 오토바이도 마지막 언덕을 넘어오는 바람에 맞섰다. 신기하게도 갑자기 소변이 마려웠다. 이럴 땐 엔진의 진동도 도움이 되지 않았으나 그녀는 큰소리로 웃으며 도시를 등졌다.

생각보다 어렵지는 않았다. 다만 언덕 기슭에서 연료계기가 바닥을 치기는 했다. 그녀는 예비탱크로 스위치를 돌리며 저주를 뱉어냈다. 죽은 나무들과 연기 나는 그루터기들이 출렁이며 저 뒤로 사라지고, 황량하고 광활한 사막이 동서의 험준한 산맥까지 이어졌다.

다시 네바다로 빠져나가려면(아직 네바다이기는 하지만) 완전히 서쪽 방향이라 오후의 이글거리는 햇살을 뚫고 나가야 했다. 편광 얼굴판이 다소 도움이 되기는 했지만 약간의 곤란은 각오해야 할지도 모르겠다. 적어도 길은 다시 평평해졌다. 백미러를 통해 먼지 속에 쓸쓸히 버려진 토노파가 보였다. 신기루만큼이나 접근이 불가능해진 구덩이의 도시.

어쩌면 닉이 그녀와 접선하는 게 마을에서만 가능한지도 모르겠다. 어쩌면 어느 정도 인간의 도움이 있어야 황야를 입맛대로 비틀어놓을 수 있거나, 아니면 그저 마을을 선호할 수도 있다. 결국 갈림길이 있는 곳은 마을이니까. 하지만 토노파에 돌아가는 일도 가능하지는 않을 것 같다. 그래서 그녀는 등 뒤의 도시를 보지 못한 척 서쪽 호손을 향해 출발했다. 연료가 그곳까지 버텨주기를 기도하지만, 그 기도가 특별히 대화하고 싶은 존재에 의해 이루어질 가능성은 전혀 없었다.

95번 도로는 버려진 콜데일 교차로에서 북서쪽으로 꺾어졌다. 그곳의 마을이 없어진 건 전쟁은 물론 베가스 재앙 훨씬 이전의 일이다. 미나 또한 소멸되어, 그 변두리를 나타내는 건 버려진 가재농장을 선전하는 낡은 간판뿐이었다. 사막

랍스터 농장.

물주머니도 바닥이 드러났다. 그녀는 맥없이 마지막으로 빨대를 빨았다가 뱉어냈으나, 그 끝이 그만 턱에 걸리고 말았다. 축축하고 끈적거리는 빨대. 그녀는 잔뜩 몸을 웅크린 채 연기 자욱한 도로를 등졌다. 잠시 후에 모퉁이를 돌면서는 도로에 그슬려 너덜너덜해진 타이어 걱정도 들었다. 저녁이 다가오자 기온은 조금씩 내려갔다. 때마침 북향이라 고도가 높아졌다. 가죽옷 때문에 정확하지는 않아도 40도 밑으로 떨어진 것도 같았다. 왼쪽 캘리포니아 방향으로 사르코패거스 산맥이 우뚝 솟아 있었다.

지금은 그 이름도 별로 달갑지 않다.[15]

이윽고 오르막길에 접어들었다. 그녀는 기포가 부글거리는 워커 호수를 내려다보면서, 나지막이 안도의 한숨을 내쉬고 가와사키의 굶주린 연료통을 다독여 주었다. 지저분한 소읍(邑) 호손이 해변에 게 딱지처럼 납작 엎드려 있다. 그곳에도 움직이는 건 아무것도 없었다. 해리는 입술을 깨물었다. 헬멧 안으로 먼지가 스며든 통에 눈을 깜빡일 때마다 껄끄러웠다. 눈물 자국에 두 뺨이 얼룩졌다. 그녀는 부디 방사성 먼지가

---

15) Sarcophagus는 석관이라는 뜻을 갖고 있다.

아니길 바랐는데 다행히 방사선량계는 얌전한 수탉처럼 꼬꼬 거리기만 했다. 문제가 있을 것 같지는 않았다.

가와사키가 조금씩 쿨럭거리더니 마을 안으로 들어서자 기어이 퍼져버렸다.

"망할."

그녀가 탄성을 지르곤 증폭된 목소리에 다시 움찔했다. 그녀는 엄지로 올려 마이크를 끄려다가 그만 두기로 했다. 가와사키의 잔소리라도 없으면 이곳은 너무나도 고요했다. 그녀는 혓바닥으로 음악을 다시 틀고 그레이 라인아웃의 곡을 하나 골랐다.

그녀는 오른발을 땅에 대고 왼쪽발은 스탠드를 세운 다음 발판 위에 올렸다가 다시 안장 위에 걸쳤다. 오랜 여행에 온몸이 욱신거리고 핸들을 잡은 두 손도 뻣뻣했다. 엉덩이에서 허벅지까지의 팽팽한 근육은 실컷 매질이라도 당한 기분이다. 그녀는 상체를 숙여 오토바이를 밀어냈다. 부츠 바닥이 자갈에 미끄러졌다. 그녀는 한 발로 깡충거리다가 주춤주춤 오토바이 스탠드를 걷어 올렸다.

이번에는 타는 게 아니라 끌고 가기 위해서다.

그녀는 가와사키를 밀면서 버려진 건물들 사이의 버려진 하이웨이를 따라 올라갔다. 포장도로가 어찌나 뜨거운지 조금만 서 있어도 발바닥이 뜨거웠다.

"조금만 참아. 어딘가 주유소가 있을 거야."

그녀는 가와사키의 브레이크 핸들을 두드리며 위로했다. 오토바이가 어찌나 무겁게 기대오는지 말 그대로 술 취한 친구를 바래다주는 것만큼이나 거추장스러웠다.

주유소가 있다 해도 펌프를 작동할 전력이 있을 리가 없었다. 당연히 마실 물도 없겠지만 그건 도착할 때부터 짐작한 바였다. 희미한 햇살이 호수를 비추었다. 아직, 걱정할 건 없어. 그래도 탈수 지경이 아닌 덕에 시원하고 신선한 호숫물 생각만으로도 입에 침에 고였다.

물론 호수에 어떤 종류의 독이 있을지는 알 수 없었다. 호숫가에 오래된 해군기지가 있기에 호수는 일종의 잠수함 풀장으로 사용되었더랬다. 당연히 뭐든 떠다닐 것이다. 하긴, 이런 상황에 나중 일 걱정하는 게 우습기는 했다.

그녀는 텍사코 주유소를 찾아냈다. 적색과 백색의 간판이 저 무자비한 사막의 햇볕에 분홍과 잿빛으로 바란 터였다. 지금 있는 곳이 모하비인지 블랙록인지, 아니면 전혀 다른 사막인지조차 기억나지 않았다. 모두 한데 섞여 있기 때문이다. 그녀는 자신의 히스테리컬한 웃음소리에 깜짝 놀랐다. 펌프는 예상대로 꺼져 있었으나 어쨌든 그녀는 가와사키를 스탠드에 기대 세우고 안장 가방에서 기후 조절 장치를 꺼낸 다음, 소변 볼 장소를 찾아 나섰다.

장갑을 벗고 바지를 내리는데 가죽에 닿는 손이 뜨거웠다.

"멍청한 년…… 문명사회로 돌아가면 제일 먼저 하얀 가죽옷 한 벌과 헬멧부터 사고 말겠어."

그녀는 옷을 추스르며 가와사키를 보았다. 칙 소리라도 내서 동의를 표했으면 했으나 검은색 오토바이는 끝내 입을 다물었다. 그녀는 따끔거리는 눈을 깜빡이다가 뒤로 돌아섰다.

텍사코 주유소 옆으로 옹기종기 붙어 있는 어느 집 뒤에 정원 호스가 고리에 감긴 채 걸려 있었다. 죽은 뱀처럼 녹색 윗부분이 누렇게 변색된 호스였다. 해리는 한 손으로 호스를 잡아챘다. 건조부패로 고무가 부서질 지경이었다. 실제로 그녀는 두 번이나 깨뜨린 후에야 쓸 만한 부분 20센티미터 정도를 얻어냈다. 그녀는 타이어 지렛대를 이용해 지하탱크 마개를 뜯어낸 다음, 방사선량계 두 개를 모두 확인하고 헬멧과 에어필터를 벗고 냄새를 맡았다.

과거 시대의 주유소였다.

그래도 휘발유 냄새는 났다. 즉석 사이펀으로 입 안 가득 빨아들일 때에도 분명 지랄 맞은 휘발유 맛이었다. 좋은 휘발유는 아니지만 어차피 찬 밥 더운 밥 가릴 때가 아니지 않는

가. 호스 끝을 입구보다 낮출 수가 없었기에 사이펀 역할도 하지 못했다. 그녀는 호스에 연료를 빨아들여 옮기는 식으로 가와사키의 텅 빈 탱크를 채워나갔다. 일을 하는 동안 케이스는 부츠 옆에 기대 놓았다.

한참 후 주입구 안을 들여다보니 검은 액체가 반짝이며 출렁거리는 게 보였다.

그녀는 탱크를 닫고 연거푸 침을 뱉어냈다. 입 안을 헹구기라도 하면 좋으련만……. 호숫물이 반짝이며 그녀를 조롱하고 나섰다. 그녀는 단호하게 호수를 등지고 케이스를 집었다.

케이스는 가벼웠다. 그녀는 한 손을 안장가방 덮개에 대고, 부츠를 내려다보며 잠시 반짝이는 케이스를 가늠해 보았다. 아랫입술에서 기름 맛이 났다. 그녀는 다시 고개를 돌려 침을 뱉은 후 검은 장갑으로 오토바이를 다독여 주었다.

"몇 년 만 더 자유를 더 누려보자, 코니. 너하고 나. 나도 저물을 마실 수 있었어. 너한테 준 게 나쁜 휘발유라고 해도 상관없다. 잘못 될 건 없으니까."

가와사키는 아무 말 하지 않았다. 해리의 엉덩이 주머니에 든 열쇠가 찰랑거렸다. 그녀는 가속핸들을 가볍게 건드렸다가 다시 손을 거두고 배송 물품인 케이스를 안장에 올려놓았다.

"이봐, 넌 할 말 없냐?"

물론 있을 리가 없다. 그야말로 꿈꾸는 공주가 아닌가. 해리가 깨워본 적도 없으니.

 해리는 엄지 두 개로 동시에 빗장을 눌러 벗기고 케이스를 열었다.

 안은 차가웠다. 얼굴을 가까이 가져가자 그 차이를 느낄 수 있었다. 그녀는 냉기가 달아나지 않도록, 뚜껑을 반만 열고 최대한 상체로 가린 다음 안을 들여다보았다. 냉매와 함께 파란 폼블록이 채워져 내용물이 달그락거리지 못하게 해두었다. 비닐폴더 안에 서류가 들어 있고 밀봉된 배양접시에도 뭔가가 담겨 있었다. 작은 물방울들이 박힌 투명한 젤리 같은.

 비닐폴더에 스티커 메모지가 하나 붙어 있었다. 그녀는 케이스 안에 손을 넣어 메모지를 뜯어내 불빛에 비추어보았다 국장의 필체. 그녀는 눈을 깜빡였다.

 "이 물건들이 도착하지 못하면 새크라멘토는 다음에. 파우스트처럼 마음을 바꿀 기회는 누구한테나 있는 법이니까."

 스티커에는 검고 굵은 글씨로 그렇게 적혀 있었다.

 길에서 부처를 만난다면…….

 "그 개자식이 겉보기와 다른 놈이라는 생각은 늘 했었지."

 그녀가 투덜대며 케이스를 덮었다. 메모지는 주머니의 펜 옆에 구겨 넣었다. 그리고 헬멧을 뒤집어쓰고 에어필터를 이

중으로 점검했는데 토노파에서 가장자리가 조금 벌어진 기분
이 들었다. 마침내 그녀가 가와사키 안장에 한쪽 다리를 얹고
초크를 닫았다.

클러치를 넣고 시동버튼을 누르자 오토바이가 두 다리 사
이에서 요동치다가 천식 걸린 조랑말처럼 마른기침을 뱉어냈
다. 그녀는 동정남 애인을 애무하듯 가속핸들을 어루만져주
고, 그녀의 숨길로 달래고 애원했다. 오토바이가 뱉어낸 매연
에 헬멧 안에서도 눈물이 흘러나왔다. 덕분에 따끔거리던 모
래까지 씻겨나간 듯 보이기는 했다. 실린더 한쪽이 딸꾹거렸
다. 두 번째 실린더는 걸렸다.

그녀가 초크를 열었다. 가와사키가 전신을 부르르 떨면서
다시 한 번 기침을 내뱉었다. 이제 질주 준비를 마친 것이다.

그녀가 팰런을 향해 광활한 평야를 가로지를 때 두 개의 방
사선량계가 모두 치고 올라왔다. 팰런은 그 자체로 죽음의 오
아시스다. 백혈병 다발지역은 물론 지하수를 오염시키는 과
염소산과 비소는 닉도 탐탁지 않을 것이다. 농가 지역을 오르
자 신록과 나무들이 나타났는데, 기이하게도 사막 사시나무
가 아니라 키 큰 유럽 종들이었다. 그리고 그 뒤로 잿빛의 거
대한 물체가, 푸른빛의 아름다운 체렝코프 복사열과 함께 아

른거렸다. 간판들은 이해 못할 알파벳으로 되어 있었으나 그래도 이곳의 이름은 알고 있었다.

체르노빌을 지날 때 가랑비가 내리고 있었다.

서쪽의 50번 국도를 따라 리노와 스파크스를 향해 달릴 즈음 빗방울이 더욱 거세지더니, 땅거미가 질 때는 청황색의 유독성 구름 가장자리로 불꽃이 갈라졌다. 타이어가 젖은 도로 위를 미끄러지듯 날아갔다.

도시가 있던 자리마다 쓰레기더미가 누렇게 뜬 저녁하늘에 기대 누워 있었다. 기아에 피폐해진 사람들이 헐벗은 몸으로 진창과 쓰레기를 헤치며 그 안에 묻힌 사람들의 이름을 불러댔다. 빗물이 헬멧을 흘러내리고 안장과 가죽옷을 적셨다. 빗물이라도 받아 마실 용기가 있다면 좋으련만. 그녀는 갈증조차 해소 못하는 빗물에 마냥 젖기만 했다.

쓰레기 도시의 불쌍한 희생자들을 돌아볼 필요는 없었다. 이제 새크라멘토는 한 시간 거리고, 마닐라는 50년 전 일이다.

도너패스는 푸르고 상쾌했다. 석양이 하늘을 쇠고기처럼 빨갛게 물들였다. 시간은 여유로운 반면 이곳부터는 내내 내리막길이었다.

닉이 한바탕 하지 않고 곱게 보내줄 리가 없다.

그자는 새크라멘토 강도 바꿔놓았다. 해리는 강가에서 돌

아섰다. 다리가 무너지고 물이 불타고 있었다. 그녀는 속도를
올려, 100미터, 200미터…… 등을 태우는 열기가 잦아들 때
까지 달아났다.

"또 뭐죠?"

그녀가 줄무늬 정장의 깡마른 사내한테 물었다. 그는 도로
변에서 기다리고 있었다.

"1969년 쿠야호가 강이 불타지.[16] 다행인 줄 알아. 보팔[17]이
될 수도 있었다고."

"다행?" 그녀가 헬멧 안에서 보이지 않는 비웃음을 지었다.
그가 회색장갑으로 모자챙을 건드려보였다. "그렇게 얘기할
줄 알았어요. 근데, 정말로 뭐예요?"

"플레게톤.[18] 지옥의 불 강."

그녀가 가리개를 올리고 어깨너머로 강이 불타는 모습을
지켜보았다. 상당히 떨어진 거리건만 눅눅한 가죽옷 등에서
김이 모락거렸다. 그녀는 손등으로 가슴주머니를 눌렀다. 국

---

16) 1969년 오하이오 클리블랜드 쿠야호가 강 수면에 떠 있던 기름에 불이 붙
어 교각 7개가 불타는 대화재로 이어졌다.
17) 인도 보팔 시의 참사. 미국의 다국적 기업 유니온카바이드사의 화학 공장
이 폭발하여, 현재까지 2만 명이 죽고 수십만 명이 피해를 본 것으로 알려졌다.
18) 그리스 신화. 인간이 죽으면 다섯 개의 강을 건너는데 플레게톤은 세 번째
불의 강이다.

장의 노트가 바스락거리고 크로스 펜이 젖꼭지를 눌렀다.

그녀가 닉을 보고 닉도 그녀를 보았다.

"그러니까, 그걸 원한 거군요."

"그녀가 쓴 대로야. 건너뛰기엔 너무 넓어."

"그런 것 같네요."

"케이스를 넘기면 집에 보내주지. 너한테 가와사키도 주고 자유도 주겠다. 그럼 공정하잖아."

그녀가 그를 보며, 오른쪽 다리에 힘을 주고 발가락을 땅바닥에 댔다. 대형 오토바이가 부르릉거리며 허벅지 사이에서 꿈틀거렸다. 오토바이는 고양이처럼 돌아서며 언제든 타이어 밑의 자갈을 토해낼 참이었다.

"건너뛰기엔 너무 넓죠."

"내 말이 그 말이야."

건너뛰기엔 너무 넓다. 그럴 수도. 그리고 그에게 케이스를 넘겨준다면, 새크라멘토는 보팔처럼, 체르노빌처럼, 라스베이거스처럼 멸망하고 만다. 그가 물건을 돌려준다 해도 저주를 피하지는 못할 것이다. 아니, 저주가 없다손 쳐도 그녀와 가와사키가 결말을 나 몰라라 살아갈 것 같지도 않다.

그가 그녀를 손에 넣고 싶다면 뛰어넘게 해줘야 한다. 그럼 새크라멘토를 구할 수 있다. 반대로 그녀를 잃을 참이라면 그녀는 건너다가 죽고 새크라멘토도 그녀와 함께 죽는다. 그래도 죽어서 둘 다 자유롭기는 하리라.

어느 쪽이든, 닉이 진 게임이다. 그것만으로 족했다.

"매도 먼저 맞는 게 낫겠지."

그녀가 중얼거리며 다시 한 번 가속핸들을 건드렸다.

말과 소리 | 옥타비아 E. 버틀러 |

옥타비아 E. 버틀러는 소설 십여 편과 약간의 단편을 발표한 작가이자, 오래 전에 사장된 분야의 대가이다. SF 작가로서는 최초로 맥아더 재단의 『천재상』을 수상했으며, 펜아메리칸센터로부터 평생공로상을 수상하기도 했다. 명상소설 분야에서도 능력을 인정받아 휴고상 2회, 네뷸러 상 2회, 로커스 상을 1회 수상한 바 있다. 특히 중편 「블러드 차일드(Blood Child)」는 세 가지 상을 모두 손에 넣었다. 그녀는 2006년 2월 사망하였다.

버틀러의 작품은 종종 종말 이후의 삶을 다루었다. 비록 소설 분량의 작품에는 정확히 묵시론적이라고 부를 작품이 없으나 세 편의 멀티북 시리즈, 『완전변이세대 (Xenogenesis)』 3부작, 『패터니스트(Patternist)』 시리즈, 『우화(Parable)』 2부작은 모두 종말 이후를 배경으로 삼아, 비록 장르가 다르기는 하나 여전히 세부 장르의 필독 작가로 여겨진다.

1984년 휴고 상을 수상한 이 이야기는, 버틀러가 버스를 타고 오던 중 목격한 무자비한 혈투에서 비롯되었다. 그녀의 단편선 『블러드 차일드와 다른 이야기들』의 술회에 따르면, 버틀러는 그 사건을 목격하고, "왜 인간종족은 미개인처럼 대화보다 주먹이 앞설까?"하는 문제를 고민했다. 그리고 그 순간 이 이야기의 화두가 머릿속에 떠올랐다.

　워싱턴 불레바드 버스 안에서 소동이 있었다. 어차피 여행 도중에 한두 번은 만날 거라고 각오하던 차였다. 라이는 고독과 무기력이 그녀를 몰아낼 때까지 외출을 미루어왔다. 싸움이 있기 전까지만 해도 그래도 살아남은 친척이나 가족이 하나쯤은 남았을 거라고 믿었건만…… 30여 킬로미터 떨어진 파사데나에 오빠와 조카 둘이 살고 있었다. 가는 데만 하루거리. 그것도 운이 좋을 경우의 이야기다. 버지니아 로드의 집을 떠나면서 예기치 않게 버스가 도착했을 때만 해도 어느 정도 운이 따르는 모양이라고 생각했는데, 결국 싸움이라 니…….

젊은 두 사람은 뭔가 의견충돌을 빚은 모양이었다. 아니, 그보다는 오해라고 해야겠다. 둘은 통로에 선 채 서로 삿대질 을 하며 으르렁거렸다. 버스가 구덩이마다 덜커덩거린 탓에 자세도 불안하고 엉거주춤했는데, 운전사도 어떻게든 두 사 람을 넘어뜨리려고 하는 것처럼 보였다. 아직 두 사람의 제스 처가 접촉까지 가지는 않았다. 그저 지금은 사라진 욕설을 대 체할 정도의 헛주먹질과 위협적인 손놀림 정도였다.

승객들은 둘을 보고 옆사람을 보더니 나지막이 불안한 소 리들을 내뱉었다. 아이 둘이 훌쩍였다.

라이는 뒷문 안쪽에 앉아 있었다. 논쟁자들과는 1미터 정 도 거리다. 그녀는 두 사람을 조심스레 지켜보았다. 한쪽의 성질이 폭발하거나, 주먹이 잘못 맞거나, 대화 능력이 한계에 봉착하면 결국 주먹다툼이 시작되고 말 것이다. 언제라도.

버스가 조금 깊은 웅덩이를 때리면서 결국 일은 터지고 말았 다. 깐죽거리던 장신 남자가 단신 남자와 부딪치고 만 것이다.

순간 단신의 왼주먹이 이죽거리는 상대의 얼굴을 때렸다. 주먹 외에는 무기도 없고 또 필요도 없다는 식의 강펀치였다. 무척이나 빠른 동작이라 상대는 반격은커녕 중심도 못 잡고 그대로 내동댕이쳐지고 말았다.

사람들이 겁에 질려 비명을 질렀다. 근처의 승객들은 사정
권에서 벗어나기 위해 안간힘을 썼다. 젊은 아이 셋이 환호를
지르고 행동도 거칠어지더니, 급기야 그 중 둘이 두 번째 소
란을 부리기 시작했다. 어쩌다 한 아이가 친구를 건드리거나
때린 모양이었다.

두 번째 싸움에 사람들이 우왕좌왕할 때, 한 여자가 운전사
의 어깨를 흔들어 불만을 표했다.

운전사가 이를 드러내며 신경질을 냈다. 여자는 겁에 질려
뒤로 물러났다.

버스운전사가 어떻게 나올지는 뻔했다. 라이는 앞좌석 가
로대를 꼭 붙들었고 운전사가 급브레이크를 잡았다. 결국 그
녀야 대비가 되어 있었으나 다른 사람들은 그러지 못했다. 좌
석은 물론 비명을 지르는 승객들 위로 싸움꾼들이 넘어지며
혼란은 더욱 거세졌고, 싸움도 최소한 세 개로 늘어났다.

버스가 완전히 멈추는 순간 라이는 일어나 뒷문을 밀었다.
문은 두 번째 시도만에 열렸다. 그녀는 한 손으로 보따리를
잡고 버스에서 뛰어내렸다. 승객들 몇이 따라 내렸지만 일부
는 여전히 버스에 남았다. 버스가 드물고 불규칙한 시대라 기
회가 있을 때 어떻게든 타야 했기 때문이다. 오늘 더 이상의

운행 버스는 없을 것이다. 어쩌면 내일도. 기껏 무작정 걷다가 버스를 만나면 손을 흔들어 세우는 처지가 아닌가. 이제 로스엔젤리스에서 파사데나까지 시외여행을 하던 사람들은 밖에서 야영을 하거나, 이곳 사람들한테 묵을 곳을 청해야 했다. 물건이나 목숨을 빼앗을지도 모를 사람들한테서 말이다.

버스는 움직이지 않았다. 라이는 버스에서 떨어져 있었다. 혼란이 가라앉으면 다시 올라타야겠지만 일단은 총격에 대비해서라도 나무 뒤에 숨을 참이었다. 그녀가 갓길에 다다랐을 때, 도로 건너편에서 다 우그러진 청색 포드가 유턴을 하더니 버스 앞에 멈춰 섰다. 요즘엔 자동차도 귀했다. 연료도 고갈 지경인 데다 자동차 생산이 가능한 제정신의 기술자를 구하기 어렵기 때문이다. 운행이 가능한 자동차들도 운송수단이라기보다는 무기로 쓰일 가능성이 컸다. 포드 운전사가 손짓을 했을 때 부랴부랴 달아나려던 이유도 그 때문이었다. 그가 밖으로 나왔다. 깔끔하게 기른 검고 짙은 턱수염과 코트 차림의 덩치 큰 젊은이는 라이만큼이나 초조한 표정이었다. 그녀는 불과 2미터 거리에서 그가 어떻게 나올지 지켜보았다. 그는 난투극으로 흔들리는 버스를 보고 몇몇 탈출 승객들을 보고 다시 라이를 보았다.

그녀도 그의 시선을 받아주었다. 그녀는 재킷 안에 들어 있는 낡은 45구경 자동화기를 의식하며 그의 두 손을 살폈다.

그가 왼손으로 버스를 가리켰다. 짙은 코팅창 때문에 버스 안의 상황을 볼 수는 없었다.

질문 대신 왼손을 사용하는 태도가 라이의 관심을 끌었다. 왼손잡이들은 손상이 적은 덕에 보다 합리적이고 정상적이며 좌절, 혼란, 분노의 경향도 상대적으로 약했다.

그녀는 그의 동작을 흉내 내, 왼손으로 버스를 가리킨 다음 두 손으로 허공을 향해 주먹질을 해보였다.

남자는 코트를 벗어 로스앤젤리스 경찰 복장을 드러냈다. 경찰봉과 근무용 리볼버까지 있었다.

라이는 그에게서 다시 한 발짝 물러섰다. 로스앤젤리스 경찰은커녕, 국영이든 사설이든, 대규모 조직 따위가 남았을 리가 없었다. 기껏해야 마을 순찰대와 무장한 개인뿐이다.

사내가 코트 주머니에서 뭔가를 꺼냈다. 그는 코트를 차 안에 집어던지고 라이에게 버스 뒤쪽으로 오라고 손짓했다. 그의 손에는 플라스틱 같은 게 들려 있었다. 그녀가 그의 의도를 짐작한 건, 그가 버스 뒤로 가더니 그녀에게 그곳에 와 서라고 손짓한 후였다. 그녀는 그의 지시를 따르기로 했다. 호기심 때문이었다. 경찰이든 아니든, 어쩌면 얼빠진 싸움을 끝낼지도 모를 일이다.

그는 중앙선을 따라 버스 운전사한테 접근했다. 창문은 열린 채였다. 그녀는 그가 안으로 뭔가 던져 넣는 걸 보았다. 짙은 차창을 통해 버스 안을 엿보려는데, 사람들이 허겁지겁 뒷문을 통해 빠져나오기 시작했다. 모두 눈물, 콧물에 기침까지 콜록거렸다. 최루탄.

라이는 넘어질 뻔한 할머니를 부축해 주고, 어린 아이 둘을 받아서 내려주었다. 그녀가 아니었다면 땅바닥에 쓰러져 어른들한테 짓밟히고 말았을 것이다. 턱수염 남자도 앞문에서 사람들을 도와주고 있었다. 그녀는 다시 싸움꾼한테 밀려 넘어질 뻔한 노인을 잡아주다가 갑작스러운 쏠림에 간신히 옆으로 피했다. 마지막 청년이 미친 듯이 밀고 나왔기 때문이다. 남자는 코와 입에서 피를 흘리며 여기저기 부딪쳤다. 사람들도 최루탄에 울먹이며 닥치는 대로 움켜잡았다.

턱수염 남자가 버스운전사가 앞문으로 빠져나오도록 도왔지만, 정작 그는 도움을 의식조차 못하는 듯 보였다. 라이는 다시 싸움이 벌어질 거라고 생각했다. 턱수염이 뒤로 물러나 운전사를 지켜보았다. 운전사는 위협적으로 주먹을 휘두르며 알아듣지 못할 분노를 터뜨렸다.

턱수염은 아무 말 없이 서 있었다. 운전사의 추악한 제스처엔 대꾸조차 하지 않았다. 분명 손상이 거의 없는 사람들의 태도였다. 물리적 위협이 있기 전까지는 가만히 물러 선 채 통제 불능의 비명과 난장판을 지켜보는 것. 그들은 감정적인 부류의 욱하는 행위를 열등한 것으로 여기는 듯 보였다. 그건 오만한 태도였다. 버스운전사가 느낀 감정도 그랬다. 그런 식의 '오만'은 종종 폭력 또는 살인으로 응징되곤 했다. 라이도 자칫 당할 뻔한 적이 있어, 지금은 외출 때면 늘 무기를 지녔다. 보디랭귀지가 공통어가 되다시피 한 세상에선 무장이 필수적이나 아직 총을 꺼내거나 보여준 적은 거의 없었다.

턱수염은 노골적으로 리볼버를 드러냈다. 사실 버스운전사한테는 그 정도만으로도 충분했다. 운전사는 역겨운 듯 침을 뱉고는 잠시 턱수염을 바라보다가 최루탄 연기 가득한 차를 향해 성큼성큼 돌아갔다. 그가 잠시 차를 바라보았다. 안으로 들어가고 싶은 모양이나 연기가 너무 강했다. 창문 중에는 작은 운전석만 열려 있고 앞문도 열려 있었다. 뒷문은 누가 붙들지 않는 한 계속 닫히는 식이었다. 당연히 에어컨도 작동을 중지한 지 오래다. 아무래도 정상을 회복하기까지는 다소 시간이 걸릴 것이다. 버스는 운전사의 재산이자 생계였다. 그는 요금 대신 받은 낡은 잡지 그림을 옆면에 붙여놓기도 했다. 승차비로 모은 물건들은 가족을 부양하는 데 쓰거나 물물 교환하기 때문에, 버스가 움직이지 못하면 먹을거리도 당연히 없다. 그 반대로 어리석은 싸움으로 버스 내부가 파손된다 해도 생계에 지장을 받는 건 마찬가지였지만 그는 그 사실조차 깨닫지 못한 듯 보였다. 그가 아는 건 지금 당장 버스를 움직일 수 없다는 사실뿐이었다. 그가 턱수염을 향해 주먹질을 하고 고함을 질러댔다. 그의 고함에 단어가 들어있는 듯 보였지만 라이는 그 어느 것도 알아듣지 못했다. 그게 그의 잘못인지 아니면 그녀 자신 때문인지는 모르겠다. 지난 3년 동안 일관된 언어를 들어본 적이 거의 없었기에, 이제 얼마나 이해가 가능한지도 판단이 서지 않았다. 물론 자신의 장애가 어느 정도인지도 알지 못했다.

턱수염이 한숨을 내쉬었다. 그는 자기 차를 보더니 라이에게 손짓했다. 떠날 생각인 모양인데 그전에 그녀에게 원하는 게 있는 모양이다. 아니, 아니, 그는 그녀와 함께 떠나고 싶어했다. 아무리 경찰 정복을 입고 있다 해도 법과 질서가 붕괴된 세상에선 그 차에 타는 것 자체가 위험이었다. 게다가 언어까지 일그러진 마당에.

그녀가 고개를 저었다. 보편적으로 통용되는 부정의 표시였지만 그는 계속해서 손짓을 했다.

그녀는 그에게 그냥 떠나라는 손짓을 보냈다. 그때 그는 장애자들이 거의 하지 않는 행동을 감행했다. 관심. 그건 동종의 사람들에게 잠재적 위험이 될 수도 있었다. 아니나 다를까, 버스 승객들이 그녀를 쳐다보기 시작했다.

싸움을 시작했던 남자 하나가 상대의 팔을 건드리더니, 턱수염과 라이를 차례로 가리키면서 마치 보이스카우트 경례라도 하듯 오른손 엄지와 검지를 들어보였다.[19] 아주 빠른 동작…… 멀리서 봐도 의미는 분명했다. 그녀와 턱수염이 한 패라는 뜻이다. 이제 어쩌지?

수신호를 보내던 사내가 다가오기 시작했다.

그녀는 의도를 짐작도 못한 채 그 자리에 멍하니 서 있었다. 사내는 그녀보다 15센티미터는 크고 열 살은 어려 보였다. 어차피 달리기로 이길 수는 없다. 주변에 이방인들뿐이라 도와줄 사람이 있을 리도 없다.

그녀가 한 번 손짓을 했다. 사내한테 멈춰 서라는 요구였지만 반복할 용기는 없었다. 다행히 남자가 그녀의 지시에 응했다. 그리고 사내가 음탕한 동작을 취했고 다른 남자들이 웃었다. 구두 언어가 사라지면서 외설스러운 제스처만 우후죽순처럼 생겨났다. 무지한 사내였다. 사내는 그녀가 턱수염과 섹스했다고 비난하며 이곳의 남자들 모두에게 똑같이 허락해

---

19) 보이스카우트는 엄지, 검지, 중지 세 손가락을 붙여 경례 한다.

줄 것을 요구했다. 물론 자기가 제일 먼저란다.

라이는 한심한 표정으로 사내를 보았다. 사람들은 그가 그녀를 강간할 때까지 얼마든지 지켜볼 것이다. 그녀가 쏴 죽인다 해도 구경만 할 위인들이다. 설마 그 지경까지 가지는 않겠지?

다행히 그렇지는 않았다. 사내는 조금씩 접근하며 음란한 동작을 취하다가 역겹다는 듯 돌아서서 다른 곳으로 가버렸다.

턱수염은 아직도 기다렸다. 그가 리볼버와 총 지갑들까지 치우고 다시 손짓했다. 두 손엔 아무것도 없었다. 무장해제를 통해 그녀의 마음을 움직이려는 것이다. 물론 총이야 차 안의 손쉬운 거리에 있을 것이다. 턱수염의 말이 맞을 수도 있겠다. 어쩌면 그도 혼자일지 모른다. 그녀도 3년간 혼자 지냈다. 질병은 그녀의 모든 것을 앗아갔다. 아이들을 하나씩 죽이고, 남편, 여동생, 부모까지 모두 빼앗아갔다.

질병은(그것도 질병이라 할 수 있을까?) 서로의 삶까지 잘라내기 시작했다. 너무도 갑자기 전국을 휩쓴 탓에 소련을(다른 국가들과 마찬가지로 그들 역시 함구로 일관했다.) 상대로, 신종 바이러스, 방사능, 신의 보복 따위의 책임을 물을 여유도 없었다. 질병은 발작만큼이나 순식간에 사람들을 쓰러뜨렸다. 발작과 비슷한 증세가 없지는 않았지만, 결과는 너무도 달랐다. 공통된 증상이라면, 언어를 잃거나 심각하게 훼손 당하는 것이며, 어느 경우든 회복은 불가능했다. 이따금 마비나 두뇌 손상, 사망이 따르기도 했다.

라이는 턱수염에게 다가갔다. 구경꾼들의 휘슬과 환호, 턱수염에게 엄지를 들어 보이는 따위의 행동은 모른 척했다. 그때 턱수염이 미소 따위로 그들에게 반응을 보였다면 그녀도 마음을 바꿨을 것이다. 이방인의 차를 얻어 타는 데 따른 치명적인 위험을 떠올리기만 했어도 생각을 달리 먹었을지 모르겠다. 대신 그녀는 맞은편 집에 사는 남자 생각을 했다. 한 차례 질병과 씨름을 한 이후, 씻지도 않고 아무 데서나 소변을 보는 남자가 있다. 여자도 이미 둘이나 있었다. 그의 커다란 정원을 하나씩 돌보는 여자들인데 둘 다 보호를 대가로 그를 받아주었다. 지금은 라이한테 세 번째 여자가 되어달라고 집요하게 요구하는 터였다.

그녀가 차에 타자 턱수염이 문을 닫아주었다. 그녀는 운전석으로 돌아가는 턱수염을 지켜보았다. 권총이 차 안에 놓여 있기에 아직은 그를 보호해 주어야 했다. 실제로 버스운전사와 청년 둘이 몇 걸음 다가오기도 했지만, 턱수염이 차에 탈 때까지 섣부른 짓을 하지는 않았다. 잠시 후 구경꾼 하나가 돌을 던지자 모두 따라했다. 자동차가 움직일 때까지 돌멩이 몇 개가 부질없이 차를 때렸다.

버스와 어느 정도 멀어진 후에야 라이는 이마의 땀을 훔치고 다소 긴장을 풀었다. 파사데나까지 반 이상은 왔을 것이다. 그럼 15킬로미터 정도 남았을 텐데 그 거리가 도보로 얼마나 걸릴지 판단이 서지 않았다. 더욱이 장거리를 걷는 것만이 그녀가 해결해야 할 유일한 문제인지도 자신이 없었다.

턱수염은 피게로아와 워싱턴에 차를 세우고 그녀를 보았다. 대부분의 버스가 좌회전하는 곳이라 그녀에게 방향을 묻는 모양이었다. 그녀가 왼쪽을 가리키자 그가 정말로 왼쪽으로 돌았다. 그녀는 마음이 놓였다. 그녀가 가리키는 대로만 간다면 그도 무사할 것이다.

불에 탄 채 버려진 건물들, 텅 빈 주차장, 파손되거나 다 뜯겨나간 자동차들로 거리는 어지럽기 짝이 없었다. 그는 목에 건 금목걸이를 벗어 그녀에게 주었다. 부드럽고 반질반질한 검은색 돌이 매달린 목걸이였다. 옵시디앙(흑요석). 그의 이름은 록, 피터, 블랙, 셋 중의 하나일 것이다. 그녀는 그냥 옵시디앙으로 정했다. 이따금 쓸모없기만 한 기억력이지만 그래도 옵시디앙 같은 이름을 잊지는 않을 것이다.

그녀도 그에게 자신의 이름 상징을 건넸다. 커다란 황금 밀대 모양의 머리핀. 질병이 있기 오래 전, 그리고 침묵이 지구를 정복하기 오래 전 구입한 물건이지만, 지금은 라이(호밀)라는 이름과 제일 가깝다는 생각에 늘 꽂고 다녔다. 옵시디앙 같은 사람들은 휘트(밀)라고 생각하겠지만 상관은 없었다. 더 이상 그녀의 이름을 불러줄 사람도 없으니까 말이다.

옵시디앙이 그녀에게 핀을 돌려주었다. 그녀가 손을 내밀자 그가 그 손을 잡고 엄지로 굳은살을 문질렀다.

그는 1번가에 차를 세우고 다시 어느 쪽인지 물었다. 그리고 그녀의 지시대로 우회전한 후 다시 뮤직센터 근처에 정차했다. 그가 대시보드에서 접힌 종이를 꺼내 펼치기 시작했다. 글자들을 이해하지는 못했지만 거리 지도라는 것만은 분명했다. 그가 지도를 펼치더니 다시 그녀의 손을 잡고 검지로 한 장소를 가리켰다. 그리고 그녀를 건드리고 자신을 건드린 다음 바닥을 가리켰다. '여기가 이곳이다.'라는 뜻이다. 그는 그녀가 어디로 갈 것인지 묻고 있었다. 그녀도 얘기해 주고 싶지만 그저 슬픈 표정으로 고개를 저을 수밖에 없었다. 그녀가 빼앗긴 건 읽기와 쓰기였다. 가장 심각한 장애이자 고통스러운 장애였다. 과거엔 UCLA에서 가르치고 자유기고가 일도 했건만 지금은 자기 원고조차 읽을 수가 없었다. 읽지는 못하지만 그렇다고 연료로 쓰자니 가슴이 미어질 책들이 집 안 가득이었다. 게다가 과거에 읽은 내용조차 제대로 기억 못할 정도로 기억력까지 훼손된 터였다.

그녀는 지도를 보며 열심히 계산해 보았다. 그녀는 파사데나에서 태어나 15년간 로스앤젤레스에서 살았고 지금은 LA 시빅 센터 근처다. 두 도시의 상대적 위치를 알고 거리와 방향을 알고, 심지어 간선도로를 피해야 한다는 것도 알았다. 파손된 자동차들과 파괴된 육교들 때문에 막혀 있을 가능성이 크기 때문이다. 문제는 파사데나를 가리킬 방법을 알아야 하는데 그 단어가 무슨 뜻인지조차 모른다는 데 있었다.

그녀는 머뭇머뭇 지도의 우상(右上) 모퉁이에 표시된 옅은 오렌지색 기호 위로 손가락을 가져갔다. 그곳이 맞을 것이다. 파사데나.

옵시디앙은 그녀의 손을 들고 위치를 확인한 다음 지도를 접어 대시보드에 돌려놓았다. '이 사람은 읽을 수 있나 봐.' 그녀가 뒤늦게 깨달았다. 어쩌면 쓰는 것도 가능할지 모르겠다. 문득, 그가 증오스러웠다. 깊고도 쓰라린 증오. 글을 안다는 게 이 사내한테 무슨 의미가 있다는 말인가? 기껏 경찰, 강도 놀이나 하는 어른한테? 그런데도 그녀는 문맹이고 그는 아니라니. 영원한 문맹…… 생각이 거기에 미치자, 증오, 좌절, 질투심에 속까지 쓰리기 시작했다. 불과 몇 센티미터 거리에 장전된 총까지 있었다!

그녀는 가만히 그를 노려보았다. 당장이라도 그의 피를 볼 것만 같았다. 하지만 이내 분노는 가라앉고 그녀는 아무 짓도 하지 않았다.

옵시디앙은 잠시 망설이다가 성큼 그녀의 손을 잡았다. 그녀가 그를 돌아보았다. 그녀의 얼굴엔 이미 너무 많은 게 드러나 있었다. 인간 사회의 잔재 속에 사는 사람이라면 도저히 모를 수 없는 바로 그 표정…… 질투.

그녀는 지친 듯 두 눈을 감고 한숨을 내쉬었다. 과거에 대한 갈망, 현실을 향한 증오, 처참한 무기력과 회의 등 수많은 기분을 겪었지만 타인을 향한 강한 살심은 처음이었다. 그녀가 집을 떠난 것도 자살이라도 하게 될 것 같아서였다. 어차피 살아 있을 이유도 없었다. 옵시디앙의 차에 탄 것도 어쩌면 그 때문일 것이다. 지금껏 상상도 못한 일이건만.

그는 그녀의 입을 건드리고 엄지와 나머지 손가락으로 수다 떠는 시늉을 해보였다. '말은 할 줄 알아요?'

그녀가 끄덕였다. 그리고 그의 얼굴을 스치는 가벼운 질투를 보았다. 이제 둘 다 인정해야 할 게 무엇인지 깨달았다. 물론 폭력 따위는 없을 것이다. 그는 자기 입과 이마를 두드리며 고개를 저었다. 말을 하지도, 알아듣지도 못한다는 얘기다. 질병은 두 사람을 농락해, 서로에게 가장 소중한 재산을 앗아가 버린 것이다.

그녀가 그의 소매를 잡아당겼다. 이런 와중에 LAPD 경찰 역할을 지속하는 이유가 궁금했다. 그밖에는 그도 정상으로 보였다. 왜 그냥 집에서 옥수수, 토끼, 아이들 같은 걸 기르지 않는 걸까? 하지만 그녀는 어떻게 물어야 할지를 몰랐다. 그때 그가 그녀의 허벅지에 손을 댔다. 이제 해결해야 할 문제가 하나 더 늘고 말았다.

그녀가 고개를 저었다. 질병. 임신. 무기력하고 고독한 고통…… 싫어.

그가 그녀의 허벅지를 부드럽게 주무르며 믿을 수 없다는 식의 미소를 지었다.

3년 동안 아무도 그녀를 건드리지 않았고 그녀도 원치 않았다. 아무리 아빠가 있어 양육을 도와준다 한들, 이따위 세상에 아기를 데려올 이유가 어디 있다는 말인가? 하지만 간절한 것만은 분명했다. 그가 그녀에게 얼마나 매력적인지는 옵시디앙 자신도 알지 못할 것이다. 젊고(어쩌면 그녀보다도) 깨끗한 남자가 그녀를 원했다. 게다가 강요하지도 않았다. 하지만 그런들 무슨 소용이겠는가? 순간의 쾌락을 그로 인한 평생의 후회와 맞바꿀 수는 없었다.

그가 그녀를 끌어안았다. 그녀도 잠시 그의 포옹을 만끽했다. 그에게선 좋은 냄새가 났다. 좋은 남자의 냄새. 이윽고 그녀가 주섬주섬 그를 밀어냈다.

그가 한숨을 내쉬며 글러브박스를 향해 손을 내밀었다. 그녀가 순간 움찔했으나 그가 꺼낸 건 작은 상자였다. 물론 그 위의 글자는 낯설기만 했다. 그녀가 이해한 건 그가 봉을 풀고 뚜껑을 열어 콘돔을 꺼낸 후였다. 그가 그녀를 보았다. 그녀는 놀라서 시선을 피했으나, 이윽고 그녀도 키득거리기 시작했다. 도대체 마지막으로 키득거리며 웃어본 지가 언제인지 기억도 나지 않았다.

그가 씩 웃으며 뒷좌석을 가리켰다. 그녀가 큰소리로 웃었다. 십대 시절에도 뒷좌석은 싫어했지만, 그녀는 텅 빈 도로와 파괴된 건물들을 한 번 둘러보고 차에서 내려 뒤로 옮겨 탔다. 그는 그녀에게 콘돔을 맡기고 그녀의 열정에 다소 놀라는 표정을 지었다.

잠시 후 두 사람은 그의 코트를 덮은 채 나란히 앉아 있었다. 아직은 옷을 입는 것도 다시 이방인으로 돌아가는 것도 싫었다. 그가 그녀를 바라보며 아이 어르는 동작을 해보였다.

그녀가 숨을 들이마시며 고개를 저었다. 아이들이 죽었다는 얘기를 어떻게 해야 할지 몰랐다.

그가 그녀의 손을 잡고 검지로 손바닥에 십자가를 그리더니 다시 아이 어르는 동작을 해보였다.

그녀가 고개를 끄덕이며 손가락 세 개를 세우고 황급히 고개를 돌렸다. 갑작스러운 기억의 쇄도가 당황스럽기만 했다. 그녀는 아이들이 살아 있다 해도 불쌍하기는 마찬가지라는 식으로 자기 자신을 위로했다. 아이들은 건물이 어떤 곳인지, 자신들이 어떻게 존재하게 되었는지도 모른 채, 다운타운 협곡 사이를 누비고 다녔을 것이다. 요즘 아이들은 책을 모아 불을 피우고, 침팬지처럼 웍웍 소리를 지르며 서로를 쫓아다녔다. 그 어떤 미래도 없는 아이들. 현재의 모습이 그대로 미래로 굳어질 아이들.

그가 그녀의 어깨에 손을 얹었다. 그러자 그녀가 갑자기 작은 상자를 뒤지더니 그에게 다시 섹스해 줄 것을 청했다. 그가 그녀에게 망각과 쾌락을 선사해 줄 것이다. 지금껏 그 어느 것도 불가능했던 일이다. 매순간 그녀는 어떻게든 피하기 위해 집까지 떠나야 했던 최후를 향해 다가가고 있었다. 권총을 입에 물고 방아쇠를 당겨야 할 시간.

그녀는 옵시디앙에게 그녀와 함께 집에 가서 살지 않겠는지 물었다.

그는 그 말을 이해하는 순간 놀라운 동시에 기쁜 표정을 지었다. 그는 곧바로 대답하지는 않았으나 결국 고개를 저었다.

우려했던 대로였다. 아마도 경찰과 강도 놀이를 하면서 여자들을 후리는 데 크게 재미가 든 모양이다.

그녀는 실망감에 조용히 옷을 입었으나 그에게 어떤 분노도 느낄 수 없었다. 그에게도 아내와 집이 있을지도 모를 일이었다. 충분히 가능성 있는 얘기다. 질병은 여자보다 남자들에게 가혹했다. 더 많은 남자를 죽이고 장애도 남성 생존자들이 더 심했다. 옵시디앙 같은 경우는 아주 드물었다. 여자들은 넋을 잃은 사내들을 감내하거나 혼자 살았다. 옵시디앙 같은 사내라면 그를 잡기 위해 뭐든 할 것이다. 라이는 그에게 더 젊고 예쁜 여자가 있을 거라고 확신했다.

그녀가 총을 차는 동안 그가 건드리더니, 복잡한 제스처로 총에 장전이 되어 있는지 물었다.

그녀가 슬픈 얼굴로 고개를 끄덕였다. 그가 그녀의 팔을 다독였다.

그녀는 한 번 더 함께 가지 않겠는지 물었다. 그녀도 일련의 복잡한 제스처를 활용했다. 그는 주저하는 듯 보였다. 어쩌면 유혹할 수 있을지도.

그는 대답 없이 차에서 내려 운전석으로 돌아갔다. 그녀도 다시 앞자리로 옮겨 그를 보았다. 그가 그의 유니폼을 잡아당기며 그녀를 보았다. 질문 같기는 했지만 무슨 뜻인지는 이해

가지 않았다.

그가 배지를 떼더니 손가락으로 배지와 가슴을 차례로 두드렸다. 상관없다.

그녀는 그의 손에서 배지를 받아 밀대핀을 끼웠다. 경찰·강도 놀이가 그의 유일한 증상이라면 놀게 해주자. 그녀한테는 그만 있으면 된다. 경찰이든 강도든. 문득 그녀가 그를 유혹하듯, 누군가에게 다시 빼앗길지도 모른다는 생각이 들었지만 그래도 상관없다. 그가 지도를 내려놓더니 대충 북동쪽의 파사데나를 지적하고 그녀를 보았다.

그녀가 어깻짓을 하고 그와 자기 어깨를 차례로 건드린 다음 검지와 중지를 붙여 확인해 주었다. 그가 그녀의 두 손가락을 잡고 고개를 끄덕였다. 이제 그와 하나가 되었다.

그녀가 지도를 빼앗아 계기반 위에 던져놓고 남서쪽의 집을 가리켰다. 이제 파사데나에 갈 이유가 없었다. 그곳엔 계속해서 오빠와 조카 둘, 즉 3인의 오른손잡이가 살고 있게 해주자. 자신이 정말 혼자 남았는지 애써 확인할 필요는 없었다. 더 이상 혼자가 아니기 때문이다.

옵시디앙은 남쪽 힐스트리트로 향했다가 서쪽의 워싱턴으로 꺾었다. 그녀는 등을 기대고 다시 누군가와 산다는 게 어떤 기분일지 헤아려보았다. 지금껏 닥치는 대로 찾아 헤매고,

저장하고, 또 재배해 둔 식량이라면 둘이 먹고 살기엔 충분했다. 침실이 네 개나 있는 건물이니 그의 짐을 모두 꾸려올 수도 있었다. 무엇보다 거리 맞은편의 짐승도 포기할 터이니 죽일 이유도 없어진 셈이다.

옵시디앙이 그녀를 꼭 끌어안았다. 그녀가 그의 어깨에 머리를 기대는데 갑자기 그가 급브레이크를 잡았다. 하마터면 그녀도 의자에서 튕겨나갈 뻔했다. 언뜻 누군가 거리를 달려나와 차 앞에 서는 것을 보기는 했다. 거리에 차가 지나가면 누구든 그 앞으로 뛰어 들어오게 되어 있다.

범인은 여자였다. 낡은 판잣집에서 널빤지를 덧댄 가게를 향해 달아나는 중이었다. 여자는 아무 말 없이 달아났으나 조금 후에 쫓아온 남자는 어휘가 마구 뒤섞인 소리로 고함을 질렀다. 사내의 손에 뭔가 들려 있었다. 총은 아니고 칼처럼 보였다.

여자가 가게 문을 흔들었지만 잠겨 있었다. 그녀는 황급히 주변을 둘러보다가 마침내 가게 윈도에서 깨져 나온 유리조각을 집고 남자를 향해 돌아섰다. 그 유리로 누군가를 찌르기 전에 자기 손부터 베고 말 것이다.

옵시디앙이 차에서 뛰어내리더니 소리를 지르며 총을 쏘았다. 라이가 그의 목소리를 들은 건 그때가 처음이었다. 사용하지 않은 탓에 잔뜩 가라앉고 갈라진 목소리. 그는 말 없는 사람들이 다 그렇듯 같은 소리만 계속 반복했다.

"다, 다, 다!"

남녀를 쫓아가는 옵시디앙을 보며 라이도 차에서 내렸다. 그는 총을 빼든 채였다. 그녀도 두려움에 자기 총을 꺼내 안전장치를 풀고 현 상황에 관심을 갖는 사람이 더 있는지 둘러보았다. 사내가 힐끗 옵시디앙을 보고는 곧바로 여자한테 달려들었다. 여자가 유리로 남자의 얼굴을 찔렀다. 남자는 개의치 않고 여자의 팔을 잡더니 연거푸 그녀를 두 번 찔렀다. 옵시디앙이 그를 쏜 건 그 후였다.

남자가 허리를 굽히더니 배를 부여안고 고꾸라졌다. 옵시디앙이 손짓으로 라이를 불러 여자를 돕게 했다. 라이는 여자 옆으로 다가가며, 가방에 붕대하고 항생제가 전부라는 사실을 떠올렸다. 여자는 이미 가망이 없었다. 길고 예리한 정육점 칼에 두 번이나 찔렸던 것이다.

그녀는 옵시디앙을 건드려 여자가 죽었음을 알리려 했다. 옵시디앙도 상체를 굽혀 부상당한 사내를 확인 중이었다. 사내도 가만히 있는 게 죽은 듯 보였다. 그런데 옵시디앙이 라이를 돌아보았을 때 사내가 번쩍 눈을 떴다. 그러고는 옵시디앙이 지금 막 지갑에 넣은 리볼버를 잡고 그대로 발사해 버렸고 총알은 옵시디앙의 관자놀이를 때렸다. 그가 무너졌다.

너무도 간단했고 또 너무도 빨랐다. 그리고 사내가 그녀를 쏘려 하기에 그녀가 먼저 방아쇠를 당겼다.

이제 라이 주변엔 시체 셋뿐이었다.

그녀는 옵시디앙 옆에 무릎을 꿇었다. 눈물도 나오지 않았다. 어떻게 이렇게 한순간에 모든 것이 뒤집어질 수 있는지 도무지 이해할 수가 없었다.

남자와 여자가 뛰쳐나온 집에서 아주 조그마한 아이 둘이 달려 나왔다. 이제 겨우 세 살밖에 안 되어 보이는 남녀 아이였다. 두 아이는 손을 맞잡은 채 거리를 건너 라이 쪽으로 달려왔다. 아이들은 라이를 보더니 슬금슬금 옆으로 피해 죽은 여자한테 다가갔다. 여자아이가 여자를 흔들었다. 마치 깨우기라도 하려는 것처럼 보였다.

너무도 참혹한 광경이었다. 라이는 몸을 일으켰다. 슬픔과 분노에 속이 뒤집어질 것만 같았다. 아이들이 울기 시작하면 아무래도 토를 하게 되고 말리라.

그들도 이제 혼자였다. 어린 두 아이. 그 정도 나이면 적어도 쓰레기통을 뒤질 수는 있을 것이다. 라이한테 더 이상의 슬픔은 필요 없다. 결국 털 없는 원숭이로 자라고 말 남의 자식들도 필요치 않았다.

그녀는 차로 돌아갔다. 운전법은 기억하고 있으니 집으로 돌아갈 수는 있다.

차에 다다르기 전 불현듯 옵시디앙을 묻어야겠다는 생각에 결국 토악질을 하고 말았다.

그를 만나고 잃어버린 게 너무도 한순간이었다. 흡사 안전과 평온의 상태에서 끌려나와 느닷없이 매질이라도 당한 기분이었다. 머리가 몽롱해 아무 생각도 할 수가 없었다.

그녀는 간신히 돌아가 그를 내려다보았다. 기억도 없건만 어느새 그녀는 그의 옆에 무릎을 꿇고 앉아 있었다. 그녀가 그의 얼굴과 턱수염을 두드렸다. 아이 하나가 우는 소리를 해, 그녀가 그들을 보고 그들의 엄마인 듯한 여자를 보았다. 아이들도 그녀를 돌아보았는데 둘 다 겁먹은 표정이다. 그녀를 사로잡은 게 바로 그들의 두려움일 수도 있겠다.

처음엔 차를 몰고 그들로부터 달아날 생각이었다. 거의 그럴 뻔했다. 두 아이를 죽게 내버려둘 뻔했다. 그렇잖아도 넘쳐나는 게 죽음 아닌가. 그녀는 아이들을 데려가기로 했다. 그대로 내버려두고 살 수 있을 것 같지도 않았다. 그녀는 시체 세 구를 묻을 장소를 찾기 위해 주변을 둘러보았다. 아니 둘일 수도 있다. 저 살인자도 아이들 아버지인 걸까? 침묵의 역병이 닥치기 전 경찰의 말에 의하면, 신고를 받고 달려간 가장 위험한 사건 상당수가 가정불화였다. 옵시디앙도 그 사실을 알았을 것이다. 물론 그렇다고 그가 차에 숨어 있을 리도 없고, 라이가 막을 수도 없었을 것이다. 어떻게 넋 놓고 앉아 여자가 살해당하는 걸 지켜만 보겠는가.

그녀는 옵시디앙을 자동차 쪽으로 끌고 갔다. 땅을 팔 도구도 없고 그 동안 그녀를 지켜줄 사람도 없다. 그보다 시신들을 데려가 남편과 아이들 옆에 묻는 게 좋을 것이다. 게다가 결국 옵시디앙을 집에 데려가는 셈이 아닌가.

그녀는 그를 뒷좌석 바닥에 올려놓고 여자를 데리러 돌아왔다. 여자애가 옆에 서 있었다. 마르고 더럽고 진지한 표정의 아이……. 그리고 그 순간 아이가 저도 모르게 라이에게 큰 선물을 주고 말았다. 라이가 여자를 안고 끌고 가려는데 아이가 소리쳤다.

"안 돼!"

라이는 여자를 내려놓고 소녀를 보았다.

"안 돼! 그냥 놔 둬!"

소녀가 외치며 여자 옆으로 달려갔다.

"말하지 마." 이번엔 사내아이였다. 모호하지도 뒤섞이지도 않은 소리였다. 두 아이 모두 말을 할 줄 알았고, 라이도 그 말을 알아들었다. 소년이 죽은 살인자를 보더니 그에게

서 떨어졌다. 소년이 소녀의 손을 잡으며 속삭였다. "입 다물어."

유창한 말솜씨! 그럼 여자가 죽은 이유도, 말을 할 줄 알고 또 아이들한테 말을 가르쳤기 때문일까? 그래서 남편의 성마른 분노를 부른 것일까? 아니면 이방인의 질투 때문일까?

그리고 그 아이들…… 침묵의 역병 이후에 태어난 아이들이다. 드디어 질병의 주기가 다한 걸까? 그냥 아이들한테 면역이 생긴 걸까? 분명 병에 걸려 말을 잃을 시간은 충분했다. 라이의 생각이 복잡해졌다. 이 세 살배기 아이들이 안전하게 말을 배울 수 있다면? 아이들한테 필요한 게 선생이라면? 선생이자 보호자.

라이가 힐끗 죽은 살인자를 보았다. 부끄럽지만 그가 누구이든, 그를 미치게 만든 열정을 어느 정도 이해할 수 있을 듯 싶었다. 걷잡을 수 없는 질투…… 그런 사람이 얼마나 더 있을까? 자신에게 없는 건 뭐든 파괴하려는 사람들이?

옵시디앙은 보호자였다. 이유는 모르지만 그는 그 역할을 자임했다. 어쩌면 쓸모없는 유니폼을 입고 텅 빈 거리를 순찰하는 일이, 입에 총을 물고 죽는 것보다 나았기 때문일지도 모른다. 그런데 정작 보호해야 할 존재들이 생겼건만 그는 가버리고 말았다.

과거에 그녀는 선생이었다. 훌륭한 선생. 비록 대상이 자신이기는 해도 보호자이기도 했다. 어쨌든 살아야 할 이유가 없는 생명을 지켜낸 건 사실이다. 질병이 아이들의 보호자를 앗아갔다면 그녀가 대신 지켜야 할 것이다.

그녀는 간신히 여자 시체를 들어 자동차 뒷좌석에 태웠다. 아이들이 울기 시작했다. 그녀는 깨진 도로 위에 무릎을 꿇고 아이들에게 속삭였다. 오랫동안 사용하지 않은 거친 목소리에 행여 아이들이 놀랄까 불안했다.

"괜찮아. 나와 함께 가자꾸나. 자."

그녀가 둘을 함께 들어올렸다. 한 팔에 한 명씩…… 아이들은 무척 가벼웠다. 제대로 먹지도 못한 건가?

사내아이가 손으로 그녀의 입을 가렸지만 그녀가 얼굴을 돌렸다.

"내가 말하는 건 괜찮아. 주변에 아무도 없을 땐 상관없단다."

그녀가 소년을 조수석에 앉히자 소년은 알아서 여자애가 탈 공간을 만들어주었다. 모두 차에 탔다. 라이는 차창에 기대 아이들을 보았다. 아이들도 지금은 덜 무서워하고 있었다. 그녀를 보는 두 아이의 눈에선 두려움만큼의 호기심도 엿보였다.

"내 이름은 밸러리 라이야. 너희들도 나한테 얘기하는 건 괜찮단다."

그녀가 단어들을 하나하나 음미하며 말했다.

킬러 │ 캐럴 앰슈윌러 │

캐럴 앰슈윌러는 여섯 편의 소설과 100편이 넘는 단편의 작가이다. 그녀의 단편은 수많은 선집과 잡지에 등장하며, 최신작 『당신과 함께 산다(I Live with You)』를 비롯해 몇 개의 책으로 모아 펴기도 했다. 50여 년에 달하는 작가 경력을 통해 네뷸러 상, 세계 판타지 상, 그리고 필립 K. 딕 상을 수상했고, 2005년에는 세계 판타지 평생공로상을 받기도 했다. 최신작 『비밀의 도시(The Secret City)』가 2007년 출간되었다.

앰슈윌러는 머지않아 우리 문명이 산산 조각날지에 대해 끊임없이 자문했다. 하지만 오일 램프, 펌프물 샤워, 호숫가 구식 빨래터의 기저귀 빨래 등, 소박한 삶을 지향하는 성격 때문에라도, 그런 일이 일어날까 봐 '불안하다'는 말을 쉽사리 하지 못했으며, 그런 결말을 기대하지도 않았다. 그녀는 새로운 기계와 발명품으로 가득한 미래에 대해 쓰는 것만큼이나, 퇴보와 파기에 대해 쓰는 것도 재미있는 창작이라고 말한다.

「킬러」는 이라크 전쟁에 대한 반대에서 출발한다. 미국인들은 우리가 저 너머의 테러리스트와 싸워야 이곳에서 신경 쓸 필요가 없다고 교육 받는다. 하지만 그런 전쟁이 우리 땅에서 벌어진다면, 그 후엔 어떻게 되는 거지? 이 이야기는 바로 그 질문에서 출발한다.

많은 사람들이 물이 없기 때문에 떠났다. 그럼 다른 곳에 가면 별다르다는 얘긴가? 우리처럼 이곳이 더 안전하다고 생각하는 사람도 있었다. 더군다나 전쟁이 잦아들기 훨씬 전에도, 짐을 싸들고 어디든 떠나는 게 쉬운 일은 못 되었다. 처음엔 민간인들에게 자동차 연료 지급이 금지되었지만, 그 다음엔 아예 기름 따위는 어디에도 없게 되었다.

송유관 공습 이후(사실 수류탄 하나면 충분했던 일이었다.), 우리는 마을을 더 높은 지대의 개울 옆으로 옮기고 도랑을

파 물줄기가 집 몇 곳을 지나 흐르게 했다. 양동이로 물을 길고 싱크대를 들고 뒷마당까지 나가 비워야 했지만, 그래도 채마밭과 작은 과수원에 물을 댈 수는 있었다. 날이 따뜻하면 용수로에서 목간을 하고 추워지면 대야에 물을 길어 집 안에서 스펀지로 몸을 닦아냈다. 그나마 이젠 추운 날씨조차 거의 남지 않았다.

대부분이 떠난 터라 더 이상 마을을 옮길 수도 없었다. 물론 떠난 건 신체 건장한 남자들이다. 이사는 온전히 우리 여자들 몫이었고 말이나 노새 따위는 없었다. 적들은 우리를 골탕 먹이기 위해 가축부터 훔치거나 죽이고, 그렇지 않으면 병신을 만들었다.

전기도 없었다. 댐의 비축분을 빼돌릴 수 있다고 믿는 여자들도 있기는 했으나, 아직 시도해 본 적은 없었다. 어떤 점에선 여러분이 생각하는 만큼 절실하지 않았을 수도 있겠다. 나는 늘 걷는 걸 좋아했다. 게다가 돼지기름 램프와 촛불이 더 부드럽고 안락한 불빛을 밝혀주지 않는가.

우리 집은 예전부터 마을보다 한참 높은 곳에 있다. 이사를 원치 않는 나로서야 다행스러운 일이다. 오빠가 돌아올 옛집도 있어야 했고 어머니를 옮길 엄두도 나지 않았다.

전에는 뒷마당 너머로 수도전력국이 있고 그 다음엔 산림청 대지와 존 뮤어 야생지가 있었으나, 지금은 마을 전체가 내 위로 이주했다. 물론 수도전력국과 산림청 따위는 남아 있지도 않다.

우리 집은 전망이 좋았다. 항상 현관 계단에 앉아 산을 보곤 했는데, 지금은 다들 산등성으로 이사한 터라 누구나 좋은 전망을 확보한 셈이다.

아래 마을은 텅 비었다. 본스와 케이마트는 약탈당한 대형 창고에 불과했다. 위쪽으로 작은 가게가 하나 있는데 사람들이 저마다 야채, 바느질, 뜨개질한 물건 따위를 들고 나와 팔고 있다. 제일 인기가 많은 물건은 양말이다. 요즘엔 양말이 필수품이다. 전쟁 전만 해도 물자가 넘쳐나 아무도 양말을 기워 신지 않았으나 지금은 기울 뿐 아니라, 헤지기도 전에 뒤꿈치와 볼에 미리 덧대기까지 한다.

작은 도서관도 옮겨 왔는데 전보다 책은 더 많아졌다. 우리는 닥치는 대로 책을 옮겼다. 갖고 있던 책과 떠난 사람들의 책. 사서는 필요 없다. 모두가 자율적으로 대여하고 반납하기 때문이다.

작은 병원이 있기는 해도 의사는 없다. 나이 든 간호사 둘이 있는데 일흔이 너머 취업이 불가능한 분들이다. 두 분이 후계자들을 양성 중이긴 하지만 어차피 의약품은 없다. 지금은 산에서 채취한 허브를 가공해 치료제를 만들고 있다. 우리는 허브를 더 많이 얻기 위해 파이우트 부족에게 갔다. 파이우트 부족에도 간호사가 둘이다. 이따금 우리를 찾아와 돕기는 했지만 보호구역에도 간호가 필요한 일들이 있다. (그들도 보호구역을 옮겼는데, 그 후로는 더 이상 보호구역이라 부르지도 않는다.)

그곳도 지금은 여인촌이다. 여자들의 그림과, 퀼트와 편물기구 등 공예품으로 가득한…… 중노동도 여자들 차지라 훌륭한 지붕 수리 팀도 있고 목수들도 있다.

수많은 여자들이 남자들과 함께 전쟁터에 나갔지만 난 엄마를 돌봐야 했다. 사실 오빠가 떠나기 전부터 엄마는 내가 돌봤다. 몸이 아파서가 아니라 과도비만에 무섭게 마셔댔기 때문이다. 엄마 다리는 종창으로 가득 덮여 끔찍했다. 통증이 심해 걸을 수도 없었다. 전쟁 당시의 물자 부족으로 조금 나아지기는 했으나 여전히 집에서 만든 맥주는 많았다. 걷지 못하는 것도 여전했다. 아니, 애초에 걸으려 하지도 않았는데, 아무래도 근육이 모두 녹아버리지 않았나 싶기도 했었다. 걷지 못하는 사람들을 돌보는 일엔 이력이 났다. 기억력이라는 게 생겼을 때부터 그 일을 해왔으니 당연하지 않은가.

이제 어머니도 저 세상으로 갔다. 내게도 뭔가 유용한 일을 할 기회가 생긴 것이다. 어느 곳이든 전쟁이 남아 있었다면 나가 싸웠으리라. 하지만 전쟁도 모두 끝난 모양이었다. 어쩌면…… 정확히 종전이라는 얘기는 없었기에, 어떻게 끝이 났는지, 아니면 끝이 나기는 했는지조차 우리는 모르고 있다. 알아낼 방법도 없다. 어쨌든 우리가 아는 한 특별한 충돌이 끊긴 것도 꽤나 오래 전 일이다. 머리 위로 아무것도 날아다니지 않았다. 구식비행기 한 대 보이지 않았다. (이곳에서야 애초부터 거론할 만한 전투도 없었다. 송유관을 파괴하고 가축을 훔쳐간 것 외에 우리는 완전히 관심 밖이었다.)

이번 전쟁은 그런 식이었다. 시작도 없고 끝도 없는…… 맺고 끊는 게 확실했던 과거와는 사뭇 달랐다. 전쟁이 시작되기 전부터 적은 우리들 중에 있었다. 옛날 방식으로는 우리와 싸워 이길 수 없었을 것이다. 그들은 약했고 첨단기술도 저급했다. 그래도 조잡한 무기들도 수만 많다면 충분히 위력이 있었으며, 무엇보다 누굴 믿어야 할지 알 수가 없었다. 그건 지금도 마찬가지다. 우리 편은 닥치는 대로 잡아 포로수용소에 가두었다. 실제로 검은 눈에 검은 머리, 올리브 피부를 지닌 자들은 닥치는 대로 잡아들였건만 그래도 여전히 활개를 쳤다. 전쟁이 오랫동안 이어지며 자원을 고갈시켰으나 그들은 여전히 여유로웠다. 파괴 행위도 그칠 줄을 몰랐다. 그들은 결국 수용소를 탈출했다. 아니, 그냥 걸어 나갔다는 게 맞겠다. 간수들도 이미 떠난 터였기 때문이다.

우리 산촌에 상처와 광기를 선물한 것도 바로 그들이었다. 두 진영 모두 세상을 피해 이곳에 들어왔다. 그들은 은둔자이며 그 누구도 믿지 않는다. 심지어 저 위에서는 지금도 서로 싸우고 있다. 그건 버려진 폐광을 끌어안고 사는 것만큼이나 곤혹스러운 일이다. 그들은 모두 상처 입은 자들이다. 신체적이든 정신적이든. 물론 누구나 마찬가지이겠지만 우린 그 사실조차 모르는 경우가 많다.

오빠는 그곳 어딘가에 있을 것이다. 살아 있다면 돌아왔어야 했다. 오빠는 이곳을 사랑한다. 사냥도 하고 덫을 놓고 낚시도 하지 않았던가. 그렇게 행복했던 사람이니까 돌아올 수 있다면 무슨 짓이든 할 것이다.

우리한테 내려오는 사람은 거의 없다. 굶고 헐벗고 아프다 해도 절대 아니다. 행여 내려온다면 오직 훔칠 때뿐이다. 그들은 토마토와 옥수수와 무를 가져간다.

그밖에도 사라지는 물건이 있다. 부엌칼, 스푼, 낚싯바늘, 스웨터와 털양말도 있다. 광인들이 우리보다 훨씬 높은 곳에 살기 때문이다. 그곳에서는 심지어 얼어 죽는 이들도 있다.

더욱이 그들은 광인들이다. 그들 중에 다른 사람들을 죽여 마을 언저리에 버리는 자가 있다. 시체는 모두 석궁에 뒤통수가 꿰뚫려 있었다. 정교한 조각의 고급 화살인데 부디 우리 편 짓이 아니기만 빈다. 하기야 편 가름도 더 이상 의미가 없기는 하다.

그런 일이 있을 때면, 시체들을 저장고에 넣기 전 먼저 오빠가 있는지부터 살핀다. 오빠가 저장고에 들어가는 건 원치 않는다. 절대로. 하지만 시체들은 하나같이 엉망이었다. 턱수염에 오물까지…… 오빠를 알아볼 수는 있는 걸까? 당연하지. 어떻게 모를 수 있겠어? 문제는…… 오빠가 떠날 때 난 기껏 열다섯에 불과했다. 오빠는 열여덟이었는데 지금은 서른둘이 되었다. 살아있다면…….

우리까지 죽이는 경우는 없었지만 그래도 다들 조금씩 신경이 곤두서 있다. 어젯밤에는 누군가 창문을 통해 안을 들여다보기도 했다. 나는 이상한 소리에 잠을 깬 후, 다 구겨진 모자와 그 밑으로 펄럭이는 머리카락 그림자를 보았다. 그 뒤로 달 밝은 하늘이 보였다. 나는 "클레멘트 오빠!"라고 소리쳤다. 그럴 의도는 아니었지만 비몽사몽간에 문득 오빠라는 생각이 든 것이다. 그림자는 황급히 허리를 숙이더니, 곧 이어 자박 자박 달아나는 소리가 들렸다. 난 불현듯 겁이 났다. 자다가 석궁에 맞을 수도 있지 않는가!

다음 날 아침, 발자국을 보았다. 그게 누구든 헛간 뒤에서 오랫동안 서성댄 게 분명했다.

난 그가 오빠였기를 바라고 있다. 물론 오빠가 가난한 사람들을 죽이는 살인자가 아니기를 바라지만, 행여 그렇다 해도 자기 집에 내려오지 못할 이유는 없다. 엄마가 죽은 사실을 모르기 때문에 오빠가 엄마를 무서워할 수는 있겠다. 둘은 늘 사이가 좋지 않았다. 엄마는 술에 취하면 오빠한테 닥치는 대로 집어던졌다. 가까이 있으면 팔을 잡고 비틀기도 했다. 하지만 이제 오빠도 엄마가 어쩌기엔 너무 어른이다. 설마 내가 두려운 건 아닐 것이다. 어린 여동생인데?

엄마는 나한테 더 잘했다. 내가 달아나면 의지할 데가 없기 때문이다. 사실 얼마든지 떠날 수 있었겠지만 엄마가 죽을 때까지 한 번도 그런 생각을 해본 적이 없다. 단 한 번도. 너무도 오랜 세월 엄마를 돌본 탓에 인생이 그냥 그런가보다 하고 생각했을 뿐이다. 하긴 그렇지 않다 해도 떠났을 것 같지는 않다. 그녀는 내 엄마였고 나 아니면 돌봐줄 사람도 없었다.

창문을 들여다본 게 오빠였다면 엄마가 없는 사실을 알았을 것이다. 침대를 떠난 적이 없는 분이셨으니까. 작은 단층집이라 어느 창으로든 안을 들여다볼 수 있었다. 작은 방 세 개, 부엌 겸 거실 하나. 엄마의 대형침대는 제일 큰 침실을 가득 채웠었다.

상점과 도서관에 오빠 사진을 붙이기는 했지만 모두 옛날 사진뿐이다. 오빠는 군인처럼 짧은 이부머리였다. 나는 헝클어진 머리의 오빠를 그리고, 또 머리가 벗겨져 양쪽만 남은 모습도 그리고(대머리는 집안 내력이다.) 두 그림 모두에 다른 종류의 턱수염을 그려 넣기도 했다.

"널 만나고 싶지 않을 수도 있어…… 아무도."

레오가 말했다.

그건 나도 알고 있다.

"아무래도 창문을 들여다보는 게 오빠 같아서 그래요."

"흠, 바로 그거야. 오빠가 원했다면 안으로 들어갔을 거라고."

"아저씨도 전쟁에 갔잖아요. 다른 사람들은 모두 정신이 나갔는데 아저씬 어떻게 괜찮은 거죠?"

"운이 좋았지. 진짜 공포를 마주친 적이 없었으니."

사실 그도 정상이 아닐 수 있다. 우리 중 대부분이 미혼이다. 남자들이 모두 떠난 터라 기회가 있을 리 없었다. 때문에 레오도 누구든 골라 결혼할 수 있지만 그는 그러지 않았다. 그는 가게 뒤 지저분한 헛간에서 아무렇게나 지냈다. 몸에서 악취도 났다. 가게 바로 옆으로 도랑이 지나는 데도 그렇다. 게다가 짜증이 심해 누구도 쉽게 적응하지 못했을 것이다.

"혹시 오빠를 보면, 오빠가 원하는 곳에서 돌봐주겠다고 전해줘요."

"그를 찾는다 해도 돌아오지 않아."

"그럼 사람들을 죽이는 그 미친놈을 쫓아갈 거예요."

솔직히 말하면 내 자신을 어떻게 해야 할지 난감했다. 혼자서 사는 방법을 모르기 때문이다. 어디든 갈 수 있고 뭐든 할 수 있다. 정말 살인자라도 찾아 나설까? 달리 할 일도 없는데? 누가 나보다 잘할 수 있겠어?

하지만 그것도 이곳이 더 가능성이 크다. 그는 마을 언저리에 숨어 있거나, 아니면 몰래 창문을 통해 안을 들여다보고 있을 것이다. 그를 내 집에 가둘 수도 있다. 어쨌든 이유가 있으니 들여다보는 게 아니겠는가.

나는 짐을 싸서 떠나는 척 하고는 마을 밖 아무도 보지 못하는 곳에 숨는다. 거친 바위산이라 숨을 곳은 얼마든지 있기에 내가 어디로 갔는지는 아무도 모르리라. 잡낭은 거의 비어 있지만, 그래도 후추는 가져왔다. 요즘엔 구하기가 어려운 물건이라 무기로 쓰기 위해 아껴둔 터였다. 부츠엔 작은 나이프를 끼우고 벨트엔 좀 더 큰 칼을 찼다. 지금이야 개울에 물고기를 방류하는 사람이 없다지만 그래도 물고기가 남아는 있다. 물론 전처럼 많지는 않다. 낚싯줄과 바늘을 가져왔으니 사용해 볼 참이다. 멀리 갈 생각은 없다.

문이 활짝 열려 있고 바닥에 모래가 가득하다. 문을 닫을 힘도 없나? 요즘엔 모래폭풍도 심하고 돌개바람도 장난이 아니다. 누군지는 몰라도 그 정도도 모른단 말인가? 높은 곳으로 이주한 이유 중 하나가 그 때문이 아니던가. 나무들 덕분에 모래바람이 덜 하니까.

그를 보기 전에 냄새부터 맡는다. 나는 소매 안에 나이프를 넣고 유사시에 손 안으로 떨어지게 만들어놓는다.

그의 숨소리가 들린다. 겁에 질린 동물의 호흡 같은…… 궁지에 몰린 사람은 위험하다.

그는 엄마 침실에 숨어 있다. 침대 아래와 협탁 사이에. 보이는 건 모자뿐인데 잔뜩 눌러쓴 터라 얼굴은 보이지 않는다. 찢어진 바지 사이로 맨 무릎 두 개가 삐져나왔다. 얼굴보다 그런 게 더 잘 보인다.

오빠라면 엄마 방이 아니라, 자기 방에 숨을 것이다. 게다가 그 방은 여전히 죽음의 냄새가 진동한다.

"클레멘트 오빠, 거기서 나와요."

내가 부른다. 물론 오빠일 리는 없다.

그가 끙 하고 신음을 흘린다.

"어디 아파요?"

신음 소리가 병자 같다. 애초에 집에 들어온 것도 그 때문일 것이다. 이럴 줄 알았으면 촛불이라도 밝혀둘걸. 지금껏 달빛에 의지해 살았는데 오늘은 그마저 어둡기만 하다. 오빠일 가능성이 전혀 없는 것도 아니다. 저 오물, 헝클어진 머리와 턱수염…… 다른 사람들과 마찬가지로 혼이 나가버린 오빠.

"거실로 나와요. 램프를 켠 다음에 먹을 걸 만들어 줄 테니."

"불은 안 돼."

"왜요? 여긴 나뿐인데? 전쟁은 끝났어요. 끝난 거나 마찬가지라고요."

"죽을 때까지 싸우겠다고 맹세했소."

맹세는 오빠도 했을 것이다.

나는 손가락으로 나이프를 만진다.

"램프를 켤게요."

나는 조심스럽게 등을 돌려 거실로 건너간 다음 점화기로 램프 불을 박힌다. 여전히 침실 문을 등진 채다. 그가 나오는 소리가 들린다. 내가 돌아선다. 이제 좀 더 자세히 볼 수 있다.

헝겊쪼가리를 이어붙인 모자, 헝클어진 장발. 원래 갈색 피부인지 아니면 날씨와 햇볕과 먼지에 그을린 건지는 알 수 없다. 턱수염엔 모래가 잔뜩 엉켜 있고 앞니 하나가 부러졌다. 요즘에야 흔한 일이지만 고쳐줄 사람은 없다. 눈 주변의 다크서클 아래 초록빛 기운이 서려 있는데, 자신이 병자가 아니라고 생각한다면 저 남자는 바보가 틀림없다.

"나를 숨겨줘요. 오늘 밤만. 그럼 아침에 떠나리다."

내가 그의 옆에 무릎을 꿇고 앉는다.

"미쳤어요? 당신은 사람들을 죽이는 살인자예요. 지금 당장 죽여야 한다고요."

그는 안간힘을 다해 벽에 기대려 한다. 그의 몸에 손을 대고 싶지는 않지만 난 부축을 위해 그의 셔츠를 잡는다. 헤진 천이 그대로 뜯겨나가고 만다.

"정말 끝내주는 악취네요. 아무튼 당신이 날 죽이지 않을 거라고 어떻게 믿죠? 닥치는 대로 사람을 죽이잖아요."

"무기가 없소."

"벗어요."

"응?"

"그 더러운 옷 벗으라고요. 그건 태워버리게요. 욕조에 데려다 줄 테니 목욕부터 해요."

그에게 무기가 있다면 그때 들통 날 것이다.

그에겐 옷을 벗을 힘도 목욕할 힘도 없다. 손대고 싶지 않지만 이번에도 어쩔 수 없다. 옷을 벗기고 목욕을 시키는 데에는 이골이 나 있다. 죽기 직전의 엄마는 완전히 엉망이었다. 나중엔 온몸에 솔잎을 뿌렸지만 별로 소용은 없었다. 그녀의 죽음으로 다시는 이런 일을 하지 않을 줄 알았건만……난 자유라고 생각했다. 하지만…… 좋다. 한 번만 더 하자. 나는 그를 씻기고 오빠의 옛 옷을 입힌다. 그리고…… 이제 어쩌지? 그를 죽이면 마을사람들이 고마워 할 텐데.

적어도 그의 몸은 엄마와는 딴판이다. 마르고 튼튼하고 털이 덥수룩하다. 썩 괜찮은 변화다. 냄새만 덜 하면 목욕 일도 나쁘지 않을 텐데…… 에, 사실, 싫지는 않다. 그는 목욕 내내 비몽사몽이다.

난 작은 난로에 그의 옷을 넣고 태운다. 그를 씻긴 다음엔 멀건 죽에 계란까지 풀어먹인다. 도대체 이 남자한테 왜 계란을 낭비하는 거람? 죽을 비운 후 그는 곧바로 잠에 떨어진다. 벽에 기대 있다가 그대로 쓰러지는 게 잠이라기보다 기절처럼 보인다.

나는 면도도 시키고 머리도 깎아줄 참이다. 그는 눈치 채지 못하리라. 의식이라도 있다면 고양이수염을 원하는지 염소수

염을 원하는지 물어보겠지만 그렇지 않아 다행이다. 나는 이
런저런 머리모양과 구레나룻을 만들어가며 즐긴다. 수염은
점점 작아지다가 하나도 남지 않게 되고 머리카락도 마찬가
지다. 원래 생각보다 많이 깎기는 했지만 무슨 대수랴. 어차
피 죽을 목숨인데.

머리와 수염을 어떻게 만들어도 별로 잘생긴 얼굴은 아니
다. 이따금 괜찮아 보일 때가 있기는 했는데 면도까지 다 마
치자 정작 그런 모습은 더 이상 보이지 않는다. 면도는 처음
이라 얼굴 여기저기 생채기가 생겼다. 턱수염을 벗겨내니 창
백한 피부가 드러난다. 모자를 썼던 이마도 역시 창백하다.
눈 바로 밑으로 햇볕에 그을린 선이 선명하다. 비록 못생기기
는 했지만 그래도 남성다움은 맘에 든다. 깨진 이는 상관없
다. 이에 관한 한 모두가 같은 입장이다.

나는 부엌 식탁에서 잠에 빠진다. 그를 어떻게 죽일지 생각
하던 차였다. 어떻게 이렇게 모든 것이 바뀌었을까 하는 생각
도 했다. 과거엔 상상도 못했던 일들······

아침이 되니 훨씬 좋아 보인다······. 그를 부축해 옥외변소
에 데려다주고 다시 오빠 방까지 안내한다. 그는 계속해서 얼
굴과 머리를 어루만진다. 나는 홀에 걸린 거울 앞에 그를 세

워 자기 모습을 보게 해준다. 그는 놀란 표정이다. 흡사 물에 빠진 고양이나 깃털 뽑힌 수탉의 표정이다.

"미안해요." 내가 말한다.

사실이다……. 흡사 쥐 뜯어먹은 것 같지 않은가. 하지만 그는 내가 목을 베지 않은 게 고마운 모양이다.

그가 자기 모습을 보다가 중얼거린다.

"고맙소."

그의 말투가 어찌나 점잖던지 내 위장 솜씨에 스스로 감탄할 지경이다. 그는 "나를 숨겨줘요."라고 했지만, 보라. 그 누가 이 사람을 야인이라고 상상이나 하겠는가.

나는 그를 오빠 침대의 베개에 받쳐 앉히고 우유와 차를 가져다준다. 놀라울 정도로 괜찮은 외모다. 이 사람이 알아서 죽지 않으면, 난 그를 어떻게 처리해야 할지 고민해야 할 것이다.

"이름이 뭐예요?"

그는 대답하지 않는다. 아무 이름이나 댈 수도 있건만…… 그럼 난 그 말을 믿고 그를 부를 이름을 얻게 될 것이다.

"이름 하나만 대요. 아무 거나 상관없으니까."

그가 생각하다가 말한다.

"잘."

"조라고 부를게요."

난 그를 믿지 않는다. 하지만 생각이 있는 사람이라면 그를 안전하게 지켜줄 유일한 인물이 나라는 사실을 알 것이다. 하기야 요즘에 제 정신을 챙긴 사람이 어디 있겠는가.

"전쟁은 오래 전에 끝났어요. 다들 지겨워했으니까. 그것도 몰랐나요?"

내가 컵을 쾅 하고 내려놓는 통에 차가 조금 엎질러졌다.

"죽을 때까지 싸우기로 서약했소."

"싸운다 해도, 어디가 어느 편인지도 모르잖아요."

"지구온난화를 초래한 건 당신들이요. 우리가 아니라. 당신들 탐욕 때문이었지."

오빠가 떠난 이후로 그렇게 화가 난 적은 없다.

"지구는 자기가 알아서 뜨거워진 거예요. 옛날 얘기죠. 어쨌든 모두 끝났어요. 적어도 우리 몫은 그래요. 그렇다고 광인들을 죽인들 무슨 소용이겠어요. 당신은 미쳤어요!" 미친 사람한테 할 말은 아니지만 어쨌든 난 계속 밀어붙인다. "당신네 은둔자들 모두가 미쳤죠. 사고뭉치들."

그는 내 모욕을 담담하게 받아들인다. 어쩌면…… 어쩌면 그냥 말다툼할 기운이 없는 것일 수도 있다.

"라비를 데려올 생각이에요. 계속 문제를 일으킬 생각이면 내가 돌아오기 전에 떠나요."

내가 밖으로 나간다. 내 고기 칼과 후추도 그의 수중에 있다. 석궁도 근처에 있겠지만 그에게 본성을 드러낼 기회를 줘야겠다는 생각이 들었다.

나는 덫의 순례를 위해 아래쪽으로 내려간다. 마을 주변 여기저기 덫을 놓아두었더랬다. 지금은 유령마을이라 이따금 내려가는 것도 나쁘다. 대개는 추운 날만 가는데 이젠 추운 날도 거의 없다. 오늘도 족히 40도를 훌쩍 넘었을 것이다. 우리 계곡은 이제 여름이면 죽음의 계곡에 진배없다.

덫에 걸리는 건 쥐들이다. 우리는 놈들을 토끼로 여기고 요리해 먹지만 그마저 더 이상 신경 쓰는 사람이 없다.

오늘은 검고 큰 놈 두 마리다. 덩치가 고양이만 한 놈들인데, 작은 갈색쥐보다 고기 양이 많기 때문에 인기도 좋다. (쥐들은 갈수록 더 커지는 모양이다.) 쥐덫에 둘 다 목이 부러졌다. 놈들을 죽이는 건 일도 아니다. 나는 벨트에 놈들의 꼬리를 묶고, 아직 쓸 만한 물건이 남아 있지 않을까 싶어 마을을 돌아다닌다. 25센트 동전을 주워 챙기지만 쓸모는 없다. 파이우트 족이라면 혹여 장신구와 교환해 줄지 모르겠다. 나는 일부러 오후 늦게, 가져온 물을 모두 마신 후에야 집으로 돌아간다.

나는 안으로 들어가기 전에 헛간과 집 주변은 물론 그 너머 관목 숲까지 뒤져 석궁과 화살을 찾아보지만, 결국 실패한다.

그는 집에 있다. 잠을 자는 중이다. 무기는 보이지 않지만 우선 부엌 나이프부터 확인해 본다. 사탕수수 칼만큼이나 커다란 놈인데도 보이지 않는다. 결국 아픈 것도 엄살이고 위장일지 모르겠다.

적이든 아니든, 그가 집에 있는 게 낫다. 나는 그가 잠든 모습을 지켜본다. 눈썹이 길고, 손가락관절의 털도 맘에 든다. 그의 손을 보는 것만으로도 주변에 사내가 얼마나 없는지 실감이 간다. 겨우 넷뿐이니. 세상에, 저 팔뚝 좀 봐……. 아무리 톱질을 하고 망치를 휘둘러도 우리 팔은 저렇게 되지 않는다. 오빠 팔도 저렇게까지는 아니었다. 그새 면도할 만큼 거뭇거뭇 자란 수염이 좋고 짙은 눈썹도 좋다.

하지만 쥐부터 씻어야 한다.

내가 거실 주방 공간에서 달그락거리자 그가 일어나 절룩절룩 식탁으로 건너온다. 그는 다시 거울 앞에 서서 한참 동안 자기 모습을 살핀다. 털북숭이 시절의 모습을 벌써부터 잊기라도 한 사람 같다. 그는 식탁에 앉아 내가 야생 양파와 순무를 넣고 쥐를 요리하는 모습을 지켜본다. 나는 파이우트에게서 물물교환한 도토리가루로 걸쭉한 국물을 만든다.

스튜가 완성되기까지는 시간이 조금 걸린다. 나는 호자차를 만들어 그의 맞은편에 앉는다. 그렇게 가까이에서 그의 눈을 들여다보니 묘하게 마음이 설렌다. 나는 일어나 등을 돌린다. 마치 스튜를 저을 일이 있다는 듯. 나는 애써 감정을 숨기며 말한다.

"석궁은 어디 있죠? 내 칼은? 실토할 때까지 스튜는 꿈도 꾸지 말아요."

의도했던 것보다 화난 목소리다.

"큰방 침대 밑에. 둘 다 거기 있소."

확인해 보니 사실이다. 화살도 몇 개 있다. 나는 석궁을 식탁으로 가져온다. 아름다운 작품이다. 낡은 금속판들과 스크루[20]들은 기름을 발라 반짝였고 예술작품처럼 조각된 나무개머리도 정성껏 관리되었다. 난 석궁을 마을 회의에 가져가 살인자를 죽였다고 말할 것이다. 하지만 그렇게 되면? 사람들은 시체를 보겠다고 하겠지?

"아무도 쏘지 않겠소. 적어도 당분간은."

---

20) 여기서는 석궁에 장착해 시위를 당기도록 고안된 부분.

"아직 서약에 묶여 있다면서요."

"다른 곳에서 싸우면 돼요."

"오, 장하기도 하셔라."

식사를 마친 후, 남은 분량은 곰이 열지 못하도록 설계된 통에 담아 용수로의 차가운 진흙에 넣어 보관했다.

문에 바리케이드를 치지 않고 잠이 들어도 괜찮은지 판단이 서지 않는다. 개가 있으면 좋겠지만 엄마와 내가 잡아먹은 지 오래다. 어찌 됐건 지금까지 살아 있지 못하겠지만 그래도 아쉬운 건 사실이다. 그럼 훨씬 마음이 놓였을 텐데. 좋은 개이긴 했지만 점점 늙어갔고, 그래서 다른 사람 손에 들어가기 전에 직접 잡아먹는 게 낫다고 생각했다. 쥐를 먹기 전의 일이다.

피곤하긴 해도 잠들기가 쉽지 않다. 그가 몰래 방에 들어올 경우에 대비해 의자를 문에 기대놓는다. 약간의 힘이라도 가해질 경우 곧바로 넘어지도록 했기에 그가 들어오면 소리를 들을 수 있을 것이다.

조치를 취했음에도 불구하고 잠들지 못한 이유는 남자를 붙들 생각에 골몰하기 때문이다. 시도는 해봐야 하지 않겠는가. 무섭긴 해도 그가 옆에 있으면 좋을 것 같다. 난 계획을 세운다.

　누군가 새로운 고지 마을을 찾을 경우 내 집을 제일 먼저 들르는 건 자연스러운 일이다. 그는 북쪽 소식을 가져온 외부인이 되고 그럼 나는 마을 회의에 데려가 소식을 전해주면 그만이다.

　하지만 어떤 소식이지? 아침에(의자는 쓰러지지 않았다.) 우리는 함께 몇 가지를 짜낸다. 카슨 시는 우리 마을처럼 텅 비어 있고 쥐에 오염되었다. (그 정도면 아주 기막힌 착상이다.) 나는 비행기를 기억한다. 이름이 고사머 콘도르 같은데 연료 없이 자전거 페달로 프로펠러를 돌린다. 멀리 날지는 못한다. 그렇지 않으면 이곳에서도 볼 수 있을 테니까. 그 비행기를 조가 봤다고 하면 그만이다.

　"벼룩으로 옮는 새로운 전염병은 어때요? 아직 여기까지 오지 않았으니까. 아니면 리노에서 무기고를 찾아내 다시 수리해 사용하게 되었다고 하면?"

　그가 말한다.

　나는 그에게 클레멘트 오빠 얘기를 들려준다. 조가 제일 먼저 나를 찾은 이유 중 하나가 오빠 소식을 들려주기 위해서라고 말할 것이다. (그 얘기를 만들어낸 건 오빠가 죽었음을 알기 때문이다. 그게 아니면 오빠에 대한 어떤 언급도 하지 않았으리라. 지금껏 오빠가 광인들과 함께 산에 있다고 생각했지만 나 자신도 정말로 믿은 적은 없다. 그냥 희망사항에 불과했다.)

한 번은 그가 내 손을 잡고는 너무 고맙다고 말한다. 나는 다시 일어나 등을 돌린다. 그리고 몇 개 남지 않은 접시를 닦는다. 가슴이 어찌나 콩닥거리는지 그의 손이 어떤 느낌이었는지조차 기억 못한다. 강하고 따뜻한 느낌. 그래, 바로 그 느낌이었어.

마을 회의에서는 좋은 일이 많이 일어난다. 우리는 서로 소식을 전하고 온갖 종류의 두레 조직을 만든다. 어떤 점에선 전쟁 전보다 서로를 아껴주는 건지도 모르겠다. 옛날엔 사슴이나 영양을 잡아와 함께 먹곤 했다. 문제는 사냥감은 점점 줄어들고 사자들만 늘어나고 있다. 사냥감은 사자들이 모두 잡아먹는데 우리한테는 놈들을 사냥할 방법이 없다. 조는 할 수 있을 것이다. 석궁이 있지 않은가.

그래서 나는 그를 모임에 데려가 소개한다. 사람들이 주변에 몰려들어 자기들 친척이 있던 지역과 상황에 대해 마구 질문을 쏟아낸다. 그가 어찌나 잘 둘러대던지 나도 어리둥절할 정도다. 전직 관료 출신인가?

아니면 배우?

나는 점점 더 그에게 빠져든다. 물론 여자들이 다 똑같기에 그는 우리 중 누구라도 고를 수 있다. 그가 달아날까 봐 불안하긴 해도 그의 정체를 아는 건 나뿐이다. 마지막에 누가 차지할지는 몰라도 크게 조심해야 할 것이다.

쥐가 파먹은 머리지만 그도 무척 좋아 보인다. 오빠의 청색 농부셔츠가 그의 갈색 피부를 잘 드러내준다. 그에겐 너무 커 보이지만 요즘에 딱 맞는 옷이 어디 있겠는가.

새그물을 지키던 여자들이 커다란 들통에 새 수프를 끓였다. 쥐 수프가 아니라 다행이다.

우리 모임에 참석했다가 보호구역에 소식을 가져가는 파이우트 여인이 한 명 있다. 아름다운 여자다. 아니, 아름다움 이상이다. 그녀는 특별하고 매력적이다. 그래, 진즉에 알았어야 했다. 그는 첫눈에 그 여자한테…… 아무튼 둘은 서로를 바라보다가 황급히 시선을 돌린다.

후에 그는 파이우트 여자를 비롯해 몇몇 여자들과 앉아 차를 마신다. 모두 옹기종기 모여 있지만 그가 슬금슬금 여자 옆으로 파고든다. 가뜩이나 좁은 테이블인데도 그가 앉은 의자 주변에 아홉 개의 의자가 모여 있다. 어디까지 발전했는지는 몰라도 난 그녀의 어깨에 닿은 그의 어깨를 본다. 두 사람의 얼굴도 너무 가까워 도대체 저래서 어떻게 서로를 보는지 궁금할 지경이다.

나는 몰래 빠져나와 집으로 달려간다. 그 악취 나는 넝마 옷을 태우지 말 것을……. 잘라낸 산발머리라도 있으면 좋겠지만 그 역시 태워버렸다. 옛 모자를 찾아낼 생각이다. 그 정도면 사람들도 내 말을 믿을 것이다. 나는 석궁도 가져간다. 활을 보자 그도 마침내 내빼려고 한다.

그들은 조를 저장고에 매달았다. 나는 사람들에게 아무 말도 말라고 한다. 사람들이 언제 모여 그를 분배할지는 차라리 모르는 게 낫겠다.

지니 스위트힙스의
비행 서커스 | 닐 바렛 주니어 |

닐 바렛 주니어는 50편이 넘는 소설의 작가이며, 그중엔 시적 묵시론 소설인 『켈윈 (Kelwin)』, 『칠흑의 미국을 지나 새벽의 불확실한 여명이(Through Darkest America, Dawn's Uncertain Light)』, 그리고 『크라이슬러-코크의 왕자(Prince of Christler-Coke)』가 포함되어 있다. 그는 또한 《판타지와 SF》, 《갤럭시》, 《어메이징 스토리》, 그리고 《아시모프》 등의 잡지 및 수많은 선집에 발표하였다. 그의 작품들은 모두 『살짝 비껴난 중심(Slight off Center)』과 『영원 블루스(Perpetuity Blues)』에 실려 있다.

휴고 상과 네뷸러 상의 최종후보까지 오른 바 있는 이 단편은 독자들에게 지니 스위트힙스와 그녀의 순회 로드쇼를 소개한다. 이른바 섹스와 타코, 그리고 위험한 약을 팔아 생계를 이어 가는 서커스. 그녀의 동료는 운전사이자 카니발 호객꾼 델, 세상에 총탄을 뿌리기 위해 살 아가는 포섬 다크뿐이다.

자, 각설하고, 신사 여러분, 여기 지니 스위트힙스를 소개합니다. 평생을 꿈꿔온 바로 그 여 신이 아닙니까?

델이 운전하고 지니가 앉았다.

"더럽게 뜸들 들이네. 지겹지도 않나?"

지니가 투덜댔다.

"그래도 좀은 쑤실 거야. 다들 그러니까. 그래도 먹고는 살 아야지."

델의 대답이다.

"하! 나야 여기 햇빛 속에 앉아있으라 해도 상관없어. 몸값은 매분마다 올라가니까. 정말인지 아닌지 봐."

"너무 돈만 밝히지 말라고." 델이 나무랐다.

지니는 계기반 위의 발가락들을 오므렸다. 다리가 햇볕에 따뜻했다. 방책은 겨우 70미터 거리였다. 벽 위로 가시철망이 치렁치렁 말려 있고 게이트 간판엔 이렇게 적혀 있었다.

무연 신 및 정련 대천사 제일교회

환영합니다

접근금지

정련소는 칠이 다 벗겨져 있었다. 처음엔 은색이었겠으나 지금은 지저분한 백랍과 검은 녹뿐이었다. 지니가 차창 밖으로 포섬 다크를 불렀다.

"이봐, 어떻게 됐어? 저 안에서 장례식이라도 치르는 거야, 뭐야?"

"생각 중이야. 다음 수를 짜내고 어떻게 할 건지 결정하려는 거라고."

포섬 다크는 밴 지붕에 고정해 둔 회전의자에 앉아 있었다. 의자를 감싼 회전 고리대 위엔, 윤활유만큼이 새까만 50미리 쌍둥이포가 우뚝 서 있었다. 포섬은 주변을 훤히 내다볼 수 있었다. 햇볕을 가려주는 붉은색 친자노 파라솔은 분홍색으로 바랜 지 오래다. 포섬은 방책을 샅샅이 살펴보았다. 모래톱에 아지랑이가 어릴 정도로 뜨거운 열기지만 개의치 않았다. 분명하지 않으면 모든 상황을 의심하고 모든 종류의 환각을 분석해야 한다. 그는 코를 긁으며 꼬리로 다리를 감았다. 게이트가 열리더니 사람들이 덤불을 가로지르기 시작했다. 그는 눈빛으로 그들을 희롱하며, 뭐든 커다란 실수를 저지르기를 기도했다.

포섬의 계산으론 모두 서른일곱 명이었다. 무기를 감춘 자도 있지만 몇 명은 분명 허리에 총을 차고 있었다. 포섬은 한눈에 알아보았으나 그다지 염려할 필요는 없었다. 저들은 오합지졸에 불과했다. 싸움보다는 재미 보는 데 더 관심이 많은…… 물론 언제나처럼 그의 판단이 틀렸기를 바라기는 했다.

사람들이 몰려들었다. 누더기 데님 작업복에 색바랜 셔츠의 노동자들. 포섬은 그들을 불안하게 만들었으나 델은 그 반대였다. 그의 외모는 사람들을 느긋하게 만들어준다. 사람들이 델을 보더니 서로를 찌르며 웃었다. 델은 앙상한 체구에, 귀를 에워싼 뗏장을 빼면 완전한 대머리였다. 검은색의 더러

운 코트도 너무 컸는데, 그 바람에 셔츠 밖으로 목을 삐죽 내
민 모습이 이제 막 태어나 날고기를 찾는 말똥가리 같았다.
사람들은 포섬을 잊고 델이 어떤 일을 하는지 보기 위해 몰
려들었다. 이제 델이 돌아다니며 그들이 원하는 쇼를 보여줄
것이다. 밴의 연노랑 페인트 위에. 황금색 고딕활자가 주인
이름과 판매용 유해 아이템들을 드러냈다.

지니 스위트힙스의 비행서커스

*** 섹스 * 타코 * 마약 ***

　델은 어정버정 돌아다니며 이것저것을 챙겼다. 그는 밴에
서 수레를 떼어내 작고 깔끔한 무대를 만들었다. 무대 설치야
3분도 채 걸리지 않는 일이지만 그는 늑장을 부리며 10분을
때우고 그 위에서 다시 10분을 빈둥댔다. 사람들이 휘파람을
불고 박수를 치기 시작했다. 델은 겁먹은 표정을 지었다. 사
람들은 그런 표정을 좋아한다. 그가 곱드러지자 사람들이 다
시 폭소를 터뜨렸다.
　"어이, 여자는 있는 거야?" 한 남자가 소리쳤다.
　"네놈 말고 뭔가 있는 게 좋을 거다." 다른 남자였다.

"신사 여러분, 이제 곧 지니 스위트힙스가 직접 무대에 나올 겁니다. 그럼 여러분들은 기다린 대가를 받게 되며 소원도 모두 이루어질 것입니다. 약속드리죠. 황무지에 미인을 배달하는 게 제 천직이니까요. 무한대로 갈망하고 한껏 욕정을 폭발하라. 지금껏 상상해 본 적도 없는 성범죄가 여기 있습니다!"

"이봐, 개소린 집어치우고 내놓기나 하란 말이야!"

복숭아씨만 한 눈의 사내가 외치자 모두가 합창하며 발을 구르고 야유를 보냈다. 드디어 사내들의 안달을 엮어낸 것이다. 분노야말로 델이 원하는 바였다. 좌절과 거부. 시원한 방사를 갈망하는 분노. 그가 손짓으로 정숙을 명했으나 사람들은 멈추지 않았다. 하지만 밴의 문에 손을 대는 순간 단번에 조용해졌다.

양쪽 여닫이문이 모두 열리며 붉은색의 낡은 커튼이 드러났다. 하트 모양들과 케루빔이 찍힌 커튼이다. 델이 손을 내밀고는, 한쪽 눈을 감고 잔뜩 인상을 쓰며 커튼 뒤를 뒤지는 시늉을 해보였다. 그는 갑자기 당혹스러운 표정을 지었다. 손을 휘저어도 잡히는 게 아무것도 없다는 표정이다. 이럴 때 써먹는 속임수까지 모두 잊은 것 같았다. 그리고 그 순간 지니가 두 번 공중제비를 돌며 화려하게 무대에 등장했다.

남자들이 미친 듯이 환호를 질렀다. 지니는 그들의 환호를 유도했다. 그녀의 의상도 기가 막혔다. 흰색의 반짝이는 미니 스커트. 술이 달린 부츠. 정면에 크고 붉은색의 G를 수놓은 흰색 스웨터.

"신사 여러분, 지니 스위트힙스입니다! 오늘은 눈처럼 순수한 아가씨, 이웃집 치어리더 바버라 진으로 변신했군요. 하지만 속은 은근히 뜨겁고 또 뭐든 배우고 싶어 하는 아가씨랍니다. 아, 그녀를 가르칠 수 있는 사람은 당연히 쿼터백 비프뿐입니다. 자, 과연 여러분은 자신이 있습니까?"

델이 솜씨 있게 그녀를 소개했다.

남자들이 휘슬을 부르고 소리치고 발을 굴렀다. 지니는 무대를 활보하며, 엉덩이를 흔들고 긴 다리를 차 올렸다. 사내들이 헉 하고 신음을 뱉었다. 서른여섯 쌍의 눈에서 욕망이 일렁거렸다. 그들은 은밀한 부위들을 상상하고, 폭력과 욕정의 시나리오를 그려냈다. 그리고 순식간에 지니가 사라졌다. 남자들은 당장이라도 무대 위로 돌진해 들어갈 기세였다. 델은 씩 웃었다. 걱정할 건 없었다. 이윽고 커튼이 벌어지며 지니가 돌아왔다. 금발은 짙은 적색으로 바뀌고 그 짧은 찰나에 옷까지 갈아입었다. 델이 간호원 노라를 소개했다. 환자 피터의 손에선 수프만큼이나 나긋나긋해지는 자비의 천사. 잠시 후엔 머리카락이 까마귀 목털만큼이나 새까맣게 변하고 그녀는 우물처럼 냉정한 교사 샐리로 변신했다. 불량학생 스트브가 억눌린 분노를 발산했다.

지니가 다시 사라졌다. 박수갈채가 황무지를 울렸다. 델이 그들을 부추겼다가 다시 손을 펼쳐 조용히 시켰다.

"제가 거짓말했습니까, 여러분? 아니면 여러분이 꿈꿔온 그녀가 맞던가요? 그녀야 말로 평생을 꿈꿔온 사랑이 아니겠습니까? 그녀보다 유연한 몸매를 보신 적이 있나요? 더 부드러운 피부는? 더 하얀 치아와 밝은 눈은?"

"그런데 진짜 여자 맞아? 우린 종교인들이야. 기계하고 그짓을 할 수는 없어!"

한 남자가 외쳤다. 깨진 얼굴을 양말처럼 기운 사내다.

다른 사람들도 어수선한 고함과 주먹질로 동의를 표했다.

"자, 여러분 심정은 물론 잘 알고 있습니다. 제 자신도 인형을 몇 개 갖고 있었으니까요. 기껏해야 플라스틱을 안는 기분이죠. 자, 보장하겠습니다. 보아하니 여자를 아는 분 같은데, 손님들과 같은 종족은 아니지만, 예, 맞습니다. 지니는 내리는 비만큼이나 진짜랍니다. 게다가 여러분이 원하는 역할은 뭐든 해낼 겁니다. 7분간의 축복. 약속하죠, 그 순간만은 영원히 여러분 뇌리에 기억될 겁니다, 여러분. 내 말이 거짓이면 기꺼이 여러분이 지불한 물건을 돌려드리죠. 기막힌 환상의 경험이 미국 연료 1갤런!"

울부짖음과 신음. 델이 기대한 대로다.

"완전 사기다! 여자가 뭐가 그리 비싸?"

"연료는 금보다 비싸다! 우리도 그걸 벌기 위해 좆나게 일한다고!"

델은 흔들리지 않았다. 참담하고 실망스럽다는 표정.

"여러분들 물건을 빼앗으려 했다면 제가 죽어 마땅한 놈이죠. 사랑스러운 소녀가 그 정도 가치도 없다고 생각하는 분들까지, 저 감미로운 가슴에 강제로 안기고, 우윳빛 허벅지에 눕힐 생각은 없답니다. 천만에요. 전 그런 식으로 사업하지 않습니다. 해본 적도 없고요."

남자들이 더 가까이 접근했다. 델은 그들의 불만을 냄새 맡을 수도 있었다. 머리 위를 떠도는 음흉한 의도도 읽었다. 지니의 쾌락을 공짜로 얻어 보려는 망상은 늘 있어왔다.

"잠깐 생각해 보시죠, 여러분. 욕심이 지나치면 말썽이 생기는 법이죠. 자, 여러분들이 망설이는 동안 잠깐 밴 지붕을 올려다보시겠습니까? 지상 최고의 저격수를 감상하는 건 완전 공짜니까요. 어때 멋지지 않습니까?"

델의 말이 채 끝나기 전에, 그리고 남자들이 그 말을 채 이해하기 전에, 지니가 다시 나타나 사기접시 십여 개를 허공에 던져 올렸다.

포섬 다크는 귀신처럼 움직였다. 그가 회전의자를 140도 틀며 조준을 잡고는 순식간에 접시들을 산산조각 냈다. 굉음이 황야를 굴러다니고 사기 조각들이 비처럼 사람들 머리 위로 쏟아졌다. 포섬이 일어나 킬러의 핑크빛 미소와 가벼운 인사를 보냈다. 사람들은 2미터 10센티미터 키의 행복한 주머니쥐와 그의 섬뜩한 속도를 보았다. 검은 마노 같은 눈과 야수의 이빨로 가득한 주둥이도 보았다. 더 의상 의심의 여지는 없었다. 50구경의 광기만이 문제는 아니었다. 오늘의 쾌락은 절대 공짜가 아니라는 얘기다.

"신사여러분, 서두르시죠. 전 여러분의 화대를 받기 위해 바로 이 자리에서 기다리겠습니다. 기쁜 마음으로 차례를 기다리는 동안 따뜻한 타코도 드시고 의학이 만들어낸 기적, 최고의 환각제들을 만끽하시기 바랍니다."

사람들이 방책으로 돌아갔다가 잠시 후 일그러진 연료통을 하나씩 짊어지고 돌아왔다. 델은 통 하나하나를 냄새로 확인했다. 이따금 물로 어떻게 해보려는 멍청이들이 있기 때문이다. 남자들은 토큰을 받고 자리에 대기했으며, 그동안 델은 타코와 마약을 돌렸다. 물론 대가는 톡톡히 챙겼다. 양초와 돌 항아리, 녹슨 나이프. 크라이슬러 마크 XX 도시형 탱크 관리 매뉴얼 반쪽. 마약들은 색깔만 달랐지 성분은 똑같았다. 열두 알은 꽃박하, 세 알은 토끼 똥, 한 알은 대마초 줄기. 이 모든 과정이 포섬의 감시 하에서 진행되었다.

"맙소사, 여자는 죽이네. 간호사를 해봐. 절대 후회 안 할 거야!"

첫 번째 남자가 밴을 나서며 말했다.

"학교 선생이 최고야. 그런 건 본 적도 없네. 여자가 진짜이든 아니든 상관없어."

"타코에 뭘 넣은 거지?" 손님이 델에게 물었다.

"손님이 모르는 사람들이니 염려 놓으시죠."

델의 대답이었다.

"고된 하루였어. 난 완전히 뻗었어. 정말로. 마을에 닿으면 제일 먼저 세차부터 해. 이거야 하수구보다 악취가 심하니, 원."

지니가 투덜대며 인상을 찌푸렸다.

델은 하늘을 보다가 메스키트 나무의 성긴 그림자 안에 차를 세웠다. 그가 밖으로 나가더니 타이어마다 걸어찼다. 지니도 내려서 한껏 기지개를 켰다.

"아무래도 늦겠어. 계속 갈 거야? 아니면 여기서 묵을까?"

델이 물었다.

"저 인간들이 연료를 돌려받으려 할 것 같아?"

"그랬으면 좋겠군." 포섬이 자동차 지붕 위에서 이죽거렸다.

지니가 키득거렸다.

"심술통. 근데, 내 심정도 그래. 망할, 계속 가자. 따뜻한 목
욕하고 마을 밥도 먹고 싶어. 이 도로 위에 뭐가 있지?"

"이스트 배드뉴스. 이 지도가 쓸모가 있다면. 지니, 야간운
행은 위험해. 도로에 어떤 괴물이 있는지 어떻게 알아."

"지붕 위에 누가 있는지는 알아. 그러니까 가. 벌레, 먼지
때문에 온몸이 근지럽단 말이야. 욕탕이 머릿속을 날아다닌
다니까. 나보고 운전하라면 할게."

"타. 뭘 만나든 네가 운전하는 것보다는 낫겠다."

델이 투덜댔다.

새벽은 보랏빛 그림자와 금속 톤으로 열리기 시작했다. 납,
은. 그리고 금. 멀리 이스트 배드뉴스가 황무지(공동주택, 모
래톱) 위에 아무렇게나 뿌려놓은 쓰레기들처럼 보였다. 다가
갈수록 쓰레기장도 점점 커졌다. 함석집들과 텐트, 그리고 원
래의 모습을 짐작도 못할 만큼 함부로 개조한 건물들. 요릿불
이 타오르고 동네사람들이 하품을 하거나 기지개를 켜며 돌

아다녔다. 음식을 파는 곳은 세 군데였다. 다른 곳에서는 침대와 목욕을 제공한다니, 최소한의 기대는 충족된다는 얘기다. 지니는 마을 끝에서 원하는 간판을 찾았다.

모로 수리점

무기 * 기계 * 온갖 종류의 전자장비

"세워! 저기!" 지니가 외쳤다

델이 주변을 둘러보았다.

"왜?"

"흥분할 필요 없어. 손봐야 할 기계가 있어서 그래. 한 번 보여주기만 하면 돼."

"그런 말 안 했잖아." 델이 따졌다.

지니는 그의 슬프고 의기소침한 시선을 보았다. 피곤에 찌든 머리카락 몇 올이 귀에 바짝 붙어 있었다.

"델, 얘기할 거리도 없어. 그러니까 신경 안 써도 돼, 응? 오케이?"

"어련하시겠어?" 델이 빈정댔다. 단단히 삐친 듯했다.

지니가 한숨을 내쉬며 차에서 내렸다. 가시철망이 가게 뒷마당을 감싸고 있었다. 뒷마당은 로프와 구리선들, 형체를 알아볼 수 없을 정도로 녹슨 부속들이 발목 높이로 널브러져 있었다. 고장 난 픽업 한 대가 벽에 바짝 붙어 있고 문 밖에도 온통 부품들이었다. 아침 더위에 양철지붕이 말려 올라갔다. 포섬이 기이한 소음을 토해 돌아보니 개가 밝은 곳으로 나서고 있었다. 셰퍼드. 덩치가 2미터에 가까운 놈이 누렇게 뜬 눈으로 포섬 다크를 노려보았다. 곧이어 한 남자가 윤활유를 바지에 닦으며 나타났다. 벗은 상체의 가슴털이 마치 의자에서 삐져나온 쿠션처럼 보였다. 전신이 바위처럼 단단하고 두 눈도 부싯돌 같았다. '깨끗이 씻기만 하면 꽤나 준수하겠어.' 지니가 속으로 중얼거렸다.

"어, 이런, 뭘 도와드릴갑쇼, 숙녀 아가씨?"

"이봐요, 난 숙녀도 아가씨도 아니에요. 그렇게 어리지도 않으니 엉뚱한 생각일랑 그만두라고요. 장사를 할 거예요? 아니면 수다만 떨까요?"

지니가 몰아붙였다.

남자가 씩 웃었다.

"내 이름은 모로 가인. 결코 손님을 나 몰라라 한 적이 없답니다."

"전기하고 관련된 일인데……."

"좋죠. 그래, 뭘 도와드릴까?"

"음흠. 우선 질문부터. 일은 비밀로 해요? 아니면 아는 대로 나불댈래요?"

"비밀이 바로 내 삶이랍니다. 비용이야 좀 더 들겠지만 잘 찾아오신 거죠."

"얼마죠?"

모로가 윙크를 했다.

"이런, 그걸 내가 어찌 알겠습니까? 손님이 핵무기를 원하는지 고장 난 시계 수리를 원하는지도 모르는데? 차 몰고 들어와요. 어디 한 번 봅시다." 그가 기름투성이 손가락으로 포섬 다크를 가리켰다. "저 친구는 밖에 둬요."

"안 돼요."

"가게 안으로 무기 반입은 금물입니다. 그게 규칙이죠."

"총은 따로 없어요. 당신이 보는 게 다니까." 그녀가 씩 웃었다. "원하신다면 몸수색을 해보시든가. 나라면 않겠지만."

"세상에, 정말 험악하게 생겼군요."

"생김새만 그런 건 아닐 거예요."

"빌어먹을. 알았어요. 들어오시죠."

개가 문을 열어주었다. 포섬이 내려와 기름진 눈을 번들거리며 따라왔다.

"묵을 곳을 찾아봐. 가능하면 깨끗하고 따뜻한 목욕물 나오는 곳으로. 이런, 맙소사, 델, 아직도 삐친 거야?"

"내 걱정 말고 너나 잘해." 델이 투덜댔다.

"좋아."

그녀가 운전대를 잡았다. 모로가 가게 문을 걷어차자 문이 쾅 하고 열렸다. 딱 밴이 간신히 들어갈 만큼의 넓이였다. 뒤쪽으로 급수차가 덜컹거리며 지나갔다. 모로가 밴의 타프를 벗기더니 서른일곱 개의 무연통을 흥미롭게 지켜보았다.

"연비가 개떡인 건가요?" 그가 지니한테 물었다.

지니는 대답 없이 밴에서 내렸다. 깨진 창을 통해 빛이 스며들었다. 뼈대만 남은 창문들을 보며 지니는 교회를 떠올렸는데, 눈이 어둠에 익숙해지고 보니 정말로 교회였다. 옆으로 밀쳐둔 신도석엔 자동차 부품들이 가득했다. 1997년형 올즈 자동차가 연단 앞에 잭으로 받쳐 있었다.

"멋진 곳이군요." 그녀가 말했다.

"기도가 잘 먹히더군요. 그래, 문제가 뭐죠? 와이어가 끊어진 건가요? 아까 전기라고 하던데?"

"모터 얘기는 아니에요. 자, 와 봐요."

그녀가 그를 뒤쪽으로 데려가 문을 열었다.

"오, 하느님 맙소사!" 모로가 탄성을 질렀다.

"냄새가 끝내주죠? 물로 닦아낼 때까진 도리가 없네요." 지니가 안으로 들어가 돌아보니 모로는 아직 바닥에 서 있었다.

"안 들어와요?"

"우선 생각 좀 해봅시다."

"뭘 생각해요?"

그녀를 보는 눈빛으로 미루어 사실 물어볼 필요도 없었다.

모로가 머뭇거렸다.

"에, 그러니까…… 이봐요, 비용은 어떻게 낼 거요? 내가 무슨 일을 해야 하는 건지는 모르겠지만."

"연료로 내죠. 한 번 보고 깡통 몇 개면 되는지 불러봐요. 그럼 내가 가부를 정할 테니까."

"다른 건 안 될까?"

"응? 다른 거?"

모로가 그녀에게 얼빠진 미소를 지어 보였다.

"까짓, 안 될 것도 없잖아?"

지니는 눈 하나 깜짝하지 않았다.

"이봐요, 날 뭐로 보는 거예요?"

모로가 당혹스럽기도 하고 간절하기도 한 표정이었다.

"아가씨, 나도 읽을 줄 안다오. 그러니까…… 아가씨가 타코나 마약은 아니라고 보는데?"

"잘못 본 거예요. 섹스는 나한테 소프트웨어에 불과해요.

당신이 하루 종일 넋을 잃고 내 몸을 탐할 때까지 기다릴 여유는 없어요. 난 움직이거나 가만히 서 있을 테니, 구경할 거면 내가 서 있을 때 실컷 봐요. 움직이면 더 보고. 나 같은 미인을 본 적도 없을 테니 그걸 뭐라 할 생각은 없네요. 하지만 작업에 방해가 되면 곤란해요."

모로는 대꾸할 말이 없었다. 그가 심호흡을 하고 밴에 올라탔다. 바닥에 침대가 붙박여 있었다. 그 위에 붉은색 면이 깔려 있고 다시 낡은 공단베개가 놓였다. '콜로라도 듀랑고'라는 글과 얼룩다람쥐, 그리고 폭포가 그려진 베개였다. 그리고 협탁 하나와 옆에 홍학들이 그려진 핑크빛 차양의 램프가 있었다. 차벽엔 발레리나와 벌거벗은 미니마우스 그림의 붉은 커튼이 쳐 있었다.

"문제는?" 모로가 물었다.

"여기 뒤쪽에 있어요."

지니가 밴의 앞좌석을 가린 커튼을 젖혔다. 그곳엔 청동 나사로 조립한 나무 궤짝이 놓여 있었다. 지니가 청바지에서 열쇠를 꺼내 상자를 열었다.

모로가 잠시 쳐다보다가 큰 소리로 웃었다.

"에로 테이프? 맙소사, 돌아버리겠군. 이런 기계는 몇 년간 처음이요. 세상에나, 이런 게 아직 남아 있다니."

그가 지니를 다시 보았다. 지니한테는 너무도 익숙한 표정이다.

"테이프는 세 개예요. 갈색머리, 붉은색, 그리고 금발. 오클라호마 아드모어에서 엄청난 은닉처를 찾아냈는데, 나와 아주 비슷한 여자들을 찾아내기 위해 3~400개는 봤을 거예요. 돌아버리는 줄 알았지만, 그래도 결국 성공은 했어요. 그리고 각각을 7분씩 편집했죠."

모로는 힐끔 침대를 돌아보았다.

"그래서, 어떻게 속이는 거요?"

"매트리스에서 작은 바늘들이 나와 순식간에 엉덩이를 찔러요. 그럼 7분 동안 완전히 맛이 가는 거죠. 그 다음엔 협탁 안에서 모자를 꺼내 내가 재빨리 씌웠다가 벗기는데 여기 바닥 아래 전선이 기계와 연결되어 있어요."

"죽이는군. 그러다가 걸리면 아가씨는 정말 끝장이요."

"포섬이 있잖아요. 그 일엔 최고니까. 대충 감이 와요?"

"솔직히 당신이 짝퉁인 줄 알았소."

그녀가 큰 소리로 웃었다.

"그래서, 지금은요?"

"진짜인 것 같소."

"맞아요. 드로이드는 내가 아니라 델이에요. 웜프IX 시리즈. 많이 만들지는 않았죠. 수요가 많지 않았으니까. 고객들은 내가 짝퉁이라고 생각하고 델은 쳐다보지도 않아요. 호객의 귀재에 타코와 마약에도 탁월한 위인이죠. 너무 예민해서 탈이긴 하지만…… 흔한 말로, 완벽한 게 어디 있나요?"

"기계에 문제가 있는 거요?"

"그런 것 같아요. 가끔 짜릿짜릿한데 미치겠어요. 아무래도 누전 같은데…… 그런 게 누전 맞죠?"

지니가 물었다.

"어쩌면. 안쪽을 한 번 살펴봅시다."

모로는 기계를 살피다가 엄지로 릴 하나를 눌러보았다.

"알아서 해줘요. 어디든 델이 구한 집에 있을 테니까."

"루비 존 침상천국. 튼튼한 지붕이 있는 여인숙은 거기뿐이요. 어쨌든 나하고 저녁식사라도 하지 않겠소?"

"그럴 줄 알았어요."

"정말 도도한 아가씨로군."

"늘 있는 일이니까요." 지니가 대답했다.

"이봐요, 나한테도 자존심이 있소. 서너 번 정도 청해보고 아니면 그걸로 끝 내리다."

모로가 투덜댔다.

지니가 고개를 끄덕였다. 막 데이트를 허락할 참이었다.

"약속할게요. 시간은 많이 못 내니까 오래만 아니라면."

"그게 저녁식사요, 아니요?"

"장담은 못해요. 그래도 남자와 저녁식사를 한다면 상대는 당신으로 하죠."

모로가 새우 눈을 했다.

"일 없수다, 아가씨. 그런 식의 데이트는 나도 밥맛이요."

"잘 됐네요. 그럼 안녕히."

모로는 그녀가 걸어가는 모습을 훔쳐보았다. 꽉 끼는 청바지의 각선미와 잔뜩 물이 오른 탱탱한 히프. 그는 몇 가지 비현실적인 대안도 고려했다. 깨끗이 씻고, 적당한 옷으로 갈아입은 다음 술병을 가져와 저 테이프들을 보는 것이다. 기껏해야 사이비 섹스겠지만 자존심 상할 일이야 없지 않겠나?

포섬 다크는 밴이 가게 안으로 사라지는 광경을 지켜보았다. 불편했다. 그의 자리는 지붕 위여야 했다. 그 위에서 지니를 보호하고 살생에 목마른 야수들을 부재의 유전자 신들한테 보내는 게 임무다. 개가 나타난 이후로는 그에게서 시선을 거두지 못했다. 태고의 두려움과 욕망. 그렇다, 태고의 피 냄새가 그의 감각을 유린했다. 개가 게이트를 잠그고 돌아섰다. 가까이 다가오지도 않고 그냥 등을 돌려버린 것이다.

"내 이름은 도그 퀵이다. 쥐새끼는 딱 질색이야."

그가 털북숭이 팔짱을 끼며 말했다.

"나도 개새끼는 별로다."

포섬 다크가 말했다. 도그도 이해하는 듯 보였다.

"전쟁 이전엔 뭘 했지?"

"테마파크에서 일했지. 야생의 유산 같은 곳이다. 그러는 너?"

도그가 인상을 찌푸렸다.

"경비. 아니면 뭐가 있겠나? 전기 기술도 조금 익혔다. 모로 가인한테서도 배웠지만 나한텐 안 맞더군." 도그가 인상을 찌푸리며 턱으로 가게를 가리킨다. "저걸로 사람들을 쏘나?"

"기회만 있다면 언제든지."

"카드는 좀 하나?"

"조금. 개 정도는 이길 수 있지 않겠나?"

포섬 다크가 씩 웃었다.

"진짜 물건 걸고?" 도그도 따라 웃었다.

"포장 뜯지 않은 새 카드. 테이블 스테이크."

포섬이 말했다.

정오쯤 모로가 루비 존 침상천국에 나타났다. 지니는 담요로 가린 준특실 침상에 있었다. 그녀는 목욕을 하고 머리를 땋고 청바지 밖으로 다리를 드러냈는데 그 모습에 모로의 심장이 아렸다.

"내일 아침에 끝날 거요. 비용은 연료 10갤런."

"10갤런? 완전 바가지군요."

"싫으면 그냥 가져가시오. 헤드가 고장 나서 당장 뜯어내야 하오. 그냥 두면 당신도 골치 아플 텐데? 당신 고객들도 싫어할 테고."

모로가 빈정거렸다.

지니는 기가 꺾였지만 그래도 항복하지는 않았다.

"4갤런. 더 이상은 안 돼요."

"8갤런."

"5."

"6갤런에 저녁식사."

"5.5. 그리고 새벽에 이 시궁창을 벗어나, 태양이 당신의 이 잘나빠진 마을을 태울 때쯤엔 도로를 달리게 해줘요."

"맙소사, 당신 정말 재미있는 여자로군."

지니가 씩 웃었다. 달콤하고 아찔한 미소. 현란한 쇼.

"장담하지 말아요. 날 아직 모르잖아요."

"그럼 내가 어찌 해야 알겠소?"

"불가능해요. 나도 아직 다 모르니까."

그녀가 심각한 표정을 지었다.

북쪽으로 비가 내릴 것 같았다. 일출도 황량하기만 했다. 장관하고는 거리가 먼, 누렇고 불그레하고 흐리멍덩하기만 한 빛깔들. 더군다나 한 번도 닦은 적 없는 차창을 통해 보는 일출이라니. 모로는 밴을 꺼냈다. 그는 윤활유를 치고 뒤쪽을 물청소해 주겠다고 약속했었다. 5.5갤런은 빼낸 후라, 모로가 지켜보는 동안 지니가 델에게 세어보게 했다.

"난 속이지 않소. 세어볼 필요도 없어." 모로가 투덜댔다.

"알아요."

지니가 도그를 바라보며 대답했다. 개는 어쩐지 표정도 이상하고 기운이 없어보였다. 어딘가 나사가 빠진 듯한…… 그의 시선을 따라가니 밴 위의 포섬이 있었다. 섬뜩한 포섬 식의 미소.

"어디로 가는 거요?"

모로가 물었다. 조금이라도 더 그녀를 붙들고 싶었다.

"남쪽." 지니가 대답하며 그쪽으로 돌아섰다.

"안 좋은데. 그쪽 놈들은 워낙에 험악해서." 모로가 말했다.

"손님 안 가려요. 장사는 장사니까."

"아니, 장사도 장사 나름이요. 남쪽과 동쪽은 마른 언덕지 대고 그 너머가 죽음의 도시요. 거기서 곧바로 내려가면 해커스인데, 그곳에서 프루덴셜 요새의 도살자들을 만날 거요. 모래톱을 지배하는 사나운 보험업자들이지. 절대 접촉하지 말아요. 본전도 못 뽑을 테니."

"조언 고마워요." 지니가 말했다.

모로가 그녀의 차문을 잡았다.

"이봐요, 도무지 말을 듣지 않는 아가씨로군. 이건 중요한 정보란 말이요."

"이봐요, 그래서 고맙다잖아요."

모로는 지니가 떠나는 모습을 지켜보았다. 그녀의 등장 때문에 완전히 진이 빠졌다. 하루 종일 그녀의 두 눈만 떠올렸건만 그녀는 그의 말에 콧방귀도 뀌지 않았다. 그녀의 오만이 나쁘다는 얘기는 아니다. 그가 아는 한 그녀에겐 어떤 악의도 없었다.

죽음의 도시라는 이름은 어쩐지 께름칙했다. 지니는 델에게 남쪽으로 가자고 했다. 아니면 서쪽도 괜찮겠다. 정오쯤들쭉날쭉한 지평선 위로 누런 안개가 나타났다. 누군가 사막

위로 더러운 카펫을 굴리는 것만 같았다.

"모래폭풍이야. 서쪽. 안 되겠어. 돌아가자고. 아무래도 심상치 않아."

포섬이었다.

지니도 그 정도는 알 수 있었다. 포섬은 사실보다 축소하거나 과장해서 말하는 습관이 있었다. 그녀는 그에게 총을 덮고 안으로 들어오게 했다. 저 밖에 죽일 것도 없는데 괜히 모래만 뒤집어 쓸 판이었다. 포섬 다크는 샐쭉했으나 그래도 기어 내려오기는 했다. 그는 뒷좌석에 웅크리고 앉아 손으로 총 손잡이와 방아쇠 잡는 시늉을 했다. 머릿속으로는 탄환의 편류(偏流)를 연습하는 중이다.

"폭풍을 뚫고 나갈 수 있다. 예감이 좋아." 델이었다.

"그래서 어디로 갈 건데? 여기가 어딘지도 모르고 저 앞에 뭐가 있는지도 모르잖아."

지니가 말했다.

"맞는 말이다. 그래서 가능한 한 빨리 도착해야 하는 거야."

델이 대답했다.

지니가 밖으로 나가 담담한 표정으로 세상을 내다보았다.

"이와 발가락 사이에 모래만 잔뜩이야. 모로 가인은 정확히 어디에서 폭풍이 닥칠 건지 알았을 텐데, 나쁜 놈."

"좋은 친구 같던데?" 델이 말했다.

"내 말이 그 말이야. 그래서 더 믿으면 안 되는 거라고."

지니가 말했다.

폭풍은 이틀 정도는 몰아친 듯 보였다. 앞으로 한 시간? 하늘은 양배추 수프처럼 험악했다. 사막은 늘 보던 사막이었다. 얼마 전 겪은 폭풍과 이번 폭풍의 차이가 뭘까? 델이 다시 밴을 움직였다. 지니는 어젯밤의 목욕 생각을 했다. 이스트 배드뉴스는 결국 이름값을 한 셈이다.

차가 첫 번째 언덕에 오르기 전에 포섬 다크가 위에서 지붕을 두드리기 시작했다.

"차를 숨겨! 다수의 세단과 픽업트럭, 트럭과 세미트레일러. 거기에 온갖 종류의 버스까지 있어."

"뭘 하는 건데?" 델이 물었다.

"우리한테 오고 있다. 재목을 실었어."

지니가 인상을 찌푸렸다.

"뭘 한다고? 망할, 델. 차 좀 세워. 빨리, 이 멍청아!"

델이 차를 세웠다. 지니는 포섬에게 올라가 함께 살펴보았다. 대상(隊商) 행렬은 일렬로 접근했다. 자동차들과 트럭에 실린 건 단순한 목재가 아니었다. 그들은 차마다 요새의 일부를 신고 있었다. 한데 엮은 통나무들 끝이 뾰족했다. 선두 차량이 방향을 틀고 다른 차들이 뒤를 이었다. 이윽고 선도차가 다시 한 번 차를 돌리자, 어느 순간 모래톱 위에는 나무 방책이 조립되었다. 자를 대고 그린 듯한 사각형이었다. 방책과 게이트 하나. 게이트 위에 간판도 내걸렸다.

프루덴셜 요새

행운과 쾌락의 게임
조건 * 전생 * 반생 * 죽음

"맘에 안 들어." 포섬 다크였다.

"뭔가 살아있다는 사실 자체가 맘에 안 드는 거잖아."

지니가 이죽댔다.

"소형 무기를 지닌 데다 어딘가 불안해 보이잖아."

"그냥 발정난 것뿐이야, 포섬. 꼴리면 불안해지는 법이거든."

포섬은 이해하는 척했다.

"저기서 야영할 모양이지? 이봐, 장사나 해보자고. 땅 판다고 돈 나오는 것도 아니니까."

그녀가 델에게 말했다.

다섯 명이 밴에 접근했다. 생김새가 모두 같았다. 햇볕에 잘 익은 건장한 피부. 상체는 벗은 대신 다들 목걸이를 걸었고, 손에는 빵 두 조각만큼이나 얇은 가방들이 들려 있었다. 둘은 벨트에 피스톨을 찼지만, 리더는 총신이 짧은 레밍턴12를 위장색 기타 멜빵에 매달아 가슴에 차고 있었다. 델은 그가 맘에 들지 않았다. 썩은 이가 하나도 없는 대머리에 해변에 녹고 있는 해파리 색의 두 눈. 그는 밴의 간판을 보고 델을 보았다.

"안에 창녀가 있소?"

델이 사내를 똑바로 노려보았다.

"어째 말투가 껄끄럽군. 말하는 싸가지가 왜 그 모양이야?"

"이런, 그렇다고 성질 돋울 필요 없소이다. 우리도 쇼비즈니스하는 사람들이니까."

남자가 윙크를 던지며 말했다.

"그래?"

"행운의 바퀴와 카드 게임. 당신도 좋아할 종류들이지. 우린 정직한 사람들이요. 내 이름은 프레디, 이곳 수석계리사지. 저 위에 짐승은 어째 똥 마린 표정이네, 응? 그 총 좀 치우는 게 어때? 나쁜 사람들 아니라니까 그러네."

"포섬이 납과 피로 이곳을 뒤덮을 이유는 없소. 당신네들이 이상한 짓을 하지 않는 한은."

델이 말했다.

프레디가 그 말에 미소 지었다. 햇살이 그의 머리 위에 커다란 금공을 그렸다.

"당신 여자 맛 좀 봅시다. 아, 먼저 여자부터 봐야겠지. 교환조건이 뭐요?"

"당신네가 갖고 있는 쓸 만한 물건이면 뭐든."

"마침 쓸 만한 게 하나 있지." 수석계리사가 다시 윙크를 했는데 그 행동에 델도 조금씩 초조해지기 시작했다. 프레디가 고갯짓을 하자 동료 하나가 가방에서 깨끗한 백지를 꺼냈다. 프레디가 끄트머리를 잡아 델에게 흔들어보였다. "여기 이건 두꺼운 백상지라오. 50퍼센트 리넨 천인데 연으로 넘기리다. 이런 건 어디에도 없소이다. 여기에 글을 써도 좋고, 아니면 팔아버려요. 1주일 전에 제7차 용병 작가단이 말을 타고 쳐들어와서 거의 싹쓸이해 갔지만 그래도 간신히 몇 연은 남겨두었지. 아, 물론 연필도 있소. 똥구멍에 고무가 달린 미라도 2번과 3번이고 아직 칼을 대지도 않은 거라오. 연필을 마지막으로 본 게 언제요? 이런 건 금을 줘도 못 구해. 아, 스테이플과 패션지도 있소. 사고 처리 서식, 불구 증명 서식 등등 없는 게 없어. 우리가 바로 이동 슈퍼마켓이니까. 그리고

보니, 당신들 밴 뒤에 연료를 숨겨놓은 모양이군그래. 여기에
서도 냄새가 나네. 이봐요, 우리 그쪽으로 가서 사업 얘기 좀
합시다. 늙은 애주가들이 열일곱이나 있는데, 다들 목이 타서
돌아가실 지경이라오."

델의 머릿속에서 각다귀수염 같은 전선이 스파크를 일으켰
다. 그는 보험업자의 눈에서 가솔린을 향한 탐욕을 볼 수 있
었다. 그렇다, 이들은 욕정 해소 이상의 것을 노리고 있다. 그
의 안드로이드 직감이 꿈틀거렸다. '기회만 생기면 발톱을 드
러낼 자들이야.'

"에, 연료는 거래 대상이 아니오. 섹스와 타코, 마약이 우리
종목이죠."

그가 최대한 냉정을 가장해 대답했다.

"아, 괜찮아요. 아무 문제없소. 그냥 제안해 본 거니까. 저
안에 여자가 있다고 했소? 우리 식구들을 데려오지. 남자 하
나에 반 연 어떻소?"

"아주 적당한 액수요."

델이 말했다. 사실 그 절반이라도 손해 볼 건 없지만 프레
디는 어차피 다시 빼앗으려 들 것이다.

"모로 말이 맞았어. 저 보험쟁이들은 개자식들이야. 아무래

도 그냥 떠나는 게 상책이겠어."

"피, 사내들이 다 그렇지, 뭐. 입에 게거품을 물고 쳐들어왔
다가 아이스크림 핥는 고양이들처럼 떠나잖아. 그게 섹스장
사의 본질이야. 두고 봐. 게다가 우리한테는 포섬 다크가 있
잖아."

지니의 반응은 그랬다.

"기어이 몸에 불이 붙어야 기우제를 지내겠다는 얘기군. 어
쨌든 연료를 내줄 생각은 없어. 타프 위에 무대를 설치해 줄
테니 그 위에서 운을 시험해 보라고."

지니가 플라스틱 뺨에 키스하고 그를 문 밖으로 내밀었다.

"오, 착하기도 해라. 자, 일단 내려. 나도 애교 좀 떨어야 할
테니까."

처음엔 잘 되어가는 것 같았다. 치어리더 바버라 진이 남자
들의 축축한 몽정을 일깨워 침을 질질 흘리게 만들었다. 그리
고 여선생 샐리와 간호사 노라가 나서자, 눈빛마저 아련해졌
다. 델도 지니의 말이 맞을지도 모르겠다는 생각을 했다. 미
인과의 정사에 빠지자 남자들의 불쾌한 시선도 녹아드는 듯
보였다. 일단 일을 끝내고 나면 한두 시간 정도는 폭력 따위
에 관심이 없고 한나절은 살상도 거부할 것이다. 델은 그 마
술이 어떤 식으로 작동하는지 짐작만 할 뿐이었다. 데이터와

실제는 다를 테니 말이다.

그는 포섬의 눈을 보고 더욱 마음이 놓였다. 48명의 사내가 순서를 기다렸다. 포섬은 그들의 무기 구경과 검신의 길이를 모두 파악했다. 검은색 쌍둥이 50밀리가 그들 모두를 축복했다.

계리사 프레디가 옆으로 빠져나와 델에게 씩 웃어 보였다.

"헤이, 연료 얘기 좀 합시다. 그게 꼭 필요해서 그런다니까."

"이봐, 그건 거래 안 한다고 했잖소. 우리처럼 정유공장을 찾아가 사정해 보든지."

델이 말했다.

"해봤지. 그 친구들 사무용품엔 전혀 관심이 없더라고."

"내 알 바 아니요." 델이 툭 내뱉었다.

"정말 그럴까?"

델은 그의 면도날 같은 어투를 놓치지 않았다.

"할 말 있으면 까놓고 말하슈."

"가솔린 절반. 그럼 여자 화대도 지불하고 아무 소란도 부리지 않으리다."

"저 친구는 잊은 모양이지?"

프레디가 포섬 다크를 바라보았다.

"그래봐야 손해는 당신네가 더 많을 거야. 이봐요, 친구, 난 당신 정체를 알아. 인간이 아니라는 것 말이야. 전쟁 전에 당신 같은 공인회계사 안드로이드를 데리고 있었거든."

"그래, 그럼, 이제 얘기가 통하겠군. 자 말해보슈. 듣고 있을 테니까."

델이 다음 수를 궁리하며 응대했다.

지니의 네 번째 손님이 비틀거리며 나갔다. 눈이 풀리고 입가엔 거품을 물고 있었다. 그가 동료들을 향해 떠들었다.

"세상에, 간호사랑 해 봐. 내 평생 이런 건 처음이야."

"다음. 욕망은 게임의 이름입니다, 신사 여러분. 제가 뭐라고 했습니까?"

델이 소리치며 종이를 챙기기 시작했다.

"여자도 플라스틱인가?" 프레디가 물었다.

"당신만큼은 진짜요. 자, 거래를 해봅시다. 당신이 약속을 지킨다는 걸 어떻게 믿소?"

델이 물었다.

"맙소사, 도대체 날 어떻게 보고? 이봐, 당신은 생명보험업자의 서약을 받은 거야."

다음 손님이 커튼을 열고 달려 나오다 그만 발이 걸려 얼굴을 찧고 말았다. 그가 몸을 일으키며 고개를 저었다. 상처가났는지 눈 주변에서 피가 흘렀다.

"정말 표범 같은 여자 아닙니까?" 델이 선언했다. '도대체 무슨 일이지?'"잠깐만 실례." 그는 프레디에게 말하고 밴 안으로 들어가 지니를 다그쳤다. "지금 뭐 하는 거야? 저 친구들, 채찍이라도 맞은 것 같잖아."

지니는 노라에서 바버라 진으로 변신 중이었다.

"미치겠어. 마지막 영감 놈이 발작에 걸린 뱀처럼 지랄하더니 제 머리를 쥐어뜯잖아. 아무래도 이상해, 델. 테이프에 문제가 있나 봐. 모로 놈이 장난을 친 것 아닐까?"

"안팎으로 말썽이군. 대장 놈이 가솔린을 노려."

"맙소사, 절대로 안 돼."

"지니, 놈은 독사의 눈을 지녔어. 포섬하고도 해볼 용의가 있다더군. 아직 기회가 있을 때 떠나는 게 좋겠어."

지니가 고개를 저었다.

"음흠, 그러면 더 열 받을 거야. 나한테 잠깐만 시간을 줘. 노라하고 샐리는 포기하고 모두 바버라 진으로 돌린 다음 지켜볼게."

델이 밖으로 빠져나왔다. 사실 탐탁잖은 대답이기는 했다.

"대단한 여자로군." 프레디가 말했다.

"오늘은 특히 더 하는군요. 당신네 보험 친구들이 그녀를 흥분시킨 모양이요."

그 말에 프레디가 씩 웃었다.

"나도 한 번 시도해 봐야겠군그래."

"그만 두는 게 좋을 거요." 델이 대답했다.

"그건 왜?"

"잠시 진정할 필요가 있으니까. 어쩌면 당신이 다루기 힘들 수도 있잖소."

그는 즉시 그 말을 후회했다. 프레디의 얼굴이 케첩 파이처럼 벌게졌다.

"뭐야, 이 플라스틱 깡통 새끼가! 난 어떤 년이든 자신 있다. 뱃속에서 튀어나왔든, 공장에서 조립 되었든 상관없어."

"아, 알겠소. 당신은 특별히 공짜로 해드리리다."

델이 얼른 수습하고 나섰다. 모든 일이 수포로 돌아가고 있었다.

"당연히 그래야지. 이 년, 기다려라. 네년 구석구석을 채워줄 테니."

프레디가 줄 맨 앞의 남자를 낚아채며 소리쳤다.

남자들이 환호를 질렀다. 포섬 다크가 적어도 문제의 5분의 3이 꿈틀거리고 있음을 직감하고는 델에게 물음표가 걸린 시선을 보냈다.

"타코 남은 거 없나?" 누군가 물었다.

"없소." 델이 대답했다.

델은 자신의 스위치를 끌까 하는 생각도 해보았다. 안드로이드 자살이 해답이 될 수도 있을 것이다. 그런데 불과 3분도 채 못 되어, 차 안에서 기이한 울부짖음이 터져 나오더니, 이내 날카로운 비명으로 바뀌었다. 생명보험 사내들이 움찔했다. 이윽고 프레디가 엉망으로 망가진 채 뛰쳐나왔는데, 마치 종기 난 곰을 걷어차기라도 한 사람 같았다. 관절은 야릇한 방향으로 꺾인 듯 보였다. 그가 뱀눈으로 델을 노려보았다. 초점이 완전히 어긋난 눈이었다. 그 다음부터는 모든 게 찰나였다. 프레디가 델을 쏘았다. 기름을 쏟은 듯 흥건한 눈으로 그를 노려본 것과 거의 동시에 짧은 총신이 발사되었다. 어찌나 빠른지 인조 다리로도 총알을 피할 수가 없었다. 델의 팔이 터졌다. 그는 팔을 포기하고 밴을 향해 달렸다. 포섬도 어쩔 도리가 없었다. 계리사가 너무 가깝게 붙어 있었다. 이윽고 50밀리 쌍포가 포문을 열었다. 보험쟁이들이 달아나기 시작했다.

포섬은 모래에 총알로 수를 놓고 보험쟁이들을 산산조각 내 하늘로 날려 버렸다.

델이 운전석에 앉는 순간 총탄이 밴을 훑었다. 이런, 멍청한 놈. 외팔이 주제에 운전석에 앉다니.

"비켜, 그 꼴로 뭘 하겠다고." 지니가 말했다.

"그러게."

지니는 덤불을 뚫고 차를 몰았다.

"그런 건 평생 처음이야. 작업에 들어가자마자 놈이 미친 듯이 뒤틀리더니 뼈가 나뭇가지처럼 끊어지는 거야. 세상에, 그런 오르가즘이 다 있다니."

"뭔가 고장 난 거야."

"그래, 이제 분명해졌어, 델. 세상에, 저게 뭐야?"

순간 거대한 언덕이 앞을 가로막자 지니가 핸들을 꺾었다. 모래 비가 밴 위로 쏟아져 내렸다.

"로켓. 바로 그거야. 놈들이 폭주살인마 포섬을 우습게 여기는 이유가. 이봐, 제대로 운전 좀 해!"

델이 외쳤다.

두 개의 불기둥이 앞쪽에서 터졌다. 델이 창밖으로 상체를 내밀고 돌아보았다. 프루덴셜 요새 절반이 쫓고 있었다. 포섬은 닥치는 대로 갈겼지만 로켓이 어디에서 날아오는지는 알 도리가 없었다. 보험 공격차량이 분산하더니 다시 사방에서 좁혀들었다.

"옆구리를 치려는 거야. 지니, 솔직히 어떻게 해야 할지 판단이 안 서."

그때 로켓 하나가 오른쪽에서 터졌다.

"팔은 어때?"

"가벼운 전기 감전 정도. 따끔거리기만 해. 지니, 놈들은 우리를 포위할 생각이야. 빌어먹을, 완전히 엿됐군."

"놈들이 우리 연료를 공격해서 맞추면 더 이상 고민할 필요도 없어. 오, 맙소사, 하필 이때 그 생각이 난 거람."

포섬이 세미트레일러 한 대를 맞추자 트럭이 벌레처럼 고꾸라졌다. 델은 즉시 트럭 · 요새 결합체에 문제가 있음을 파악했다. 그 하나가 균형이었다.

"놈들한테 곧바로 돌진했다가 급커브를 틀어. 놈들은 급회전이 불가능해."

델이 외쳤다.

"델!"

후두둑하고 밴을 훑는 소음과 함께 뭔가 묵직한 폭발음도 들렸다. 밴이 옆으로 기울다가 멈춰 섰다.

지니가 핸들에서 손을 떼며 인상을 찌푸렸다.

"타이어에 맞았어, 델. 완전히 퍼져버렸어. 여기에서 나가자."

'그래서 어쩌려고?' 델은 당혹스러웠다. 머릿속에서 베어링들이 돌아다니는 것만 같았다. 서서히 오작동이 일어나고 있었다.

프루덴셜 요새의 차들이 끼익 소리를 내며 멈춰 섰다. 잔뜩 화가 난 보험쟁이들이 쏟아져 나오더니 소형화기를 쏘고 돌을 던지며 접근했다. 가까운 곳에서 로켓이 터졌다.

포섬의 총이 갑자기 멈췄다. 지니의 얼굴이 어두워졌다.

"탄약 떨어졌다는 얘기만 말아줘, 포섬 다크. 그게 얼마나 구하기 힘든 건지는 알지?"

포섬이 대답하려는데 델이 성한 팔로 북쪽을 가리켰다.

"이봐, 저기 좀 봐!"

갑자기 보험쟁이 병사들 사이에서 혼란이 일고 있었다. 어디선가 본 듯한 픽업트럭이 언덕 위에 나타나더니 운전사가 운전을 하며 수류탄을 던지고 있었다. 수류탄은 무리지어 터지며 분홍색 불꽃을 만들어냈다. 운전사가 로켓을 든 남자를 찾아냈다. 놈은 버스 위에 납작 엎드려 있었다. 수류탄 몇 개가 그를 잠재웠다.

보험쟁이들도 전투를 포기하고 달아나기 시작했다. 지니가 본 건 아주 희한한 광경이었다. 검은색 할리 여섯 대가 트럭과 합류했다. 우지를 든 차우차우들이 보험원들 사이를 뱀처럼 드나들며 허공에 모래바람을 일으켰다. 정말로 무지막지한 자들이었다.

도망자들이 하나하나 쓰러졌다. 보험쟁이 몇은 간신히 차 뒤에 숨었다. 모든 게 순식간에 끝났다. 프루덴셜 요새는 산산조각 나고 말았다.

"세상에, 절묘한 타이밍이로군." 델이 중얼거렸다.

"난 차우 개가 싫어. 혀가 새까맣잖아. 정말로."

포섬이 투덜댔다.

"모두 괜찮은 거요? 이런, 이 친구, 팔이 하나 날아갔군그래."

모로가 말했다.

"심각한 건 아닙니다." 델의 대답이었다.

"고마워요. 아무래도 인사 정도는 해야겠죠?"

지니가 말했다.

모로는 그녀의 치명적인 매력과 오만한 태도에 정신까지 혼미했다. 그녀의 무릎에 묻은 기름 얼룩까지 황홀할 정도였다. 그에겐 그녀가 예쁜 강아지로만 보였다.

"아무래도 모른 척할 수가 없었소. 상황이 우습게 돌아가는 바람에."

"상황이라뇨?" 지니가 물었다.

"저 정신 나간 문지기 개가 당신네가 겪은 소란의 장본인이요. 포섬이 그를 홀라당 벗겨먹는 바람에 독이 오른 게지. 파이브 카드 스터드였던 모양인데, 물론 어떤 식의 속임수가 있었는지는 나도 모르겠소."

지니가 눈을 가린 머리카락 몇 올을 입김으로 불어냈다.

"이봐요, 지금 무슨 소리 하는 거죠? 하나도 못 알아 먹겠 잖아요."

"솔직히 나도 당황스러워서 그렇소. 저 개새끼가 화가 나서 당신 장비를 엿 먹인 모양이요."

"개한테 내 기계를 수리하게 했어요?" 지니가 물었다.

"최고 기술자요. 내가 직접 가르쳤으니까. 문제는 한 번 열 받으면 골치 좀 썩는다는 것뿐이라오. 내가 알기로 셰퍼드는 동종교배를 한다더군. 저놈이 당신 테이프를 고리에 걸고 속 도를 올렸소. 그러니까, 손님들은 화대의 스물여섯 배로 즐긴 셈이지. 마하 7의 속도로 섹스를 하니까. 당연히 신체 손상도 가능하고."

"맙소사, 당신 발을 쏘고 싶네요." 지니가 한숨을 내쉬었다.

"이봐요. 그래도 내 일에 책임지고 최대한 빨리 달려온 거 요. 도와줄 친구들도 모으느라 돈도 엄청 썼단 말이요."

"빌어먹을."

지니는 그런 식으로 그의 변명을 받아들였다. 차우 개들은 조금 떨어진 곳에서 할리에 탄 채 포섬을 노려보는 중이었다. 포섬 다크도 같이 노려보았는데, 마음속으로는 그들의 가죽

276

옷을 부러워하는 참이었다. 퓨리나[21] 문장을 등에 박아 넣은 점퍼라니.

"비용은 더 드릴게요. 완전히 수리해야 할 것 같네요."

"그럽시다. 물론 배드뉴스에서 당분간 지내야 할 거요. 시간이 좀 걸릴 테니까."

그녀가 그의 표정을 보고 웃음을 터뜨리고 말았다.

"정말 고집 센 분이로군요. 알았어요, 그렇게 하죠. 저 개는 어떻게 할 건가요?"

"타코 고기 좋아하시오? 아주 많이 나올 것 같은데?"

"웩! 그건 그냥 넘어가기로 하죠."

델이 비틀거리며 사다리꼴을 그리면서 걸었다. 그의 몽당 팔에서 연기가 피어올랐다.

"맙소사, 포섬, 델 좀 어떻게 해봐." 지니가 말했다.

"내가 고칠 수 있소." 모로가 말했다.

"그만하면 충분히 고쳤잖아요?"

"우린 잘 지낼 수 있소. 두고 봐요."

"그렇게 생각해요? 별로 붙어 다닐 생각 없는데요?"

"그것도 두고 봅시다."

---

21) 개사료 전문 브랜드.

"쉽지 않을 거예요."

"저 타이어부터 바꿔야겠소. 델도 그늘로 옮기고. 이봐요, 당신은 저녁식사 때 입을만한 옷이나 찾아오시오. 이스트 배드뉴스는 까다로운 곳이거든. 자존심만은 다른 어디보다……"

우리가 아는 바
그대로의 종말 | 데일 베일리 |

데일 베일리는 지금까지 『영락(The Fallen)』, 『뼈의 집(House of Bones)』, 『잠자는 정치가들〈Sleeping Policemen〉』(공저, 잭 슬레이 주니어)의 소설 세 편을 출간했으며, 20여 편의 단편소설을 창작해, 주로 《판타지와 SF》에 발표했다. 그리고 그 일부는 『부활인간의 유산, 그리고 다른 이야기들(Resurrection man's Legacy and Other Stories)』에 선집으로 실렸다.

네뷸러 상 최종후보에 까지 오른 이 단편은, 종말문학과 인류 소멸의 전망에 대한 다소 병적인 집착을 이해하려는 시도에서 출발하였다. 「우리가 아는 바 그대로의 종말」은 정서적 차원의 상실감을 극복하려 애쓰는 지구 최후의 생존자를 다루고 있으나, 종말 이야기들이 실제로 어떻게 작용하는지를 다룬 종말 이야기이기도 하다.

이 글을 쓰는 도중 베일리가 깨달은 게 있다면, 세상은 언제나 누군가의 종말이라는 사실이다. 그는 이렇게 말한다. "파국에서 살아남는 것이 어떤 기분인지 알기 위해 총체적 종말이 필요한 건 아니다. 사랑하는 누군가를 잃을 때마다 우리는 우리가 아는 바 그대로의 종말을 겪는 셈이다. 이 이야기의 중심 테마는 단순히 종말이 닥치는 게 아니라, 여러분 각각의 종말이 존재한다는 데 있다. 물론 피할 방법은 어디에도 없다."

　　서력 1347년과 1450년 사이에 가래톳페스트가 유럽을 휩쓸어 7500만의 인명을 앗아갔다. 감염자의 피부에 생기는 검은 물집 때문에 흑사병이라는 작위까지 얻은 이 역병의 원인은, 후에 예르시니아 페스티스로 명명된 박테리아였다. 현미경도 없고 숙주에 대한 지식도 일천한 당시 유럽인들은 그들의 불행을 신의 분노로 돌렸고, 덕분에 어디를 가나 신의 분노를 달래려는 채찍고행자들이 넘쳐났다. "사람들이 밤낮으로 수백 명씩 죽어나갔다. 나는 내 손으로 내 다섯 아이를 묻었다…… 너무도 많이 죽은 탓에 모두가 세상의 종말이라고 믿었다." 아뇰로 디 튜라가 한 말이다.

오늘날, 유럽의 인구는 약 7억 2900만이다.

윈드햄은 저녁마다 현관에 앉아 한 잔 하는 걸 좋아한다. 진을 좋아하긴 하지만 다른 술도 마다 할 정도로 까다로운 건 아니다. 요즘 그는 땅거미가 지는 모습을 지켜보는 습관이 생겼다. 그러니까 정말로 지켜보는 것이다. 그냥 앉아 있는 것이 아니라…… 그래서 깨달은 건, '땅거미가 진다'라는 상투어가 틀렸다는 사실이다. 그렇다. 그보다는 훨씬 더 복잡한 과정이다.

그렇다고 자신의 관찰력을 과신하는 것도 아니다.

지금은 한여름이다. 윈드햄은 종종 두세 시에 술을 마시기 시작하는데, 때문에 9시에 해가 질 때쯤엔 거의 만취 지경이었다. 어쨌든, 분명 그에겐 땅거미는 지는 게 아니라, 떠오르는 것처럼 보였다. 처음엔 지하 저수지에서 스며 나오듯, 숲 아래쪽에 짙은 호수처럼 고이더니 마당 가장자리를 향해 번지다가, 이윽고 빛이 남은 하늘을 향해 오르기 시작했다. 뭔가 지는 건 끝 무렵의 일이다. 우주의 깊은 암흑이 꼭대기에서 풀려나오며 중간 어딘가에서 두 차원의 어둠이 만나게 되는데, 그 때가 바로 여러분의 밤이 되는 것이다.

어쨌든, 현재 그의 가설은 그렇다.

사실 그곳이 그의 현관은 아니다. 진도 그의 것이 아니다. 다만, 이즈음에서 삼라만상이 모두 그의 것이라고 선언할 수는 있을 것이다.

종말 이야기는 대개 두 가지 유형이다.

첫째, 자연재해다. 이 경우 아예 전례가 없거나 아니면 규모가 전례 없는 재앙이 될 것이다. 종종 역병 쪽을 우위라고 주장하는 사람들이 있기는 해도 여전히 홍수가 압도적이다. 신이 그 방법을 좋아하기 때문일 것이다. 하지만 빙하기의 도래도 만만찮고 그 점에선 한발도 마찬가지다.

두 번째는 무책임한 사람들로 인한 인재이며 미친 과학자와 부패한 관료들이 대표적이다. 대륙간 탄도미사일의 교환이 전형적인 과정이지만 그 시나리오는 현재의 지정학적 환경에서 비롯된다.

그 외에도 마음대로 섞고 짝짓는 게 가능하다.

유전자 조작으로 만들어진 감기 바이러스 지지할 사람? 북극 빙산 녹일 분?

세상이 끝나는 날, 윈드햄은 종말이라는 사실조차 몰랐다. 뭐, 나중에 알기는 했지만 어차피 그 시점의 그에겐 매일매일 이 세상의 종말처럼 느껴졌다. 우울증 때문이 아니라 UPS에서 일했기 때문이었다. 세상이 끝나는 날, 윈드햄은 그곳에서 16년째 근무하던 참이었다. 처음엔 하역인부로, 두 번째는 분류요원, 마지막엔 누구나 부러워하는 빛나는 갈색 유니폼의 운전사 신분이었다. 회사가 주식을 공개했을 땐 그도 그 일부를 소유했다. 봉급도 많았다. 사실 꽤 괜찮은 벌이었고 또 그 일을 즐기기까지 했다.

그런데도 하루하루는 언제나 대격변처럼 느껴졌다. 매일 새벽 4시에 일어나보라. 그럼 그 기분을 이해할 것이다.

그의 일상은 늘 그랬다.

새벽 4시 알람이 울렸다. 그가 매일 밤 감아두는 구식 알람......... 커피를 마시기 전의 라디오 소리가 딱 질색이기 때문이다. 그는 언제나 재빨리 알람을 껐다. 아내를 깨우고 싶지는 않았다. 그는 거실 욕탕에 나가 샤워를 하고(역시 아내를 깨우고 싶지 않기 때문인데, 아내 이름은 앤이다.) 보온병에 커피를 담고 싱크대에 선 채로, 베이글, 팝타트 같은 아침에 먹지 말아야 할 식량들을 목구멍으로 밀어 넣었다. 그때쯤 4시

20분이 되고 조금 늑장을 부리면 25분이 된다.

그 다음엔 이율배반적 행동이 뒤따른다. 그는 침실로 돌아가 그때까지 20분 동안 깨우지 않으려 애썼던 아내한테, "오늘도 잘 지내."라며 인사를 하는 것이다. 인사는 늘 똑같았다.

아내의 반응도 같았다. 그녀는 베개에 얼굴을 파묻으며 간신히 미소를 지었다. "으으으으음." 그녀는 그렇게 인사를 받았다. 그녀만의 아늑하고 사랑스러운 새벽인사, "으으으으음." 빌어먹을 새벽 4시의 기상을 나름 뿌듯하게 만들만큼 기분 좋은 소리다.

윈드햄도 한 고객으로부터 세계무역센터에 대해 듣기는 했다. 세상의 종말은 아니었지만 윈드햄이 느낀 감정은 별반 다르지 않았다.

모니카라는 이름의 단골이었다. 홈쇼핑 네트워크 중독자인데, 윈드햄처럼 덩치가 컸고, 사람들이 "성격이 좋다."라든가, 아니면, "얼굴이 아주 예쁘다."고 말하는 그런 타입이었다. 성격은 정말 좋았다……. 윈드햄이 보기엔 그랬다. 그녀가 눈물을 흘리면서 문을 열었을 때 그가 걱정한 것도 그래서였다.

"무슨 일 있어요?" 그가 물었다.

모니카는 말없이 고개만 젓다가 그에게 들어오라고 손짓을

했다. 윈드햄은 그녀를 따라 안으로 들어갔다. UPS 규칙을
50개는 어긴 행동이다. 집에서는 소시지와 방향제 냄새가 났
다. 사방에 홈쇼핑 네트워크 물건이었다. 그러니까, 집 안 가
득이라는 뜻이다.

윈드햄은 전혀 몰랐다.

그의 시선은 텔레비전에 가 박혔다. 비행기 한 대가 세계무
역센터에 충돌하는 장면. 그는 그곳에 서서 서너 개의 다른
각도로 틀어주는 화면을 보다가 마침내 화면 아래 오른쪽 모
퉁이에 홈쇼핑 네트워크 로고를 눈치 챘다.

그가 세상의 종말이 틀림없다고 생각한 건 바로 때문이었
다. 홈쇼핑 네트워크가 정규 프로그램을 대신 하다니………
그건 상상도 못할 일이었다.

국제무역센터로, 펜타곤으로, 그리고 펜실베이니아의 이름
없는 들판으로 비행기 몇 대를 처박은 무슬림들의 실험은, 그
들의 즉각적인 천국 이주라는 점에서 대단한 성공이었다.

모두 열아홉 명.

그들 모두 이름이 있었다.

윈드햄의 아내는 대단한 책벌레였다. 그녀는 침대에서 책

을 읽다가 잠들기 바로 전에 북마크로 표시를 해두었다. 1년 전 그녀의 생일선물로 준 마분지 북마크였다. 위에는 털실 리본이 달려 있고, 눈 덮인 봉우리 위에 무지개가 걸린 그림이 그려 있는데, 북마크엔 이런 글이 적혀 있었다. '웃어라, 하느님께서 그대를 사랑하시는 도다.'

윈드햄은 책을 별로 좋아하지 않지만 세상이 끝나는 그날 무심코 아내의 책을 집어 들고 처음 몇 페이지를 읽다가 의외의 재미를 느꼈다. 첫 챕터에, 하느님은 독실한 기독교신자 모두를 천국으로 휴거시켜버린다. 완전히 거짓말은 아니다.

자동차와 기차와 비행기를 타던 기독교도들은 결국 사유재산에 중대한 손실을 입었을 뿐 아니라 무수한 인명손실도 이어졌다. 윈드햄이 그 책을 읽었다면, UPS트럭에서 본 범퍼스티커를 떠올렸을 것이다. "경고, 휴거가 발생할 경우 이 차엔 운전사가 없습니다." 스티커엔 그렇게 적혀 있다. 그리고 그 스티커를 볼 때마다 윈드햄은 자동차 충돌, 비행기 추락, 수술대 위에서 죽은 부모들을 생각했다. 사실, 아내 책의 시나리오도 거의 비슷했다.

윈드햄도 매주 일요일 교회에 갔지만, 독실하지 못한 수백만의 인명은 어떻게 되는 건지 염려스러울 때가 있었다. 그러니까, 무신론자들도 있겠지만 인도네시아 같은 데서 태어난 지형학적 피해자도 있을 것이다. 길을 건너다가 그런 차를 만나면 어쩌지? 아니면 잔디를 돌보는데 비행기들이 하필 그곳에 곤두박질치면?

   아직 얘기는 끝나지 않았다.

   세상이 끝나는 날, 윈드햄은 무슨 일이 있었는지조차 몰랐다. 그의 알람시계는 언제나처럼 울렸고 그는 평상시의 과정을 이어갔다. 거실 욕실에서의 샤워, 보온병에 커피, 싱크대 위에서의 식사(이번엔 살짝 맛이 간 초콜릿 도넛이었다.), 그리고 침실로 돌아가 아내한테 작별인사까지 했다.

   "오늘도 잘 지내." 그는 언제나처럼 상체를 기울여 아내를 살짝 흔들었다. 깨우자는 게 아니라 그냥 일어나 앉는 정도면 충분했다. 국경일과 2주간의 여름 유급휴가를 제외한 16년간의 의식이 아닌가. 당연히 이력이 날 대로 난 행동이다. 이제는 한 치의 오차 없이 실제로 깨우지 않고 꿈틀거리게 만들 수 있었다.

   아내가 얼굴을 베개에 파묻지도 미소를 짓지도 않았다는 사실에 놀랐다고 말한다면 그건 거짓말이다. 그는 경악했다. 또 다른 문제도 있었다. "으으으음"도 없었다. 따뜻한 아침 침대의 화려한 "으으으음"도, 나 감기에 걸렸나 봐. 머리가 아파 식의 코맹맹이 "으으으음"도 없었다.

그 어떤 "으으으음"도.

에어컨도 꺼진 터였다. 그리고 처음으로 윈드햄은 이상한 냄새를 맡았다. 상한 우유나, 씻지 않은 발처럼 시큼한 냄새.

윈드햄은 어둠속에 선 채, 지독한 불안감을 느끼기 시작했다. 모니카의 거실에서 비행기들이 거듭해서 국제무역센터를 향해 돌진하는 장면을 볼 때보다 불안한 기분이었다. 그때도 강렬하긴 했지만 그래도 사적인 느낌은 '거의' 없었다……. '거의'라고 말한 건, 조카 하나가 칸토 피츠제럴드[22]에 근무하고 있었기 때문이다(그녀의 이름은 크리스였다. 윈드햄은 매년 생일 축하 카드를 보낼 때마다 주소록을 뒤져야 했다.). 하지만 아내가 "으으으음"을 생략했을 때의 불안감은 너무도 강력하고 또 너무도 개인적이었다.

윈드햄은 불안한 마음으로 아내의 얼굴을 만져보았다. 마치 밀랍으로 만든 여자를 건드리는 기분이었다. 무생물의 차가운 질감. 그가 세상의 종말을 감지한 건 바로 그 순간이었다. 정확히 그 순간.

그 후의 얘기들은 그저 잡설에 불과하다.

---

22) 국제무역센터에 사무실이 있던 글로벌 금융 기업으로 1000명의 직원 중 700명이 사망한 것으로 알려졌다.

미친 과학자들과 부패한 관료들을 열외로 하면, 종말 이야기의 등장인물들은 전형적으로 세 가지 유형으로 나뉜다.

첫 번째는 까칠한 개인주의자다. 화기를 다루는 데에 산파 역할까지 못하는 게 없는, 자주적이고 인습타파적인 독불장군들. 이야기 끝에 그들은 서구 문명의 재건을 향해 힘차게 전진할 것이다. 과거의 악행을 반복하지는 않는다.

두 번째 변형은 묵시론적 악당이다. 이런 인물들은 종종 무리를 져서 등장하며 무기력한 생존자 유형과 대비된다. 종말론의 영화적 화신을 좋아한다면 사슬 달린 가죽옷과 펑크 머리, 개조 자동차 등의 상징으로 이들을 알아볼 수 있을 것이다. 무기력한 유형과 달리, 이들 묵시론적 악당들은 과거의 악행들을 선호하지만 겁탈이나 약탈 등의 방종도 담담하게 받아들인다.

세 번째 유형의 인물도 전자의 두 부류보다는 덜하지만 그래도 무척 빈번히 등장한다. 세파에 지친 니힐리스트들. 그런 인물들은 윈드햄처럼 종종 폭음에 빠지고, 윈드햄과 달리 심한 권태에 시달린다. 물론 윈드햄도 고통을 겪기는 하나, 그 원인이 권태는 아니다.

아무리 잡설이라고 무조건 외면할 수는 없겠다.

윈드햄도 사랑하는 사람의 죽음을 목격한 사람들과 똑같이 행동했다. 그는 전화를 들어 911버튼을 눌렀다. 하지만 통신선이 잘못 되었는지 아무도 받는 사람이 없었다. 윈드햄은 심호흡을 하고 부엌으로 돌아가 연장선을 확인한 다음 다시 시도해 보았으나 결과는 마찬가지였다.

물론 세상의 종말이 원인이었다. 전화를 받아야 할 사람들은 모두 죽었다. 도움이 될지는 모르겠지만 사람들이 쓰나미 같은 데 쓸려나가는 장면을 떠올려보라. 1960년 파키스탄 인 3000여 명이 그런 식의 폭풍에 희생된 바도 있었다. 아, 그렇다고 윈드햄의 911호출에 응답해야 할 교환원들이 그렇게 죽었다는 얘기는 아니다. 그런 건 나중에 일어날 일이다. 중요한 건, 그들이 한순간 살아 있다가 다음 순간 모두 죽었다는 사실이다. 윈드햄의 아내처럼.

윈드햄은 전화 통화 시도를 포기했다.

그는 침실로 돌아가, 15분 정도 섣부른 마우스투마우스 인공호흡에 도전했지만 결국 그마저 포기해 버렸다. 그리고 딸의 침실로 갔다(딸은 엘렌이라는 이름의 열두 살 소녀였다.). 아이는 똑바로 누운 채 살짝 입을 벌리고 있었다. 그가 손을 뻗었다. 아이를 깨워 끔찍한 일이 벌어졌다고 말할 참이었다. 엄마가 죽었다고……. 하지만 그 끔찍한 일은 딸한테도 영향을 미쳤다. 정말로 끔찍했다.

윈드햄은 공황에 빠졌다.

그는 밖으로 달려 나갔다. 최초의 붉은 기운이 지평선을 넘어오고 있었다. 이웃집 자동 관개시스템이 켜지며 조용히 물을 뿌리기 시작했다. 그는 잔디를 가로질러 달려갔다. 얼굴에 닿는 스프링클러의 물이 누군가의 차가운 손길 같았다. 그는 소름을 억누르며 이웃집 현관에 서서, 비명을 지르고 두 주먹으로 문을 두드렸다.

한참 후(얼마나 되었는지는 모르겠다.) 끔찍한 정적이 그를 휩쌌다. 소리라고는 스프링클러가 전부였다. 길모퉁이 가로등 불빛 속으로 호선의 물분수를 뿌리는 자동기계.

그때 문득 비전이 있었다. 정말로 예지의 경지에 이르기라도 한 기분이었다. 비전 속에서 그가 본 건, 눈앞에 펼쳐진 조용한 교외의 집들이었다. 그는 조용한 침실들을 보고, 시트 밑에 웅크리고 잠들어 다시는 깨어나지 못할 수많은 사람들을 보았다.

윈드햄이 숨을 삼켰다.

그러고는 불과 20분 전만 해도 상상도 하지 못했을 일을 시도했다. 벽돌 사이의 은닉처에서 열쇠를 꺼내 이웃집으로 들어간 것이다.

이웃집 고양이가 시비를 걸 듯 야옹거리며 옆을 빠져나갔다. 그가 손을 뻗어 놈을 잡으려는데 다시 예의 여린 악취가 코를 파고들었다. 상한 우유도 아니고 발 냄새도 아니었다. 그보다는 더 독한 냄새. 썩은 기저귀나 막힌 변기 같은.

윈드햄이 허리를 세웠다. 고양이는 이미 잊었다.

"험? 로빈?" 그가 불러보았다.

조용.

안으로 들어간 후 윈드햄은 전화를 들고 911을 눌렀다. 그리고 오랫동안 듣고 있다가 수화기를 바닥에 떨어뜨렸다. 크래들에 돌려놓을 이유도 없었다. 그는 조용한 집 안 깊이 들어가기 시작했다. 안방 문 앞에서 잠시 망설이기는 했다. 이제, 오줌과 똥이 섞인 냄새, 그러니까 인간의 모든 근육이 한꺼번에 이완됨으로써 발생한 악취는 더욱 강해졌다. 그가 다시 속삭여보았다.

"험? 로빈?"

대답을 기대한 건 아니었다.

윈드햄이 조명을 켰다. 로빈과 험은 침대 위에 있었다. 꼼짝도 않고. 그가 가까이 다가가 두 사람을 내려다보았다. 그의 머릿속으로 주마등 같은 이미지들이 스쳐 지나갔다. 동네 파티에서 그릴을 굽거나 마당 채소밭에서 일하는 부부의 모습…… 험과 로빈은 토마토를 재배했다. 아내도 두 사람의 토마토를 좋아했다.

윈드햄은 목이 멨다. 한동안 다른 곳을 돌아다녀도 보았다. 온 세상이 깜깜했다.

다시 험과 로빈의 거실로 돌아왔다. 그리고 TV 앞에 서서 스위치를 넣고 채널을 모두 돌려보았다. 아무것도 없었다. 말 그대로 아무것도 없었다. 오직 백색 화면뿐. 75개의 순백색 채널. 윈드햄의 기억에 세상의 종말은 늘 방송으로 보도되었다. 그런데 방송이 하나도 없다니…… 그야말로 진정한 종말이 아니고 무엇이겠는가.

물론 텔레비전이 인간의 경험을 증명해 준다는 말은 아니다. 세상의 종말이든 그 밖의 다른 것이든.

사람들에게 폼페이에 대해 물어보라. TV가 있기 2000년 전인 서력 79년, 대부분의 시민들이 화산 폭발로 죽지 않았던가? 베수비오 화산이 분당 6킬로미터의 속도로 용암을 쏟아 부었을 때 1만 6000명가량이 목숨을 잃었다. 그리고 약간의 지질학적 특이성으로 인해, 그들 중 일부는(비록 껍데기뿐이겠으나) 굳은 화산재 속에 보존되기도 했다. 두려움에 일그러진 얼굴로 자비를 구하느라 두 팔을 펼친 시체들.

입장료만 내라. 그럼 오늘 당장 가서 볼 수도 있다.

솔직히, 내가 좋아하는 종말 시나리오는 따로 있다.

식육식물.

윈드햄은 차를 타고 도움을 찾아보기도 했다. 작동하는 전화나 TV, 아니면 지나가는 행인이라도…… 결과는 작동불능의 전화기들과 TV뿐이었다. 아, 작동 불능의 사람들도 추가해야겠다. 수많은 시체들. 그들을 찾는 건 생각만큼 쉬운 일은 아니었다. 거리에 널브러진 것도 아니고, 교통정체 와중에 자가용 운전대를 잡고 죽은 것도 아니다. 그래도 유럽 어딘가에선 정말로 그런 일이 벌어졌을 수도 있을 것이다. 참상이 (참상이든 뭐든) 아침 러시아워에 떨어졌을 테니 말이다.

이곳에선 대부분의 사람들이 집 안 침실에 갇혀 있었고, 덕분에 도로는 평소보다 훨씬 한산했다.

윈드햄은 당혹해 하며(사실은 멍한 채) 직장으로 차를 몰았다. 그때쯤 충격을 받았을 수도 있겠다. 냄새에는 익숙해졌다. 야간근무자들의 시체들도(그중엔 16년 동안 친하게 지낸 사람들도 있지만) 별 감흥을 주지 못했다. 그가 충격을 받은 건, 택배 분류지역에 쌓인 꾸러미들이었다. 갑자기 그 어느 것도 배달되지 않을 거라는 사실에 더럭 겁이 났다. 그래서 그는 트럭에 짐을 싣고 담당지역을 돌기 시작했다. 왜 그

일을 하는지는 그도 몰랐다. 아마도 언젠가 본 영화 때문일 것이다. 종말 이후의 표류자가 미국 집배원 복장을 주워 입고 그의 담당지역을 인계받음으로써, 그를 기화로 서구문명을 재건한다는(과거의 악당들 흉내를 낸 건 아니다.) 내용이었다. 하지만 윈드햄 자신의 노력은 금세 무의미하게 되고 말았다.

그가 포기한 이유는 홈쇼핑 네트워크 중독 여성 모니카가 더 이상 택배를 수령하지 않기 때문이었다. 그녀는 부엌 바닥에 얼굴을 묻고 쓰러져 있었다. 한 손엔 산산조각 난 커피머그잔이 들려 있었다. 일단 숨을 거두자 그녀는 더 이상 예쁜 얼굴도 좋은 성격도 못 되었다. 그저 다른 사람과 똑같은 불쾌한 악취뿐이었다. 그래도 윈드햄은 제일 오랫동안 그녀를 내려다보았다. 도저히 시선을 돌릴 수 없는 사람처럼.

한참 후 윈드햄은 그녀의 거실로 들어갔다. 한때 3000여 명의 죽음을 보았던 바로 그 거실. 그는 직접 그녀의 꾸러미를 개봉했다. UPS 규칙에 따르면, 홈쇼핑 네트워크 여성의 거실은 그 자체로 묵시론적 폐허가 되고 만 셈이다.

윈드햄은 테이프를 뜯어 바닥에 던졌다. 상자 안에는 버블랩이 삼중으로 깔려 있고 그 안에 엘비스 프레슬리의 사기 동상이 들어 있었다.

로큰롤의 황제 엘비스 프레슬리는 1977년 8월 16일, 화장실에 앉은 채로 죽었다. 부검 결과 그는 상당량의 처방약을 복용 중이었다. 코데인, 에치나메이트, 메타콸론, 다양한 바르비탈산염까지. 의사들은 또한 그의 혈관 내에서 발륨, 데메롤을 비롯한 조제약들의 흔적도 찾아냈다.

윈드햄은 한동안 세상의 종말이 국지적 현상이라는 환상으로 자신을 위로했다. 그는 홈쇼핑 네트워크 여성의 집 밖에 트럭을 세워놓고 앉아 구조대를 기다렸다. 사이렌 소리나 헬기소리 같은. 그는 엘비스 동상을 보듬어 안고 잠이 들었다가 새벽에 깼다. 트럭에서 자는 바람에 온몸이 뻐근했는데, 길 잃은 개 한 마리가 밖에서 코를 킁킁 대고 있었다.

아무래도 구조대는 오지 않을 모양이다.

윈드햄은 개를 쫓아버리고 엘비스를 조심스레 보도 위에 올려놓은 다음, 트럭을 몰고 도시를 빠져나갔다. 이따금 여기저기 차를 세우기는 했으나, 그때마다 죽은 아내의 뺨에 손을 대는 순간 직감했던 바를 확인할 뿐이었다. 세상의 종말. 그가 본 거라고는 작동불능의 전화기, 작동불능의 TV, 그리고 작동불능의 인간들뿐이었다. 차를 모는 동안에는 작동불능의 라디오 채널 잡음만 들었다.

여러분도, 윈드햄처럼, 주변의 모든 사람들을 기습한 파국에 호기심이 있을지 모르겠다. 어쩌면 윈드햄이 살아남은 이유가 궁금할 수도 있을 것이다.

종말이야기는 전형적으로 그런 일에 대해 일종의 빅딜이 개입하지만 윈드햄의 호기심을 풀어줄 방법은 없다. 여러분 호기심도 마찬가지다. 개똥 같은 일은 언제든 일어나는 법이다.

어차피 세상의 종말이 아닌가.

공룡들도 자신의 멸종 원인을 알고 죽은 건 아니다.

대부분의 과학자들은 직경 15킬로미터의 유성이 유카탄반도 남쪽에 처박힌 사실을 공룡 멸종의 이유로 꼽고 있다. 그로 인해, 대규모의 쓰나미, 허리케인 급의 바람, 범세계적 산불, 그리고 빈번한 화산 활동들이 초래되었다. 그 분화구는 아직도 남아 있다. 직경 200킬로미터 깊이 2킬로미터의 대형 구덩이…… 하지만 공룡들은 다른 종의 75퍼센트와 함께 사라지고 말았다. 대부분은 충격에 직접 희생되어 그대로 증발했으며, 최초의 파국을 이겨낸 공룡들도 산성비가 세상의 물을 오염시키고 먼지가 태양을 가리면서 사라지고 만다.

한 마디 덧붙이자면, 그 충격은 집단 멸종의 오랜 세월 중에서도 가장 드라마틱한 사건이었다. 이런 규모는 대략 3000만

년 주기로 화석기록에 반복된다. 일부 과학자들은 이런 식의 주기를 은하계를 통과하는 태양계의 주기와 연관 짓고 있다. 오르트 성운[23]에서 수백만 개의 혜성이 풀려나와 지구를 맹공하기 때문이라는 얘기다. 아직 논쟁의 여지가 많지만, 이 가설은 파괴의 힌두신 이름을 따서 '시바 가설'이라 불린다.

리스본의 주민들은 1755년 11월 1일에 대한 언급이 달갑지만은 않을 것이다. 바로 리히터 규모 8.5의 강진이 도시를 때린 날이다. 지진은 1만 2000채에 달하는 건물을 붕괴하고 도시를 6일 동안 불태웠다

그리고 6만 이상의 시민들이 목숨을 잃었다.

이 사건은 볼테르로 하여금 『캉디드』를 쓰게 했으며, 그 속에서 팡글로스 박사는 지금이야 말로 우리가 꿈꿀 수 있는 가장 최상의 세계라고 조언해 준다.

윈드햄은 트럭에 기름을 채울 수도 있었다. 하이웨이의 어느 출구를 나가도 근처에 주유소가 있고 여전히 완벽하게 기능했다. 하지만 그도 귀찮기만 했다.

---

23) 명왕성 밖의 궤도를 돌고 있는 혜성군.

트럭에 기름이 떨어지면 그는 길가에 차를 세운 다음 아무 들판이나 가로질러 갔다. 어두워지기 시작하면(아직 어둠이 어떻게 지는지의 명상에 빠지기 전이다.) 가까운 집에 들어가 한기를 피했다.

괜찮은 집이었다. 시골도로에서도 깊이 들어간 2층 벽돌집. 앞마당엔 커다란 나무들이 몇 그루 있고 뒤쪽엔 그늘진 잔디가 숲을 향해 경사를 이루었다. 숲은 현실세계가 아닌 영화에서나 봄직한 그런 종류였다. 거대한 고목들 사이로 낙엽이 잔뜩 깔린 널따란 산책길. 아내가 봤다면 너무도 좋아했으련만…… 그러고 보니 안으로 들어가기 위해 유리창 하나를 깨뜨린 것도 후회스러웠다. 하지만 도리가 없었다. 세상은 멸망했고 그는 잠을 잘 곳이 필요했다. 그러니 어쩌란 말인가?

그곳에서 머물 계획은 아니었지만 다음 날 아침 일어났을 때 딱히 갈 곳을 정할 수가 없었다. 그는 2층 침실에서 작동불능의 노부부를 찾아내, 아내와 딸에게도 해주지 못한 일을 해주었다. 차고에서 삽을 들고 나와 앞마당에 무덤을 파기 시작한 것이다. 한 시간쯤 지났으려나? 두 손에 물집이 생기고 갈라지기 시작했다. 근육도 반란을 일으켰다. 오랫동안 UPS 트럭 운전대만 잡은 터라 늘어질 대로 늘어진 근육들이다.

그는 한참을 쉰 다음에 노부부를 주차장에 주차되어 있던 차에 실었다. 주행거리가 6만 킬로미터를 오르내리는 회청색 볼보 스테이션왜건. 그는 그들을 2~3킬로미터쯤 떨어진 곳으로 데려가 너도밤나무 숲속에 나란히 뉘었다. 떠나기 전에 무슨 말인가를 하려 했으나(아내도 그걸 바랐을 것이다.) 적당한 말이 떠오르지 않아, 결국 포기하고 집으로 돌아갔다.

어차피 잘된 일인지도 모르겠다. 윈드햄은 몰랐지만 노부부는 유태인이었다. 윈드햄과 그의 아내가 속한 신앙에 따르면, 어차피 그들은 지옥의 불 속에 영원히 던져져야 할 존재들이다. 둘 다 1세대 이민자들이라, 친척 대부분은 이미 다카우와 부헨발트의 오븐에서 타버렸을 것이다. 그들에게 화장은 전혀 새로운 일이 못 된다.

불 얘기를 좀 더 해보자. 1911년 3월 25일, 뉴욕 시의 트라이앵글 셔트웨이스트 공장의 불로 146명이 죽었다. 절도를 우려한 주인이 출구를 걸어 잠근 탓에 인명 피해가 기하학적으로 늘어난 것이다.

로마도 불에 탔다. 소문에 따르면 네로의 장난이었단다.

윈드햄은 집으로 돌아와 부엌 장식장에서 술 병 하나를 찾아냈다. 종말 이전에야 대단한 술꾼이 못 되었지만 이제 와서 마다할 이유가 없었다. 그의 실험은 대성공이어서 그는 밤마다 현관에 나가 앉아 하늘을 올려다보며 진을 마셨다. 어느날 밤에는 비행기를 봤다고 생각했다. 하늘 높이 깜빡거리며 호선을 그리는 불빛…… 하지만 술이 깬 다음에는 인공위성이라고 결론을 내렸다. 여전히 이 혹성을 돌면서 텅 빈 방송국과 무인의 지휘본부마다 전파를 송신하고 있는 위성.

하루 이틀 후 전기가 나가고 그 다음엔 술이 떨어졌다. 윈드햄은 볼보를 타고 마을 수색에 나섰다. 종말 이야기의 인물들은 보통 두 가지 유형의 자동차를 이용한다. 니힐리스트 도시인들은 개조 스포츠카를 선호하며 종종 호주의 해안선을 따라 질주한다. 이유는 그밖에 살아야 할 이유를 찾지 못했기 때문이다. 다른 사람들은 억센 SUV를 탄다. 1991년 걸프전쟁 이후(그 전쟁에서 약 2만 3000명이 희생되었는데 대개가 미국 스마트 폭탄에 희생된 이라크 징집병들이다.), 군용 타입의 험비가 유행한 적이 있었다. 하지만 윈드햄한테는 볼보가 적격이었다.

그를 쏘는 사람은 아무도 없었다.

야생으로 돌아간 개떼들도 공격하지 않았다.

불과 15분 정도 달리자 마을이 나타났다. 약탈 흔적은 어디에도 없었다. 약탈해야 할 사람들까지 모두 죽어버리는 것.

세상의 종말이란 바로 그런 거다.

도중에, 스포츠용품점을 지났지만 호신용 무기 따위를 챙길 이유가 없었다. 그밖에도 버려진 차들을 수도 없이 지났지만 기름을 빼낼 생각도 없었다. 그는 주류 전문점에 차를 세우고, 돌멩이로 윈도를 깬 다음 진, 위스키, 보드카 상자를 몇 개 챙겼다. 슈퍼마켓에도 들렀다. 그곳에도 야간 근무자들의 썩어가는 시체들이 카트 옆에 대자로 뻗어 있었다. 끝내 상품들을 진열하지 못하고 숨을 거둔 것이다. 그는 손수건으로 코를 막고 토닉워터를 비롯한 믹스 음료들을 챙겼다. 통조림도 몇 종류 집기는 했지만 당장 필요한 것 외에 쌓아둘 필요성은 아직 느끼지 못했다. 생수는 무시했다.

그리고 도서 코너에서 바텐더 가이드 한 권을 찾아냈다.

종말이야기에는 언제나 생존자가 둘이 나온다. 남자와 여자. 이 두 생존자는 당연하다는 듯 지구의 인구를 늘려나간다. 과거의 악행을 따르지 않고 서구문명을 재건하기 위한 위대한 노력의 일환인 셈이다. 그들의 이름은 일부러 감추었다가 이야기 결말 때에나 공표되는데, 어김없이 아담과 이브였다.

어떤 점에선, 거의 모든 종말 이야기들이 아담과 이브 이야기라 할 수 있다. 그 이야기들이 인기있는 이유도 거기에 있다. 까놓고 얘기하자면, 내 성생활이 무기한 보류된 현 상황에서(아아, 쪽팔리는 얘기를 하자면 그런 식의 섹스 없는 부부 생활이 빈번했던 것도 사실이다.), 아담과 이브의 대학살-묵시론 판타지들이 묘하게 위로가 되었음을 인정해야겠다. 유일한 생존자가 됨으로써 내 요구에 대한 거부 가능성이 현저히 줄어들었을 뿐 아니라, 수행불안을 실질적으로 제로 수준으로 떨어뜨려주었기 때문이다.

이 이야기에도 여자는 있다.
하지만 크게 기대하지는 말 것.
윈드햄이 벽돌집에서 2주쯤 살고 있을 때였다. 그는 노부부의 침실에서 잠을 잔다. 아주 깊은 잠인데, 아마도 진 때문일 것이다. 몇 날 아침을 그는 혼란 상태로 깨어나, 아내를 찾거나, 어떻게 이런 곳에 와 있는지 당혹해한다. 그렇지 않으면 지금까지 모든 것이 꿈이며, 자신은 지금 그의 침실에 있다고 생각하며 잠에서 깬다.

그런데 어느 날 일찍 잠에서 깨어난다. 아직 동트기 전의 잿빛 하늘이다. 누군가 아래층에서 움직이고 있다. 호기심은 있지만 그렇다고 두렵거나 하지는 않는다. 스포츠 용품점에서 총이라도 하나 챙길 걸 하는 후회도 없다. 평생 총을 쏴본 적도 없지 않은가. 아무리 살육의지로 똘똘 뭉친 묵시론적 살인마라 해도, 이 상황에서 누군가를 쏜다면 그 역시 무너지고 말 것이다.

아래층으로 내려가면서도 자신의 존재를 감추려 하지도 않는다. 거실에 여자가 한 명 있다. 못생긴 얼굴은 아니다. 엷은 색의 금발머리, 군살 없는 날렵한 몸매. 스물다섯에서 서른 정도의 젊은 나이. 그다지 깨끗하지도 않고 냄새도 났지만, 최근 윈드햄의 최고 관심이 위생일 리는 없다. 사실 그 자신도 나을 바가 전혀 없다.

"잠잘 곳을 찾고 있었어요." 여자가 말한다.

"2층에 여분의 침실이 있습니다." 윈드햄이 일러준다.

다음 날 아침(사실, 거의 정오에 가깝지만 윈드햄은 최근에 늦잠 자는 습관이 생겼다.), 두 사람은 함께 식사를 한다. 여자는 팝타트, 윈드햄은 시리얼 한 사발이다.

두 사람은 서로의 경험을 나누지만 우리가 그 얘기까지 들을 필요는 없다. 지금은 종말이고, 어떻게 된 영문인지는 몰라도 여자도 윈드햄이나 여러분이나 다른 누구보다 많이 알지는 못한다. 그래도 얘기를 하는 쪽은 대부분 여자다. 윈드햄이야 애초부터 달변가와 거리가 멀다.

그는 그녀에게 있어달라고 부탁하지 않는다. 떠나라는 말
도 하지 않는다.

하루 종일 그런 식이다.

이따금 섹스 문제가 세상의 종말을 야기한다.

아담과 이브 얘기를 한 번만 더 허락한다면, 섹스와 죽음은
세상의 시작에서 종말까지 긴밀한 관계가 있다고 하겠다. 이
브는 신의 경고에도 불구하고 선악과의 열매를 따 먹고 자신이
벌거벗었음을, 이른바 성적 존재임을 깨닫는다. 그리고 아담에
게도 과일을 물림으로써 그마저 성의 자각으로 끌어들인다.

신은 두 조상을 낙원에서 내쫓고 세상에 죽음을 도입하는
식으로 아담과 이브를 징계한다. 요컨대 그게 시초였다. 최초
의 종말. 에로스와 타나토스의 완벽한 결합. 그 모든 것이 바
로 이브의 잘못이었다.

페미니스트들이 그 이야기를 싫어하는 것도 당연하다. 잘
생각해 보면 그것만큼 여성성에 대한 모멸적인 견해도 없기
때문이다.

우연의 일치겠지만, 내가 좋아하는 종말 이야기 하나도 그
런 식이다. 타임워프에 빠진 우주인들 이야기인데, 그들이 워
프를 탈출했을 때 남자들이 모두 죽어 있었다. 그 후로는 여

자들끼리 잘 해왔다. 더 이상 번식을 위해 남자가 필요하지도 않았다. 아니, 잘해낼 뿐 아니라, 양성 사회에 내포된 혼란이 배제된 덕에 훨씬 안정되어 있다고 해야겠다.

하지만 남자들이 그냥 두고만 볼까?

아니다. 결국 남자가 아닌가. 그들은 성적 지배의 필요에 따라 움직이는 존재들이다. 유전학적으로 그렇게 인코딩되었기 때문이다. 그리고 머지않아 그들은 에덴을 또 다른 영락도시로 만들어버리는데 그 무기가 바로 섹스다. 남성 특유의 폭력적인 섹스, 섹스보다는 폭력에 가까운 섹스다. 겁탈.

물론 사랑하고는 개뿔도 상관없는 얘기다.

잘 생각해 보면 그건 남성성에 대한 모멸적 견해이기도 하다. 변화가 많을수록 아집에 빠져드는 존재. 적어도 내 생각은 그렇다.

그럼 윈드햄은?

윈드햄은 3시쯤 현관으로 나간다. 언제나처럼 토닉도, 진도 챙긴다. 여자가 어디 있는지는 모르지만 특별한 관심이 있는 것도 아니다.

여자가 접근한 건 몇 시간째 혼자 앉아 있을 때다. 몇 시인지는 모르겠지만 바람에 아련한 안개가 차는 것으로 보아 동이 틀 때가 얼마 남지 않은 모양이다. 어둠이 숲 아래로 모이기 시작하고 귀뚜라미들도 나타난다. 어찌나 평온한지 윈드햄은 세상의 종말이라는 사실조차 깜빡 잊고 만다.

그때 덧문이 닫히고 여자가 밖으로 나온다. 윈드햄은 순간 여자가 변했음을 깨닫는다. 뭔가 치장한 것이다. 여자의 마술. 아내도 늘 그랬다. 그래서 언제나 예뻐 보였지만 때로는 정말로 기가 막힐 때도 있었다. 약간의 분칠. 약간의 연지. 약간의 립스틱.

그는 그녀의 노력에 감사한다. 진심으로. 사실 기분도 좋다. 그녀는 매력적인데다 지적이기까지 한 여성이다.

아니, 사실, 그냥 관심이 없다.

그녀가 그의 옆에 앉아 수다를 떤다. 별다른 표현은 하지 않았지만 그녀의 요점은 세상을 사람으로 채우고 서구 문명을 재건하자는 얘기다. 의무 얘기도 한다. 그 얘기를 꺼낸 이유는 지금이 바로 그런 얘기를 할 때이기 때문이지만, 그 언저리에 깔린 의미는 언제나 섹스다. 그리고 다시 더 깊이 내려가면 그곳엔 고독이 있다. 그도 공감한다. 진심으로. 한참 후, 그녀가 윈드햄을 건드리나 그는 아무 느낌도 없다. 차라리 그 자리에서 죽고만 싶다.

"왜 그래요?" 그녀가 묻는다.

윈드햄은 어떻게 대답할지 난감하다. 종말이라는 게 섹스를 논할 때가 아니라는 얘기를 어떻게 할 수 있다는 말인가. 인류의 종말은 전혀 다른 의미이지만 표현할 방법이 없다.

그래서, 어쨌든, 윈드햄의 아내 얘기를 해보자.

그녀의 협탁 위엔 또 다른 책이 있다. 매일 밤이 아니라 일요일에만 읽는 책인데, 종말이 있기 바로 전 주, 그녀가 읽던 이야기는 욥의 이야기다.

여러분은 그 이야기를 아는가?

얘기는 이런 식이다. 하느님과 사탄이 내기를 한다. 두 존재의 관계는 어쨌든 천적이라는 개념이 제일 어울릴 법하다. 둘의 내기는 하느님의 가장 충실한 하인이 얼마나 엿 먹어야 신앙을 부인할지 알아맞히는 것이다. 하인의 이름이 바로 욥이다. 둘은 내기를 걸고 하느님이 먼저 욥을 엿 먹이기 시작한다. 그의 재산을 빼앗고, 소들을 빼앗고, 건강을 빼앗고, 친구들을 빼앗고…… 그리고 윈드햄이 가장 인상 깊게 생각하는 장면인데, 마침내 욥의 아이들까지 빼앗는다.

아, 부연하자면, 이 문맥에서 '빼앗다'는 '죽이다'로 읽혀야 한다.

이해가 가는가? 자바와 수마트라 사이의 화산섬, 크라카토아 같은 얘기다. 1883년 8월 27일, 크라카토아가 폭발해 80킬로미터 상공으로 화산재를 토하고, 8입방 킬로미터의 바위를 토해냈다. 그 충격은 5000킬로미터 밖에까지 들렸으며 40미터 높이의 쓰나미를 만들어냈다. 자바와 수마트라 해안선을 따라 이어진 성냥갑 같은 집들이 그 물벽에 휩쓸렸다고 상상해보라.

3만 명이 죽었다.

욥의 아이들도 죽었다. 이름 없는 3만의 자바인들처럼.

그럼 욥은? 그는 미친 듯이 엿을 먹는다. 그래도 절대 하느님을 포기하지 않을 참이다. 그리고 신앙을 지킨 덕분에 보상도 받는다. 하느님은 재산을 돌려주고 소도 돌려준다. 건강도 돌려주고 친구들도 물론 돌려준다. 그리고 아이들도 대체해준다. 경고. 종말 이야기에선 단어 선택이 생명이다.

난 '대체'라고 했다. '복원'이 아니라.

원래의 아이들? 그들은 죽었다. 사망. 작동불능. 공룡처럼, 나치가 무자비하게 태워 죽인 1200만의 유태인처럼, 르완다에서 학살당한 50만의 시민처럼, 캄보디아의 희생자 1700만 명처럼, 대서양 중간항로에서 신에게 바쳐진 6000만의 제물처럼, 영원히 지구에서 소멸한 것이다.

철없는 장난꾸러기 하느님.

악마.

    종말 이야기가 말하고자 하는 핵심은 바로 그거다. 나머지
는 기껏 잡설일 뿐이다. 윈드햄은 그 얘기를 하고 싶었다.

    그때쯤 여자는(여자한테 이름이 있었으면 좋겠는가? 물론 그
럴 자격이 있다. 안 그런가?) 나지막이 흐느끼기 시작했다. 윈
드햄은 술을 가지러 자리에서 일어나 어두운 부엌으로 들어
간다. 잠시 후 그가 현관으로 돌아와 진토닉을 만든다. 그는
그녀의 옆에 앉아 차가운 잔을 그녀에게 건넨다. 그가 할 수
있는 일은 그뿐이다.
    "이거…… 마셔요. 도움이 될 거예요." 그가 말한다.

황혼의 노래 | 데이비드 그리가 |

데이비드 그리가는 과작(寡作) 작가이며, 그것도 1976년에서 1985년 사이의 작품뿐이다. 「황혼의 노래」는 그가 출간을 허락한 첫 작품으로, 선집 『내일을 넘어서(Beyond Tomorrow)』에 처음 등장했다. 명실 공히 미국 SF 판타지 작가협회의 그랜드마스터 여섯 명과 어깨를 나란히 한 것이다. 2004년, 이 글은 텔테일 위클리(www.telltaleweekly.org)의 알렉스 윌슨에 의해 오디오북으로 만들어지고, 그리가의 단편선 『아일랜드』에도 수록되었는데, 지금은 그의 웹사이트 www.rightword.com.au에서 무료 다운로드가 가능하다. 그리가는 호주 디트마르 상에 여러 번 후보에 오른 바 있다. 한 번은 단편소설로, 두 번은 팬진 작가로서, 그리고 한 번은 팬진 『패나키스트』의 편집자로서였다.

그리가는 이 이야기의 씨앗이, 체홉의 「세 자매」에 나오는 대사 한 마디라고 전한다. 세 자매 중 하나인 투젠바흐는 "상상력이 너무 기발하게 발동하면, 그걸 이해할 사람은 아무도, 아무도 없다니까요!" 라고 말한다. 문명이 사라질 경우 바로 그 천재들이 어떻게 이겨내고, 또는 이겨내지 못할지에 대해 고민하기 시작한 계기가 바로 버려진 재능의 슬픈 아이러니였다. 그리가의 말에 의하면 문화란 문명의 부수현상이다. 그럼 문명이 없다면 문화는 완전히 무의미해지는 걸까?

쇠메를 찾는 데 3주가 걸렸다. 폐허가 된 슈퍼마켓의 깨진 콘크리트와 녹슨 쇳덩이 사이를 파고 다니는 쥐들을 잡는 중이었다. 태양은 도시의 들쭉날쭉한 지붕들 위로 넘어가며, 옆 건물마다 거대한 묘비석 같은 그림자를 드리웠다. 어둠의 경계도 이제 잡석들밖에 남지 않은 가게를 슬금슬금 넘보았다.

그는 조심스럽게 콘크리트 조각들을 하나하나 들추고 뒤틀린 금속 뒤를 살폈다. 쥐새끼들이 숨을 만한 구멍이나 은신처를 찾기 위해서다. 수 년 간의 약탈에도 불구하고 행여 남아 있을지 모를 통조림을 위해 커다란 조각들은 지팡이로 뒤집어 놓았다. 그의 허리엔 커다란 쥐 세 마리가 매달려 있었다. 지팡이에 두들겨 맞은 탓에 머리가 모두 으깨져 피가 뚝뚝 떨어졌다. 쥐들은 뚱뚱한 데다 동작도 느려 지팡이 기습으로 쉽게 때려잡을 수 있다. 그나마 다행이다. 시력이 나빠진 탓에, 들고 다니는 새총 솜씨가 예전만 못하기 때문이다. 그는 잠시 쉬면서 시원한 바람을 들이켰다. 오늘 밤엔 서리가 내릴 것이다. 그의 뼈는 추위의 고통을 잘 알고 있다. 늙어가고 있다는 얘기다.

벌써 예순다섯. 오랜 동안 굶주린 탓에 젊은 시절의 피부는 처지고 늘어져 마치 허수아비에 얇은 가죽을 뒤집어씌운 것만 같았다. 뼈만 남은 머리에선 두 눈이 호기심 많은 트롤처럼 밖을 훔쳐보았다.

예순다섯의 나이. 오래 전에 잿빛으로 센 머리가, 가죽 옷 깃으로 여민 얼굴 주변에 백색의 후광을 만들어주었다. 이렇게까지 오래도록 살아남다니, 그가 생각해도 기적이다. 처음 몇 년 동안은 현재의 세계에 적응조차 못했었다. 어쨌든 싸우고 죽이고 달아나는 것뿐 아니라, 도시의 죽음 이후 오랜 세월 동안 생존에 필요한 모든 것을 배웠다.

그래도 요즘엔 그때만큼 추악하거나 절박하지 않았다. 굶어죽을지도 모른다는 두려움도 거의 없어졌다. 최악의 시절엔, 다른 사람들처럼, 인간의 살도 먹었건만.

그의 이름은 파넬. 생존에 성공한 사나이. 태양이 빠른 속도로 저물고 있었다. 그는 어둠이 덮치기 전에 돌아갈 생각으로 돌아섰다. 곁눈으로 언뜻 흐린 빛의 쇳덩이를 발견한 건 바로 그때였다. 그는 잡석들 사이를 살피다가 손을 뻗어 쇠메를 끌어냈다. 그러고는 이리저리 휘둘러보며 무게를 가늠해보고 움직임도 느껴보았다. 잠시 후 그는 다시 쇠메를 내려놓았다. 익숙지 않은 무게에 두 팔이 떨렸다. 하지만 상관없다. 시간만 충분하다면, 지난 3주 동안 보듬어온 희망을 이루어줄 도구가 되어줄 것이다. 그는 쇠메를 대충 허리에 메고, 도시의 그림자를 피해 발걸음을 재촉했다.

집에 다다랐을 땐 상당히 어둑해져 있었다. 정글 같은 정원이 울타리처럼 에워싸고 있는, 풍파에 얼룩진 돌집이다. 그는 안으로 들어가자마자 조심스레 거실 촛불부터 켰다. 암울한 불빛이 실내 구석구석을 핥아나갔다. 그는 문을 잠그고 빗장까지 걸어 잠근 다음 안방의 좁먹은 피아노 앞에 앉았다. 누렇게 변색되고 갈라진 건반을 두드리는 동안 그의 입에선 가벼운 한숨부터 나왔다. 거친 불협화음에는 늘 이렇게 슬픔이 밀려들었다. 예전엔 꽤나 교양 있는 사람들의 피아노였겠지만 세월은 그들처럼 친절하지 않았다. 그 바람에 저 밖 어둠의 주민들 관심을 끌 걱정은 없다 해도 연주의 노력은 기쁨보다 고통에 가까웠다.

음악은 한 때 그의 삶이었다. 지금의 최대 목표는 꼬르륵거리는 배를 달래는 것뿐이다. 그는 문득 폐허 속에서 거둔 쇠메를 둘러보며 다시 희망의 불씨를 키우기 시작했다. 몇 주 전부터 시작된 불씨.

사실 몽상의 여유는 없었다. 더군다나 희망이라니. 지금은 잠들기 전에 잡은 쥐들을 씻고 가죽을 벗겨야 할 때다. 내일 텀블다운 여자와 거래할 상품이다.

텀블다운 여자와 그의 짝은 옛 기차역의 수많은 고물 차량 한가운데 살고 있다. 그들이 그곳에 사는 이유만큼은 그녀와 거래한 누구도 풀지 못한 수수께끼다. 그녀는 그곳에 머무르며, 그곳에서만 장사를 했다. 가게는 기차역 밖으로 몇 미터 떨어진 레일 위에 덩그러니 놓인 차량으로, 색이 모두 벗겨진 지금도 과거 시대의 애처로운 광고지들이 덕지덕지 붙어 있었다. 차량의 외부는 먼 옛날의 여행과 고급 방향제들을 광고하고 있으나 안에서는 죽은 세계의 사치품 쓰레기들을 팔았다. 나무의자들이나 천장마다, 손잡이가 달린 주석 깡통, 기름이 질질 흐르는 수제 양초, 출처가 의심스러운 야채들, 죽은 쥐, 고양이, 토끼 및 개고기들, 플라스틱 스푼, 병, 쥐 가죽을 비롯해, 약탈당한 가게들 잔해에서 건져낸 각종 물건들이 전시되어 있었다.

텀블다운 여자는 늙고 못생긴 흑인이다. 차가운 아침 공기를 뚫고 다가오는 파넬을 보며 그녀가 까마귀처럼 웃어댔다. 그녀는 누구보다 위기를 잘 버텨냈다. 과거시대가 그녀에게 가했던 그 어느 가혹행위보다도 더 무자비하고 잔인하게 대처한 덕분이다. 그녀가 두 손을 마주 비비며 파넬에게 역겨운 추파부터 던졌다.

"쥐 두 마리. 어제 잡은 거라 아주 싱싱해."

그가 거리낌 없이 문을 열었다.

"그 대가로 좋은 걸 주리다, 미스터 피아노."

"해가 서쪽에서 뜨겠군. 그게 뭐지?"

"진짜 다이아몬드 반지. 24캐럿 금반지야. 자, 봐요."

그녀가 반짝이는 보석을 햇빛에 비춰보였다.

파넬은 그녀의 농담에 미소도 짓지 않았다.

"먹을 거나 내놔. 객쩍은 소리 말고."

그녀가 키득거리며 그에게 양배추와 당근 두 개를 내밀었다. 그도 고개를 끄덕이며 가죽 벗긴 쥐 고기를 내주고 야채를 가방 안에 받아 넣었다. 그가 막 돌아서려는데, 노파가 옆구리의 쇠메를 보고 큰소리로 그를 불렀다.

"헤이, 미스터 피아노, 그 쇠메! 그거 고급 털코트랑 바꾸지! 진짜 토끼가죽인데!"

그가 돌아보았다. 이번엔 그녀도 농담이 아니었다.

"먼저 쓰고 난 다음에. 그때 보자고."

그의 대답에 그녀도 기쁜 모양인지, 다시 웃으며 외쳤다.

"이봐, 피아노맨, 올맨 에드먼스 얘기 들었어? 반달맨들이 죽였다더라고. 올맨 에드먼스가 살고 있는 책 집도 태워버리고."

파넬이 놀라 숨을 삼켰다.

"도서관? 도서관을 불태웠다고?"

"그렇다니까!"

"맙소사!"

그는 한참 동안 멍하니 서 있기만 했다. 텀블다운 여자가 그를 향해 씩 웃었다. 파넬은 말을 잊지 못했다. 이윽고 그는 분노와 좌절감에 두 손을 단단히 깍지 낀 채 밖으로 빠져나갔다.

쇠메는 휴대하기가 난감한 물건이다. 쇠메 머리를 혁대에 걸치도록 끼웠는데 걸을 때마다 나무손잡이가 허벅지를 때렸다. 그렇다고 두 팔로 안으면 채 몇 분 되지 않아 근육이 반란을 일으키는 바람에 금세 쉬지 않을 수가 없었다. 결국 늙어 간다는 반증이다. 죽음을 향한 비탈은 점점 가팔라져 이제 그 끝도 얼마 남지 않은 듯 보였다.

그는 지친 발걸음으로 역을 지나 저 멀리 죽은 도시의 심장부 안으로 들어갔다. 오래 전 맥박이 멈춘 곳이다. 그는 녹슨 자동차들을 지나고 먼지 가득한 전철 트랙을 지나고, 붕괴된 건물들이 험준한 암초처럼 늘어선 거리들을 통과했다. 도시의 호흡이 마지막 숨을 내뱉은 것도 까마득한 옛날이었다. 키 큰 굴뚝들이 무너져 도로를 온통 벽돌조각들로 뒤덮어놓았다.

그는 마침내 중심부에 다다라 옛 시청의 단단히 잠긴 문과 맞섰다. 지금은 붕괴된 입구에 반쯤 묻힌 터였다.

빗장을 깨부순다 해도 문을 열려면 저 파편들부터 치워야 할 텐데 당연히 그의 능력 밖이다.

건물 옆에 뼈대만 남은 트럭 한 대가 벽에 붙어 있었다. 보도 위에까지 올라와 가로수와 코를 맞댄 터라 운전석이 울창한 밀림처럼 보였다.

파넬은 트럭 위로 올라가 조심스럽게 나무를 기어 올라간 다음 튼튼한 나뭇가지를 골라 걸터앉았다. 3주 전에, 유리의 얼룩을 닦아내고 안쪽의 더러운 복도까지 확인해 두었었다. 복도 맞은편에 방향안내판이 붙어 있다. 누렇게 색이 바래기는 했지만 아직 읽을 수는 있을 정도였다. '콘서트 홀.'

그 흐릿한 표지판을 다시 보자, 과거 그가 열었던 연주회의 기억들이 벅찬 가슴을 가득 메웠다. 그의 손이 기억의 건반을 훑어 내리며 아름다운 선율이 펼쳐졌다. 한참 후, 보이지 않는 관객들이 어두운 홀이 떠나갈 듯 박수갈채를 보냈다. 박수와 환호……

그가 어깨 위에서부터 쇠메를 휘둘러 창살을 내리치는 것으로 추억은 종지부를 찍었다. 먼지가 폭포처럼 쏟아지고 시멘트가 부서졌다. 일은 생각보다 쉽게 끝났는데 그건 다행이었다. 쇠메 한 번 휘두르는 것만으로도 온몸이 깨져나가는 기분이었다. 두 번째 타격에 창살들이 휘어졌다. 그는 간신히 힘을 끌어올려 세 번째 타격을 가했다. 그러자 창살들이 비틀리고 떨어지며 유리를 박살내고 그 너머 복도를 향해 늘어졌다.

탈진 때문에 승리감에 도취할 여유도 없었다. 숨이 끊어질 듯했고 두 팔이 하릴없이 떨렸다. 그는 기운을 회복하기 위해 한동안 가지에 앉아 있었다. 이제 안으로 들어가기만 하면 끝이다.

마침내 그가 창틀 너머로 두 발을 내렸다가 복도 바닥으로 뛰어내렸다. 유리가 밟혀 깨지는 소리를 냈다. 그는 가방에 손을 넣어 작은 양초와 귀한 성냥갑을 꺼냈다. 2주 전 텀블다운 여자에게 쥐 가죽 열 개를 주고 성냥을 하나 구해두었다. 양초에 불을 붙이자 노란 불빛이 지저분한 복도를 가득 채웠다.

그는 복도를 따라갔다. 그 누구도 와보지 못했던 복도. 바닥에 그의 발자국들이 찍혔다. 달 탐사팀을 중계하던 TV 뉴스가 떠올랐다. 전대미답의 달 먼지에 발자국을 찍어내던 사람들. 그의 입가에 씁쓸한 미소가 떠올랐다.

마침내 양쪽 미닫이문에 다다랐다. 역시 빗장과 맹꽁이자물쇠가 걸려 있었다. 그는 다시 한 번 휴식을 취한 다음 쇠메로 자물쇠를 박살내고 그 너머 우주 같은 암흑 속으로 발을 내디뎠다.

두 눈이 어두운 공간과 흐릿한 촛불 빛에 적응하자, 낡은 플러시 의자들이 줄줄이 드러났다. 어딘가에서 쥐 한 마리가 총총히 달아나고 머리 위에서도 바스락거리고 찍찍거리는 소리가 가볍게 들려왔다. 아마도 박쥐 가족들이리라.

중앙통로가 가벼운 경사를 이루며 뻗어 있었다. 파넬은 먼지를 차내며 천천히 앞으로 걸어갔다. 거대한 암흑의 홀에선, 촛불도 작은 불꽃에 불과해 주변의 좁은 공간과 그의 등장에 놀라 허둥대는 먼지들만 비춰주었다.

무대 위에 오르자 어지러운 모퉁이 금속들이 촛불 빛을 반사했다. 보면대 위엔 교향악 악보가 세월의 먼지를 뒤집어 쓴 채 놓여 있었다. 반쯤 열린 케이스 안에 들어 있던 직 프렌치호른의 금관도 빛을 토해냈다. 오래 전 죽은 연주자가 깜빡 잊고 두고 간 물건이리라. 마침내 하얗게 먼지를 뒤집어 쓴 그랜드피아노……. 그 위엔 녹슨 촛대까지 하나 놓여 있었다.

피아노 덮개의 먼지를 닦아내는 동안 파넬의 심장은 더 무겁고 빠르게 뛰었다. 그는 떨리는 손으로 촛대에 촛불을 옮겨 붙인 다음, 그 빛이 무대를 가득 채우도록 높이 들어올렸다. 비로소 다른 악기들도 보였다. 바이올린, 오보에…… 악기라는 존재 자체가 아무 의미 없던 시절, 주인들한테 버려진 악기들이다.

그는 바닥에 촛대를 내려놓고 천천히 피아노 덮개를 벗겼다. 노란 불빛이 검은색의 광택나무 위에서 춤을 추고 놋쇠를 훑었다.

한참 동안, 아주 아주 한참 동안, 그는 노쇠한 손과 벅찬 가슴으로 악기를 쓰다듬기만 했다. 마침내 그가 피아노 스툴의 자에 앉았다. 문득 너무도 피곤하다는 생각이 들었다. 다행히 잠금장치는 잠긴 채였다. 강제로 열 수도 있겠으나 저 완벽한 몸에 상처라도 나는 날엔 그의 가슴도 미어지고 말 것이다.

그는 자물쇠 열쇠를 돌려 커버를 들어 올린 후 흑백의 피아노 건반들을 부드럽게 훑어보았다. 그가 물러나 앉더니 다 낡은 코트를 손으로 가볍게 털어내며 홀을 마주보았다.

'오늘은 만원입니다, 파넬 선생님. 런던 시민들이 모두 선생님 연주를 듣기 위해 줄을 서 있답니다. 라디오 방송국들도 선생님의 콘서트를 중계하기 위해 큰돈을 지불했죠. 청중들이 숨을 죽이며 지켜보고 있습니다. 저 밖에 사람들의 숨소리가 들립니까? 기침, 재채기, 속삭임도 없습니다. 관객들이 선생님의 손끝에서 펼쳐지는 첫 번째 선율을 듣기 위해 숨을 죽이고 기다리는 겁니다. 선생님의 손에서도 아름다운 선율이 꿈틀대고 있군요. 자, 그럼, 부탁드리겠습니다!'

불협화음이 텅 빈 홀을 때렸다. 당혹한 박쥐들이 퍼덕거리며 썩어가는 좌석 위를 날아다녔다. 파넬이 고통스러운 한숨을 내뱉었다.

악기는 음 하나 하나 정밀한 튜닝이 필요한 상태였다. 아직 목표를 이룰 수는 없지만, 그래도 끝내 손으로 만져보기까지 했다. 이제 하나씩 해결해야 할 난점들을 깨닫기 시작했다. 배가 고팠고 촛불도 빠른 속도로 타고 있었다. 홀에서 조율관(調律管)을 찾아낼 수 있겠지만 피아노 현을 조이는 데는 다른 연장도 필요할 것이다. 이곳에서 시간을 보내는 동안, 사냥이나 징발이 필요 없을 정도의 준비도 필요했다. 결국 텀블다운 여자한테 돌아가 이 쇠메로 뭘 얻어낼지부터 확인해야겠다. 모피코트는 물론 아니다.

일단 밖으로 나온 다음엔 트럭에 앉아 가방에서 가져온 음식을 먹기 시작했다. 구운 쥐고기와 양배추. 홀 안의 박쥐 가족을 잡을 방법은 없을까? 아주 특별한 요리가 될 텐데? 날개도 쓸모 있을 테고…… 문제는 방법이 없었다. 그는 잠시 고민을 보류하기로 했다.

멀리 부서진 건물들 너머 가늘고 검은 연기가 몽글몽글 피어 올랐다. 맑고 구름 한 점 없는 날이기에 연기는 더욱 또렷하게 보였다. 오랜 세월이 흐른지라, 저절로 불이 붙지 않는 한 인간의 소행일 수밖에 없다. 그는 결국 해답을 얻지 못한 채 고개를 돌렸다. 쓸데없이 고민할 일은 아니다.

그는 식사를 마저 마치고 창살을 대충 맞춰놓아 지나가는 방랑자들이 입구를 보지 못하도록 해놓았다. 그리고 쇠메를 들고 영혼의 갈망을 등진 채 길고 긴 행군을 시작했다.

늦은 오후. 텀블다운 여자는 한창 저기압이라, 흡사 마지막 햇살에 구워진 살찐 두꺼비처럼 보였다. 그녀의 비실비실한 남편은 열차 지붕에 앉아 지평선만 노려보았다. 그의 팔 아랜 낡은 샷건이 있었지만 자기 아내와 파넬은 아예 안중에도 없는 듯 보였다.

파넬은 거의 한 시간 동안 여자와 흥정을 벌였다.

여자는 여전히 모피 코트를 고집했다. 하지만 그에게 필요한 건 몽키 스패너, 양초, 성냥, 식량이었다. 다들 비싼 물건들이다. 끝내 파넬이 항복하고 그녀의 마지막 제안을 받아들였다. 식량을 제외한 품목 모두.

텀블다운 여자는 쇠메를 차량 내 잘 보이는 위치에 걸고 그가 원하는 물건들을 내주었다. 그녀가 돌아서서 그를 노려보았다.

"이봐, 피아노맨, 당신 미쳤어. 당신도 알지?"

파넬은 기차 입구에 힘없이 기대 촛불을 만지작거렸다.

"그래, 그럴지도 모르겠군."

"아니, 정말로 그래. 당신 미친 얼간이라고."

그녀는 고개까지 힘차게 끄덕여주었다.

"당신하고 거래하는 것부터가 미친 짓이야." 그가 응대했지만 여자는 그저 그를 노려보기만 했다. 그때 문득 기억이 떠올랐다. "오늘 아침 남쪽에서 큰 불이 있던데, 무슨 일인지 아나?"

텀블다운 여자가 씩 웃으며 윙크를 했다.

"알고말고. 오늘 아침에 반달맨들 얘기했었지? 그 반달맨들이 마을을 온통 헤집고 있어. 지난주엔 올맨 에드먼스와 그 사람 책을 다 태웠는데, 지금은 그림 집이라오. 그래, 그놈들도 미친 게 분명해."

그녀는 차 안을 돌아다니며 이것저것 물건을 정리하기 시작했다.

파넬은 또다시 가슴이 철렁 내려앉았다.

"화랑?"

"그래, 그렇대요. 오늘 아침에 절름발이 잭이 남쪽에 갔는데, 반달맨들이 책도, 그림도 모두 싫어해서 그러는 거라더군."

파넬은 울분이 치밀었지만 방법이 없었다. 분노는 결국 쓰디쓴 좌절감으로 곤두박질치고 만다. 그가 소중히 여긴 것들 대부분이 위기 시대에 희생되었건만 이제 남은 것마저 같은 운명을 겪고 있었다. 무지비한 파괴.

"도대체 이유가 뭐지? 그런다고 뭐가 나아질 게 있다고?"

그가 빈 의자에 앉아 떨리는 몸을 달래며 중얼거렸다.

"뭘 상관이래? 책을 먹을 것도 아니고, 그림으로 옷 해 입을 것도 아닌데? 그 반달맨 놈들이 미쳐서 하는 짓이라지만, 누가 신경이나 쓴답디까?"

여자가 말했다.

"그래, 그럴지도."

파넬이 맥없이 내뱉었다. 하고 싶은 말이야 있지만 텀블다 운 여자한테야 개소리에 불과할 것이다. 그가 할 수 있는 일 이라고는, 감정을 감추고, 상실감과 슬픔을 달래는 것뿐이다. 그는 이를 뿌드득 갈며, 물물 교환한 물건들을 가방에 넣고 기차를 빠져나왔다. 텀블다운 여자가 얼굴에 한심하다는 표 정을 담아 그의 뒷모습을 지켜보았다. 지붕의 남편도 지켜보 았다. 저 멀리 어두워져가는 지평선을. 그의 팔 밑엔 총이 놓 여 있었다.

파넬은 다음날 아침을 다시 쥐 사냥을 하면서 보냈다. 도 시 서쪽을 따라 획일적으로 늘어서 있는 도로변 폐가들이다. 몇 시간 동안 헛수고를 거듭한 끝에 운 좋게도 토끼 군서지 를 발견했다. 울타리 안의 잡초 우거진 뒷마당이었다. 다른 놈들은 모두 대피했지만 그래도 놀란 토끼 두 마리를 기습으 로 잡아, 남은 오전 내내 토끼를 씻고 굽고, 가죽을 소금에 절 이면서 보냈다. 오후에는 다시 어두운 홀로 돌아가 피아노 현 하나하나를 조율하는 대작업에 착수했다. 전문적인 조율사라 면 훨씬 더 빨랐겠지만, 그의 속도는 한심할 정도로 느릴 수

밖에 없었다. 각 현의 음을 듣고, 미리 조율해 둔 다른 현들과 비교해서 듣고, 다시 조율관의 소리를 들은 다음, 녹슨 렌치로 현을 조이는, 그야 말로 시행착오의 반복이기 때문이다.

그는 촛불이 타는 비율로 시간을 재고 어두워지기 전에 홀을 빠져나왔다.

그런 식으로 며칠이 흘렀다. 그러다 자신의 귀를 믿을 수 없을 정도가 되면 한참을 쉬었다가 작업을 재개했다.

식사를 하거나, 눈과 귀를 쉬기 위해 홀을 빠져나올 때마다, 지평선 어딘가에선 어김없이 연기가 솟아올랐다. 드디어 작업이 끝나는 날이다. 그는 음계와 간단한 곡들로 피아노를 실험한 후 조율이 완벽해졌음을 확신했다. 그러자 이번에는 시작이 두려워졌다. 자리에 앉아 진짜 피아노곡을 연주하는 일이 아닌가. 두 손은 아직 애창곡들을 기억하고 있지만 가슴 속의 공허한 두려움 때문에 어떤 식으로든 곡을 망쳐버릴 것만 같았다. 지난 세월, 집에 있는 낡은 고물피아노와 싸우면서 손힘을 기르고 손가락을 유연하게 훈련했음에도 불구하고 솜씨가 아직 남아있는지조차 자신이 없었다. 그러기엔 너무 오랜 세월이 흘렀다.

파넬은 홀 밖으로 나가 녹슨 트럭에 걸터앉았다. 우울한데다 온몸이 떨리기까지 했다. 이른 오후였는데 며칠 만에 처음으로 하늘엔 연기가 보이지 않았다. 그는 남은 토끼를 먹으며 내일은 다시 사냥을 해야겠다는 생각을 했다. 문득 자기도 모르게 실소가 흘러나왔다. 멍청한 영감 같으니. 그는 병에 담긴 물을 마시고 촛불에 불을 붙인 다음 서둘러 홀 안으로 들어갔다. 발걸음마다 먼지가 새하얗게 일어났다.

그는 무대에 오르자마자 보면대를 한쪽으로 치우고 그랜드 피아노만 달랑 남겨놓았다. 그리고 다시 한 번 표면과 청동 활자들을 깨끗하게 닦고 커버를 들어 올린 후, 촛대에 불을 붙이고 건반 앞에 앉았다. 박쥐들이 우레와 같은 박수를 보냈다. 그는 텅 빈 관중석의 좀 먹은 벨벳 시트를 향해 정중히 절을 하고 연주를 시작했다. 선율은 부드럽게 흐르다가 조금씩 격해지기 시작했다. 두 손이 움직이고 떨어지는 대로, 대형 피아노 현에선 음악이 쏟아져 나왔다. 두 손은 머리가 놓친 음들까지 모두 기억해 냈다. 그는 음악을 들으며 자신의 솜씨가 녹슬지 않았음을 깨달았다. 내면 깊은 곳에 안전하게 숨어 고난의 세월 내내 겨울잠을 자고 있었던 것이다. 그는 선율을 자아내고, 동작과 빛과 하모니를 어둠 속에 던져내고 그 소리로 자신을 감쌌다. 그는 계속 연주를 했다. 그리고 연주하면서 울었다.

곡이 끝나고 또 다른 곡이 시작되었다. 그리고 또 다른 곡.

베토벤, 모차르트, 쇼팽이 부활했다. 음악은 몇 시간 내내 기쁨과 슬픔과 갈망의 급류를 쏟아냈다. 그는 장님이고 귀머거리였다. 그는 오직 자신의 음악만 보고 들었다. 주변에 쌓기 시작한 음악의 성에 의해 외부세계와도 완전히 단절되었다.

마침내 파넬의 연주가 끝났다. 두 손이 아리고 욱신거렸다. 그리고 피아노 건반에서 고개를 들었다.

그의 앞에 반달맨 한 명이 서 있었다. 텀블다운 여자와 교환한 파넬의 쇠메를 끌어안고 있었는데, 쇠메 끝에 핏자국이 보였다.

반달은 그렇게 서서 역겹다는 표정으로 파넬을 노려보았다. 손은 내내 쇠메자루를 두드렸다. 그는 조잡한 가죽과 녹슨 금속으로 만든 옷차림이었다. 목에는 10여 개의 금속 목걸이와 체인을 걸어, 벗은 털북숭이 가슴에선 십자가와 만자 문장, 평화심벌과 물고기들이 가볍게 몸을 부딪쳤다. 그의 몸은 더럽고 악취가 심했으며 기름진 머리카락은 엉겨 붙은 채였다. 이마엔 V자 모양의 낙인이 찍혀 있었다.

파넬은 아무 말도 할 수가 없었다. 두려움에 온몸이 굳었다. 심장이 모래 위에 던져진 물고기처럼 파닥거렸다.

반달맨이 거친 목소리로 키득거렸다. 파넬의 얼굴에 새겨진 충격이 맘에 드는 모양이었다.

"이봐, 영감, 연주 솜씨가 죽이던데? 그래, 음악가 양반, 노래도 그만큼 잘해?"

파넬은 거의 죽어가는 목소리였다.

"아니, 못 하오."

반달맨이 너무 슬프다는 듯 고개를 저었다.

"그거 안됐네. 근데 어떡하지? 노래를 불러야 하는데? 그것도 큰 목소리로 기가 막히게 말이야. 안 그러면 내가 죽일 거거든."

그가 쇠메를 옮기더니 대신 기다란 나이프를 꺼냈다. 칼날에 촛대의 불빛이 걸리며 무대 위로 이글거리는 섬광을 뿌려댔다.

파넬은 기절이라도 하고 싶은 심정이었으나, 두려움에도 불구하고 오랜 분노가 치밀어 올랐다.

"이유가 뭐지? 왜 나를 죽이겠다는 건가? 내가 무슨 짓을 했다고?"

그의 목소리가 떨려나왔다.

반달맨이 새우 눈을 했다. 사악한 표정이다.

"왜냐고? 안 될 건 또 뭔데?"

나이프의 노란 빛이 파넬의 두 눈을 찔렀다.

두렵기는 했으나 파넬의 분노도 녹록지 않았다.

"당신네들이 하는 짓…… 책, 그림, 아름다운 건 뭐든 파괴하는 모양이던데…… 그것들은 우리에게 얼마 남지 않은 유산이네. 우리 문화, 문명, 인간의 위대함을 보여주는…… 그것도 모른단 말인가? 야만인들 같으니. 닥치는 대로 죽이고 불지르고……."

그가 말을 끝내지 못했다. 반달맨이 그를 향해 나이프를 흔들었기 때문이다. 얼굴의 웃음기도 씻은 듯 사라졌다.

"악기도 잘 놀리고 아가리도 잘 놀리고…… 그런데, 그거 다 개소리야. 그놈의 잘나빠진 문화가 우리한테 준 게 뭔데? 욕설하고 쌈박질, 거기에 서로 잡아먹기밖에 더 했나? 영감이야 잘 낫겠지. 살인과 굶주림이 시작되었을 때 이미 늙은이였을 테니까. 나하고 내 친구들? 우린 기껏 어린애들이었어. 그게 어떤 건지는 알아? 어른들 먹이가 안 되려고 미치도록 달아나고, 죽지 않으려고 썩은 쓰레기만 먹어야 했다고, 응? 당신네 잘난 유산이 우리한테 준 게 그거야. 그러니 인간이 얼마나 위대한지 같은 개나발은 그만 까란 말이야, 씨발. 위대가 무슨 똥개 이름인 줄 알아?"

반달맨은 상체를 기울여 노인의 얼굴에 역겨운 악취를 내뿜었다. 파넬의 반응이 없자 반달이 뒤로 물러나며 노려보았다.

"그런데, 뭐? 이 깜깜한 데 처박혀 엿 같은 음악이나 연주하면서…… 과거로 돌아가고 싶다고? 니미, 똑바로 들어. 절대 그렇겐 못해. 우리가 막을 거거든. 그래, 영감, 도대체 그 음악이나 문화 나부랭이가 뭘 했다는 거야? 응?"

파넬은 한참을 궁리하다가 간신히 내뱉었다.

"사람들한테 즐거움을 주었네."

반달맨이 다시 냉소를 흘렸다.

"오케이, 음악가 양반, 영감을 죽여도 난 엄청 즐거울 거야. 그런데 그보다 먼저 말이야. 영감 앞에서 이 예쁜 악기 나부랭이를 박살내는 게 더 신나겠어. 그래야 영감도 재미 좀 볼 거 아니야? 어때, 좋지?"

그리고 반달맨이 돌아서서 쇠메를 집더니 그랜드피아노 현 위로 높이 들어올렸다.

파넬의 내면에서 뭔가 끊겨나갔다.

그는 반달맨한테 달려들어 그의 팔에 매달렸다. 반달맨이 놀라 쇠메를 떨어뜨렸다. 파넬이 그의 얼굴을 할퀴자 털로 뒤덮인 반달의 주먹이 그의 턱에 작렬했다. 노인은 용케 쓰러지지 않고 두 손으로 반달맨의 목을 졸랐다 파넬의 손은 떨지도 약하지도 않은 유일한 신체부위였다. 수십 년간의 키보드 연습으로 손힘도 바이스에 못지않았다. 그는 엄지로 반달의 성대를 힘껏 눌렀다. 젊은이는 숨이 막혀 파넬의 손을 밀쳐내려 했지만 옹이진 손가락은 치명적인 힘으로 버텼다. 노인의 손이 히스테리컬한 위력으로 조여들었다. 한동안 그렇게 두 사람이 기이한 포옹자세를 유지하다가 마침내 반달맨이 허물어지고 파넬도 그의 위로 넘어졌다. 그래도 파넬은 계속 목을 졸랐다. 반달맨의 숨이 끊어졌다.

파넬은 껄껄거리며 울다가 무대 끝에 격렬한 토악질을 해댔다. 그리고 한참 동안 무릎을 꿇고 앉아 꼼짝도 하지 않았다. 그는 폭력과 두려움에 넋이 나간 짐승에 불과했다. 한참 후 그가 돌아서서 반달맨의 시체를 보았다. 기분이 묘했다. 홀 밖에서 야만인들의 고함소리가 아련하게 들려왔다. 다시 약탈과 방화를 시작한 것이다. 홀 안은 다시 죽음의 정적과 박쥐들의 조용한 날갯짓뿐이었다.

파넬은 쇠메가 놓인 피아노를 향해 기어갔다. 그는 쇠메에 의지해 떨리는 두 다리를 일으켜 세운 다음, 두 손으로 잡았다.

그리고 단 한 번, 분노의 일격으로 피아노현을 내리쳤다.

그 충격은 그의 전신을 진탕시켜버렸다. 현들이 탱 소리와 함께 끊기고 나무가 갈라지면서 거슬리는 소음이 홀을 가득 채웠다. 촛대가 바닥에 떨어져 꺼지며 칠흑 같은 암흑을 쏟아냈다.

그리고 한 없이 정적이 이어졌다.

에피소드 7: 보라꽃 왕국의 패거리를 향한 마지막 저항 | 존 랭건 |

존 랭건은 《판타지 & SF》에 다수의 단편을 발표했으며, 그 중 두 작품 「스쿠아섬(On Skua Island)」과 「미스터 곤트(Mr. Gaunt)」는 국제 호러길드 상에 후보로 올랐다. 그의 단편선 『미스터 곤트와 그외의 불편한 조우(Mr. Gaunt and Other Uneasy Encounters)』가 2008년에 출간된 바 있다. 랭건의 리뷰와 에세이들은 「데드 레코닝스」, 「에레보스」, 「추정」, 「SF 인터넷 리뷰」, 「러브크래프트 연감」, 「러브크래프트 연구」, 「SF 연구」에서 볼 수 있다. 현재 뉴욕주립대 뉴 팔츠 캠퍼스의 겸임교수로로 재직 중이며 H. P. 러브크래프트 논문을 집필 중이다. 「에피소드 7」은 랭건이 20대 초반에 쓴 이야기의 개작이다. 현재의 버전은 이 책의 또 다른 단편, 데일 베일리의 「우리가 아는 바 그대로의 종말」에 영향을 받았다. 랭건은 이렇게 말한다. "그분의 업적을 존중하지만 다소간의 반발이 없지는 않다. 그러니까 누구나 다 그런 식으로 흐느적거리다 좋은 밤을 맞는 건 아니라는 점을 보여주고 싶다."

"이 세상엔 너무도 많은 증오가 남아 있네, 스파이더맨."
—새뮤얼 R. 딜러니, 『아인슈타인 교차점』

"내려와, 저항해 봐."
—디 알람, 『스탠드』

"야생으로 돌아간 개떼들도 그를 공격하지 않았다."
—데일 베일리, 『우리가 아는 바 그대로의 종말』

도주가 시작된 지 3일 밤낮……

……그동안 두 사람은 대형 트럭과 SUV와 호텔로비와 쇼핑몰 모퉁이의 스포츠용품코너에서 30, 60, 90분씩 새우잠을 잤다……

……그리고 마침내 패거리 앞에 차를 세우다……

……처음부터 너무 가까웠지만 웨인의 함정들에도 불구하고 한없이 가까워지기만 한 패거리들이다. 함정은 하나같이 교묘하고 일부는 기발까지 해, 드물게나마 패거리를 둘셋씩 쓰러뜨렸다. 웨인은 그들을 푸드코트와 쇼핑몰 입구 사이의 복도로 유인해 뭔가를 터뜨렸다. 패거리의 발 밑 바닥이 꺼지고 지붕까지 내려앉게 만드는 폭발. 이코노미 사이즈의 유리 기요틴이 비처럼 쏟아져 내렸다. 재키는 뒤에 남아 생존자들을 처리하고 싶어 했으나 웨인은 아직 너무 위험하다며 그녀를 문 밖으로 밀어냈다.

……다리를 건너다……

……쇼핑몰 앞의 놀랍도록 한산한 9번 국도를 속 시원하게 달려오기는 했지만 미드허드슨 다리는 체로키지프를 타고 가기가 어려울 정도로 단단히 막힌 터였다. 때문에 둘은 허드슨 강변을 따라 가다가 다음 다리를 노릴 것인가에 대해 열띤 토론을 벌여야 했다. 그곳이 뚫려 있을 수도 있지만 아닐

수도 있었다. 웨인은 쉽게 마음을 정하지 못했다. 재키는 다른 곳도 다를 바 없다며 고집을 부렸다. 다리를 건너도 역시 차들로 막혀 있을 것이다. 지금 머뭇거리기만 한다면 선두를 내주고 패거리의 요구에(최초의 끔찍한 조우를 뺀다면, 지금껏 간신히 피했던 일이다.) 직면하게 될 것이다. 그래서 그들은 지프를 버리고 (그간의 휴식에도 불구하고) 전혀 무게가 줄지 않은 백팩을 지고 막힌 자동차들의 미로를 뚫고 걷기 시작했다(바람이 거센 터라 다리는 흔들리고 케이블은 을씨년스러운 신음을 뱉어냈다.). 차량은 온갖 가능한 방향으로 마구 얽혀 있고 차내는 굵은 줄기의 거대한 보라꽃들로 가득했다. 지금까지 만난 차들이 거의 그런 식이었다. 보라꽃은 운전대와 기어와 페달을 휘어 감고 차창에 보라색 분말을 뿌려놓았다. 덕분에 차를 운전하는 건 불가능했다. 그들에겐 연장도 없고 문제를 해결할 시간도 없었다. 운전석이 비어 있는 픽업트럭이 있기는 했으나 소형차 세 대와 난간에 갇혀 있었다. 마치 소형차들한테 쫓겨 궁지에 몰린 것 같은 모습이다……

……건너편 강변에 캠프를 구축……

……허드슨 서남단의 교각이 가파른 언덕지대로 끼어드는 지점에 전망 확인이 가능한 바위턱을 발견…… 오르막과 우회전길을 따라가고 보라꽃으로 가득한 차들을 지나던 중 웨

334

인은 암반을 확인하고 재키에게 가리켜주었었다……. 두 사람은 바위턱의 접근이 가능한 지점에 도착해 가파른 통로를 기어올랐다. 게이트에 막히기는 했으나 웨인이 열 수 있다며 재키를 재촉했다. (하지만 깔딱 고개를 넘어야 한다는 생각에 재키의 다리가 후들거렸다.) 그가 그녀를 어르고 달랜 끝에 그들은 통로 꼭대기에 이르렀다. 웨인이 게이트 자물쇠를 비틀어 함께 게이트를 통과한 다음 다시 원 상태로 돌려놓았다……. 웨인이 먼저 바위턱에 늘어선 바위들을 건너고 재키가 그 뒤를 쫓았다. 가장 넓은 바위라고 해야 기껏 5미터를 넘지 못했다. 다리가 다시 보이자 웨인이 손을 들었다. 마치 원주민 가이드가 탐험대원들에게 신호하듯……

   ……**매복을 준비하다**……

   ……둘은 백팩을 벗었다. 웨인은 검은색의 대형 캔버스가방과(작전 가방 같기도 하고 도구벨트 같기도 한) 피스톨 하나만 들고 바위턱을 따라 돌아가기 시작했다. 다른 총들은 모두 재키한테 맡겼다. 그녀는 이름도 모르지만 웨인이 스포츠 용품 코너에서 찾아내 크게 기뻐했던 라이플도 있고 웨인의 아버지 금고와 비어 있는 순찰차에게 찾아낸 피스톨도 두 개였다……. "엄호할 필요는 없지만 어쨌든 잘 지켜봐야 해." 그가 말했다. 그래서 그녀는 시키는 대로 했다. 자기 가방은 백

팩에 기대놓고 라이플은 아랫배에 걸쳐두었다. 웨인은 언덕 아래로 내려갔다가 다시 다리 위로 올라가 약간의 함정을 설치했다. 이윽고 그가 맞은편 언덕에 가려 보이지 않았다.

　재키……

　……재클린 마리 디살보. 스무 살. 아빠와 비슷한 165센티미터의 키(아빠는 죽었을 듯). 몸무게 모름. 저울에 올라서는 일이 행사 목록에서 사라진 지도 꽤나 오래 전이다. 머리는 짧다는 소리를 듣지 않을 정도이고 눈과 마찬가지로 갈색이다. 몸매는 균형이 잘 잡힌 편이다. 언젠가 '죽은' 아빠가 잘 빠진 몸매라고 표현했는데 그 말을 어떻게 이해해야 할지 난감한 적이 있었다. 지난 한 달간 밖에서 지낸 데 비하면 피부는 생각보다 많이 타지 않은 편이다. 물론 대부분 밤이고 거의 한 주 내내 비가 내리기는 했다. 엑스트라라지의 흰색 남성용 티셔츠, 회색 운동복 바지, 흰색 스포츠면 양말, 편안하지만 다소 꽉 끼는 짝퉁 버켄스탁 신발. 목숨을 걸고 달아나는(그녀의 경우엔 어기적거리는) 상황엔 구두 쇼핑 역시 할 일 목록에서 빠지게 된다. 5주 전 그녀는 출산 35일을 남겨둔 임산부였다. 여덟 달이 아닌 여섯 달 반을 아기와 함께 지냈다(그녀의 '죽었음직한' 의사는 임신을 그런 식으로 표현했다. 그러니까 임신이 아기와 정을 붙이기 위해 나선 여행이라도 된다

는 듯.). 차이라면 배와 가슴을 비롯한 모든 게 지금보다 작았다는 정도다. 더 작은 재키는 그렇게 빨리 지치지도 않고 내내 헉헉거리거나 오줌을 누겠다며 웨인에게 총 들고 경비를 서게 하지도 않았다. 그의 두 눈은 늘 주변을 살피며 패거리의 불가피한 (재)등장에 대비했다……

……그녀가 앉아 기다리는 웨인……

……웨인 앤터니 밀러. 스무 살. 실제로 재키보다 이틀 어리다. 그녀는 7월 3일, 그는 5일에 태어났다. 체중은 77킬로그램 정도이나 아직 젖비린내를 채 벗지 못했다(새해 파티에서 '역시 죽었음직한' 엄마 얘기를 엿들었는데 그는 그 말에 크게 배신감을 느꼈다고 재키한테 고백했다.) 손과 발은 크고 팔과 다리는 길고 말랐으며 전체적으로 앙상한 편이었다. 머리는 장발이며 십대의 금발은 이제 연갈색으로 변해 좁은 코와 작은 눈, 커다란 입의 커다란 사각형 얼굴을 덮었다. 한 달 내내 똑같은 청바지를 입었는데 아직은 꽤나 쓸 만했다(대단한 구호 아닌가? "리바이스. 당신이 문명의 종말을 이겨내도록 돕겠습니다. 묵시론 제1시나리오."). 배트맨의 검은 박쥐 상징을 새긴 회색 티셔츠 위에 붉은색 격자무늬 셔츠를 걸치고 단추는 채우지 않았다. 구두는 닥터마틴이었다……. 5주 전만 해도 강 건너 다리 바로 남쪽에 있는 반스앤노블에서 일하며

그곳 만화책 코너에서 봉급의 대부분을 탕진하며 살았었다. 더치스카운티 전문대학 인문학사 과정은 지난 학기에 마쳤다. 배트맨 제목의 만화를 그리는 게 꿈이지만 그는 늘 미완성이라는 말로 자위했었다(물론 미래가 열두 시간보다 많이 남았을 때이자 음식을 뒤지고 안전한 은신처를 확보하는 것보다 삶이 복잡하면서도 단순했을 시절 얘기다.).

뜨거운 햇살······

······그보다 찐다는 표현이 적절하겠다. 강에서 꽤나 시원한 바람이 불기는 했지만······ 주변의 들쭉날쭉한 회색 바위들(당연히 아는 이름일 텐데도 그녀의 머릿속에 '기억할 필요 전혀 없음'이라고 박혀 나오는 바위들)이 열기를 증폭시켰다. (사실 못 견딜 정도는 아니다. 머지않아 개처럼 헐떡이고 말 테고 덕분에 벌써 속옷부터 벗고 싶다는 생각이 없지 않았으나 아직 햇볕은 쾌적한 정도였다.)

그리고······

······족히 두 시간이 흘렀다. 저기서 뭘 하고 있는 거람?······

······**다시 나타난 웨인**······

······그가 모퉁이를 빠져나오며 그녀에게 손을 흔들어주었다. 그녀도 손을 흔들었다······

……그 사이……

……그는 백팩에서 로프를 끄집어냈다. 등반가가 사용함 직한 튼튼한 사리로 2주 전 철물점에서 찾아내고 웨인이 크 게 좋아했던 기억이 난다. 사실 재키는 이해하지 못했다. 로 프 사리는 꽤나 무거워 보인 데다 두 사람 모두 필요 이상 중 량을 늘일 이유가 없다고 믿었기 때문이다……. 재키의 몫까 지 더해 웨인의 짐은 이미 중량초과 지경이었다. 언젠가 유용 할지도 모른다는 이유 때문에 모든 걸 걸머질 수는 없지 않 은가……. 웨인한테는 아무 말도 하지 않았다. 그에겐 로프의 추가가 대수롭지 않은 것처럼 보였다.

……다리 위……

……그는 도로 위에 로프를 길게 늘어놓고 지지 케이블 사 이를 좌우로 오가며 일종의 즉석 거미집을 만들어냈다. 재키 가 보기에 제일 허약한 무리라면 0.5초쯤 주춤할지 몰라도, 리더 그룹이라면 아무 지장 없이 통과할 것 같았다.

마지막 함정의 완성……

……함정이 완성되기는 했지만 재키가 상상한 것만큼 인 상적으로 보이지는 않았다. 튼튼해 보이기는 했다. 웨인은 그 녀가 이해할 수 없는 디자인에 따라 열둘에서 열다섯 가닥 의 그물을 짰는데 일부는 서로 30센티미터 정도 간격을 두었

다……. 함정을 짜는 동안 그녀가 졸고 있었던 건 아니다. 눈을 똑바로 뜨고 과정을 지켜보았으나 정신은 자꾸만 아기한 테로 흘러가 버렸다. 그녀가 일일체조라 부를 정도로 하루 종일 꼼지락거리던 아기가 돌연 얌전해졌다. 지난 서른여섯 시간 동안 그녀가 느낀 움직임은 아무것도 없었다(아이의 활동량이 한창 활발할 시기가 아닌가?). 정상적인 과정일 수도 있겠지만 이 지역에 산부인과가 있을 것 같지는 않았다. 하하. 웨인이 세상만사에 놀랍도록 박식하기는 해도 그의 지식은 주로 초특급폭력에 관한 것들뿐이고 생명의 기적 같은 건 스펙트럼에 들어 있지 않았다……. 그가 할 수 있는 일이라고는 그녀의 걱정을 들어주고 어깨를 으쓱여주고 걱정하지 말라고 얘기해 주는 것뿐이었다. 그야 그녀도 무수히 되뇐 소리지만 점점 믿기가 어려워지는 게 문제였다……. 그녀의 뱃속에도 두려움이 쌓이며 그녀를 눈물과 비명의 급류로 휩쓸고 말 폭풍을 예고하고 있었다. 뱃속의 아기가 죽었다는 뜻이다. 그녀의 뱃속에 죽은 아이가 들어 있다는 의미였다……. 좋다 솔직히 말해서 슬픔과 불안감이 커질 만큼 내내 정신줄을 놓고 있었던 건 아니다……. 요점은 웨인이 그물을 엮으면서 가방을 가득 채운 (전문 및 사제) 폭탄들까지 매달았는지, 아니면 그놈의 대형 실뜨기에 다른 계획이 있는지 모르겠다……

……그가 돌아왔다……

……다행스러운 일이다. 태양이 등 뒤 언덕 너머로 가라앉
았기 때문이다. 아직 하늘은 청색이지만 그건 군청색에 가까
운 청색으로 앞으로 두 시간은 꾸준히 쪽빛으로 짙어지게 될
것이다. 한 달 동안 하늘을 올려다 본 경험으로 미루어 그 정
도면 밤하늘에 별들이 모습을 드러내기 시작할 때였다. 패거
리야 대낮 언제든 등장할 능력이 있지만 해가 저문 다음에
움직이는 걸 선호하는 것도 분명한 사실이다. 재키가 사격훈
련을 받았고 실제로 최대 근접거리에서 패거리 하나를 쏜 적
이 있기는 해도(놈은 총에 맞지 않고 좋아서 깡충거렸다.), 장
전이 되지 않은 라이플(그 총의 이름도 역시 아리까리하다.)
때문에 크게 곤혹을 치른 데다 사실 두 발 이상 쏠 수 있을지
도 의문이었다. 이런 저런 이유로 타깃을 살해하거나 심지어
때리는 능력조차 검증된 바가 거의 없었다. 웨인이 로프 장벽
의 마지막 매듭을 묶고 도로를 따라 올라올 때 크게 마음이
놓인 것도 그 때문이었다……

……불을 피우다……

……그는 바위턱으로 이어진 통로에서 땔감을 한 아름 구
해와 필요 이상으로 커다란 화톳불을 만들어냈다. 적에게 들
키려는 게 아니라면 말도 안 되는 실책이다……. 행여 그렇다

면 전혀 새로운 타입의 작전일 것이다. 지금껏 그의 함정은 놈들의 방향감각을 흔들어놓는 데 있었다. 그들이 실제와 전혀 다른 방향에 있다고 착각하도록 유도하는 것인데 놈들이 전술에 익숙해지면서 점점 약발이 떨어져가던 참이었다…….
솔직히 말하면 쇼핑몰 함정이 성공했다는 사실도 믿기지 않았다. 그 작전이 초기의 어느 작전만큼이나 뻔했기 때문에 패거리들도 어쩌면 함정일 리가 없다고 판단하고(그들에게 일종의 인지과정이 있기는 해도 판단이라는 단어가 가당한지는 모르겠다.) 곧바로 함정 한가운데로 돌진해 들어간 듯싶을 정도였다……. 화톳불도 필요는 없었다. 바위에서 뿜어져 나오는 열기만으로도 충분히 밤을 날 정도였다. 게다가 햇빛이 빠져나가면서 교각의 조명들 그러니까 지지 케이블을 따라 호선을 그린 불꽃 모양의 전구들도 하나씩 눈을 뜨기 시작했다(소위 구세계의 기계장치가 빚어낸 임의작동의 한 예겠다). 조명들은 청색에서 적색, 그리고 다시 청색으로 돌아오는 기다란 스펙트럼을 그렸는데 맘만 먹는다면 『임신한 당신이 알아야 할 모든 것』을 읽을 정도의 밝기였다(그녀는 읽지 않았다. 살짝 죄의식이 들기는 했지만 솔직히 너무 피곤했다. 그리고 아기의 침묵에 대해 그 책이 무슨 말을 할지도 겁이 났다.) ……기술적으로 보아 그 불은 봉화이자 유도등이었다. 쇼핑몰에서 살아남았을 패거리들을 꼬드겨 다리를 건너게 만들자는 웨인 식 함정…… 백팩에 기댄 채 웨인이 건네준 땅콩버터 베이글 빵을 받으면서 제인은 그런 생각을 했다. *드디어 때가 된 거 야. 최후의 저항. 4주가 지난 후에야 비로소 저항을 시작하는 거야.*

그들은 말없이 식사를 마쳤다……

……실제로 지난 한 주 내내 그들은 침묵 속에서 모든 일을 해치웠다……. 전에만 해도 웨인은 엄청난 수다쟁이였다. 3일 을 꼬박 시달릴 각오가 아니라면 함부로 얘기를 걸지 말아야 할 정도였지만 재키는 그런 그가 좋았다. 그의 얘기가 웃기고 흥미롭기도 했기 때문이다. 그녀가 두 눈을 굴리는 건 그가 현재 푹 빠져 있는 만화책에 대해 떠벌리기 시작할 때뿐인데 만화에 대해서라면 그는 정신이 멍할 정도로 세심히 물고 늘 어졌다……. 만화는 그녀의 관심대상이 아니다. 승부가 빤한 경기장에서 이상한 옷차림의 사내들이 벌이는 비밀탐험 놀이 라니……. 다만 웨인이 늘어놓은 길고도 깊은 묘사와 분석 덕 분에 이따금 그녀도 얼치기 비평이 가능할 정도는 되었으며 그 때문에라도 웨인이 광상문(狂想文)을 쓴 몇몇 타이틀은 읽 고 싶기까지 했다. 「다크 나이트의 리턴즈」, 「배트맨: 이어원」 (하지만 「다크나이트의 반격」은 아니다. 그건 가격만 비싼 쓰레

기에 불과하다.), 그리고 「샌드맨」과 「살인광 조니」(제목이 더 우스꽝스러웠으면 좋았을 텐데.) 등이 그렇다. 최소한 그녀는 그의 만화 강의에 좀 더 집중하기로 했다. 지난 한 달, 웨인한 테 어떤 일이 있었는지 이해하는 데 도움이 될 수 있다는 생각에서였다. 세상이 꺼진 후, 가장 사소한 징후는 폭포처럼 흘러나오던 언어의 강이 완전히 말라버렸다는 것이며 가장 극적인 예는…… 그가 미쳤다는 사실이다…….

……총을 청소하다……

……한 번에 한 정씩. 웨인이 둘의 피스톨을 분해하는 동안 재키는 라이플로 로프 장벽을 겨누었고 라이플을 청소할 땐 정치가의 자동화기를 사용했다……. 그녀도 무기를 분해하고, 청소하고, 기름칠 할 수는 있었다. 웨인 자신한테 무슨 일이 있을 경우에 대비해 배워둘 것을 고집했기 때문이다(물론 농담이겠다. 아니면 이 마당에 섣부른 임산부의 몸으로 어딘들 갈 수 있다는 말인가? 그야 말로 웃기는 얘기가 아닐 수 없다. 만삭의 임산부 양 손에 연기 나는 총을 들고 무리들과 싸워 이기다! 하하.) 찐득한 기름 냄새에 욕지기가 나는 바람에 그녀는 자리에서 일어나(사실은 돌에 기대) 엄호를 했다. 그로써 웨인은 계획한 대로 일을 해나갔다……

……그리고 밤을 준비하다……

……불침번과 취침. 그가 먼저 보초를 서고 그녀가 나중이었다……. 침낭을 펼치고 두 발을 이용해 샌들을 밀어낸 후 모닥불(그는 계속 땔감을 더해 불을 더 크고 뜨겁게 키워냈다) 반대편에 앉은 웨인을 보며 물었다. "놈들이 언제 도착할까?" 그가 대답했다. "모르지. 운이 좋으면 오전 늦게나 이른 오후에." 의외의 대답이다. 매복이든 아니든, 최후의 저항이든 아니든 패거리가 새벽녘에 모습을 드러내지 않을 경우, 둘은 이 자리를 포기할 거라고 생각했던 것이다. 고지의 이점이야 있지만("고지를 선점하라." 웨인이 늘 그렇게 말하지 않았던가?) 어차피 막다른 골목이었다. 만일 패거리가 인공 거미집은 물론 교각에 설치했을 함정들을 돌파하고 바위턱 언저리까지 밀려닥칠 경우 그녀와 웨인은 말 그대로 독 안에 든 쥐 꼴이 되고 만다('항상 탈출구를 확보하라.'는 그의 병법 하나를 어기는 셈이다.). 그보다는 선택의 가능성을 열어두고 일단 퇴각을 한 다음 패거리를 처치하는 웨인의 능력을 믿는 게 낫다는 생각이 들었다……. 그에게도 그런 얘기를 했지만 소용은 없었다. "여기가 최고의 기회야." 그의 대답은 그랬다. 그리고 그녀가 웨인의 병법을 빌어 "싸우고 달아나라. 그래야 살아서 다시 싸울 것이다."라고 호소했지만 웨인은 꿈쩍도 하지 않았다. 어쨌든 눈썹이 무거워지기도 해 내일 다시 토론

하기로 하고 침낭 안으로 미끄러져 들기는 했다.

재키, 잠을 설치다……

……이 시기의 임신 단계에서 어차피 숙면은 불가능했다. 적어도 침낭 하나 달랑 깔아놓은 암반에서는 아니다. 꿈이 너무도 생생하고 혼란스럽기도 했다. 『임신한 당신……』에는 당연한 일이라고 적혀 있었다. 임산부야 원래 온갖 종류의 악몽에 시달린다. 하지만 지난달의 고생들 그러니까 그녀의 잠재의식에 완전히 새로운 차원의 불안과 공포를 심어준 패거리로부터 달아나기 위해 쉬지 않고 행군했던 지난한 투쟁으로 악몽은 더욱 심해졌다……

……그녀는 9번국도 위에 있었다. 그곳에 있던 20~30대의 차들이 거의 동시에 멈춰 섰다. 검은색 SUV만이 예외였는데 그 차는 앞쪽의 빨간색 세단 트렁크를 박살내버렸다……. 그녀와 웨인은 차창을 통해 차 내부를 엿보았다. 어느 것 할 것 없이 보라꽃으로 가득했다. 차 한 대당 하나에서 네 그루까지 뱀의 두께에 잔뜩 비틀린 줄기 그리고 해바라기만큼이나 커다란 꽃들이다. 그녀로서는 처음 보는 종류의 꽃이나 어차피 식물은 전공이 아닌 취미에 불과했다……. 꽃은 꽃잎들이 한없이 겹친 모양이었다. 장미 비슷하긴 한데 꽃잎 하나의 크기가

10~15센티미터로 무척 긴 데다 가장자리도 톱니처럼 깔쭉거렸다. 빛깔은 획일적인 가짓빛이었다. 꽃의 중심은 꽃잎들에 덮여 보이지 않았는데 모양은 흡사 키스해 달라고 내민 입술 같았다. 그리고 그 때문인지 꽃자루를 보는 것만으로 마음이 불안했다. 파슬리 색의 뻣뻣한 줄기는 잔털로 가득했으며 부채 모양의 이파리는 너무 작아 퇴화된 것처럼 보였다…….
재키는 식물을 유심히 살펴보았다. 운전대, 기어, 목받침대, 문고리, 페달 등을 한꺼번에 꽁꽁 감은 넝쿨과 차창에 번진 보라색 꽃가루. 차 한 대가 각각의 독립된 온실 같았으나 그 어느것도 말이 되지 않았다. 양분도 수분도 없는 이런 척박한 환경에 이런 크기의 식물이 생존할 방법은 없다……. 그녀는 무심결에 옆에 서 있는 자동차 손잡이를 잡았다. 웨인이 미처 손을 쓰기도 전이었다. 그녀는 밖을 내다보는 아이처럼 차창에 꽃잎을 바짝 들이댄 식물을 조금 끊어낼 참이었다. 하지만 넝쿨이 엄청난 힘으로 붙들고 있는 탓에 기껏 문틈을 조금 벌릴 수 있을 뿐이었다. 식물에 손이 닿을 정도는 아니지만, 퍽 하고 꽃가루가 터져 나오기엔 충분한 틈이었다……. 그때 웨인이 달려들어 그녀를 갓길로 밀어버렸으나 이미 꽃가루 일부가 그녀의 콧속을 톡 쏘는 라벤더 향으로 가득 채웠다. 그 때문에 그녀는 하루 종일 격렬한 재채기를 했다. 그래도 향은 지워지지 않았다……. 그녀는 웨인에게 화를 냈다. 그녀를 보호하려 들어서가 아니라 처음부터 꽃을 꺾을 이유가 없었음을 깨닫게 만들었기 때문이다……. 도대체 그걸로 뭘 어쩌겠다고? 현미경을 찾는다면 살펴 볼 수야 있겠지만 그 다음엔? 그녀는 전공으로 생물학 부전공으로 심리학을 공부하던 대학 3학년 생이었다. 보라꽃 슬라이드를 연구한다 해도 기껏 그 꽃이 식물임을 밝혀낼 수 있을 것이다……. 현재의 상황에 대한 통찰력을 얻는 건 불가능했다……. 그녀는 되도록 멀리 떨어져 그가 이따금 "괜찮아?"라고 묻는 질문에도 간단하게 "응."이라고만 답했다. 사실 라벤더 향을 빼면 아무 문제도 없었다(그날 밤 운전하는 꿈을 꾸었다. 운전에 집중하기 어려울 정도로 피부가 가려웠다. 이윽고 손톱 끝부터 부서지더니 어느 순간 그녀의 전신이 분해되기 시작했다……. 손, 턱, 손가락에서 부서진 가루가 운전대 위로 흘러내리고 의자에 기댄 상체가 붕괴되고 두 발이 구두 안에서 가루로 변해갔다……. 순간 숨을 쉴 수가 없다는 생각에 두려워지기도 했으나 그도 더 이상은 의미가 없었다. 마침내 그녀는 완전히 소멸되었다……. 그리고 쿵쿵거리는 심장을 끌어안고 잠에서 깨었다. 아이가 그녀의 흥분에 놀라 발길질을 했지만 괜찮다. 정말로 괜찮다. 아직 자기 안에 살아있다는 뜻이기 때문이다. 여기 이 세상에……. 그녀는 족히 30분 이상 두 손으로 그녀의 피부를 더듬고 여드름과 주근깨 하나하나 감지 못한 머리카락 한 올까지 자신이 분해되지 않았음을 확인했다……. 웨인도 눈치를 챘겠지만 아무말 하지 않았다. 그리고 재키가 그 꿈에서 벗어나 당시의 느낌을 그에게 설명한 건 그로부터 1주일이나 지나야 했다……. 놀랍게도 그는 해몽도 않고 그저 끌끌거리다가 입을 다물었다.)……

……그 꿈은 또 그녀가 글렌과 함께 부모님 집에 얹혀살던 시절로 미끄러져 들어갔다. 그는 또 술에 취했다……. 아직 끝나지도 않았다. 술잔을 채우러 돌아다닐 필요가 없도록 아예진과 토닉 병에 얼음통까지 카우치로 들고 나왔다. 그가 반쯤 녹은 조각얼음을 한 움큼 미지근해진 술잔에 넣었다……그는 대부분의 시간을 술잔에 빠져 살았다. 어차피 세상의 종말이잖아. 누가 말리겠어? 부모님은 숍라이트 슈퍼마켓에 다녀온다고 했다. 불과 두 시간, 길어야 세 시간이면 끝날 일이건만 벌써 스물둘 아니 스물네 시간이 흘렀다. 그녀에게 키스하며(글렌은 외면했다. 그녀의 임신 소식을 듣고부터는 늘 그런 식이다.) 곧 돌아오겠다고 약속했건만 무슨 일인지 감감무소식이었다. 당연히 초조하긴 했지만 그래도 예상만큼 당혹스

럽거나 하지는 않았다. 채널이 모두 깜빡거리며 꺼지기 전 TV에서 목격한 내용에도 불구하고(그들이 보도해 준 기이한 공포도 이제 청색의 지직거리는 화면에 덮어버렸다.), 부모님이 돌아오시리라는 미련을 버리지 못해서일 것이다⋯⋯. 계단을 올라가 거실 전망창 앞에 섰을 때 그녀의 눈에 비친 건 그들이 사는 작은 동네였다. 언제나와 다르지 않은⋯⋯ 화재도 폭동도 없고 살점이 떨어져나가는 질병으로 죽는 사람들도 없었다(그런 소문은 학자들이 잠재울 겨를도 없이 순식간에 퍼져나갔다. 변종 조류독감은 생물학무기에 밀려나고 변종 천연두 얘기도 마찬가지였다. 개연성이 큰 탓에 거짓말 같은 독성까지 곁들여졌으나 그게 사실이라 해도 병균을 누가 뿌렸는지에 대해서는 의견이 분분했다. 불과 3일 만에 지구를 장악했기 때문이다⋯⋯. 테러리즘도 보다 허망한 설명으로 대체되었다. 가공할 나노 테크놀로지가 얼마 전 알바니 공장 참사 때 방출되었다는 개소리다. 며칠 전 밤하늘을 가로지른 유성이 외계 바이러스를 뿌리기도 했다. 아, 그리고 신의 분노⋯⋯ 이 국제적 사건이 묵시록에 묘사된 내용에 일치하는 바가 거의 없다 해도 상관없었다. 성직자들이야 성경을 자신의 목적에 맞게 요리하는 전문가들이라 이번에도 기막힌 논리와 설교가 곁들여졌다. 하지만 그녀와 글렌이 목격한 또 다른 그림들은 또

어쩌란 말인가? 순식간에 붕괴되는 도시에 갇힐 뻔하지 않았
던가? 설마 시카고의 건물들 위를 성큼성큼 걸어 다니는 우
주로봇이나 괴물 때문이라는 얘기는 아니겠지? 그건 터무니
없는 상상이다. 그러려면 엄청나게 큰 놈이어야 하는데, 도대
체 그런 게 어디 있다는 말인가……? 그럼 에어포스원과 충돌
한 건 또 뭐람? 날개까지 달린 괴물이라고? 그 또한 우스꽝스
러운 얘기다. 그렇게 커다란 새도 있을 리가 없었다. ……창밖
을 내다보는데 갑자기 동요가 일었다. 도로를 따라 전속력으
로 달려오는 자동차 한 대…… 잠시 그녀는 부모님이라고 생
각했다. 드디어 쇼핑을 마치고 돌아온 것이다. 그리고 다음 순
간 그 차가 부모님의 스바루가 아니라, 그보다 작은 소형차임
을 깨달았다. 백색 지오 메트로, 웨인의 차. 사람들한테 늘 놀
림만 받던 바로 그 차다. 지금도 어찌나 빠른지 자동차 엔진
이 터질 것만 같았다. 그리고 재키는 머리 위로 떠다니는 어두
운 그림자를 느꼈다. 어떤 사악한 기운이 당장이라도 그녀를
덮쳐 험악한 협곡으로 끌고 갈 것만 같았다. 그녀는 머릿속으
로, *오지 마, 그냥 차 몰고 가버려!* 라고 외쳤다. 타이어가 비명
을 지르며 웨인이 그녀의 진입로 안으로 당향을 틀었다. 자동
차는 먼지와 풀을 날리며 잔디밭 위에 꼬리를 반쯤 걸치고 멈
췄다. 웨인은 엔진도 *끄지* 않은 채 차에서 뛰어내린 다음 현관

문으로 달려왔다. 그리고 두 손으로 있는 힘껏 두드리며 잔뜩 갈라진 목소리로 있는 힘껏 그녀의 이름을 불러댔다……. 그녀는 그 자리에서 꼼짝하지 않았다. 차라리 웨인이 (그게 뭐든) 자기 몫의 저주를 데리고 그의 난쟁이 차로 달아나기를 바랐다. 그때 글렌이 꼬부라진 소리로 들어오라고 권하는 소리가 들렸다. 맙소사 오지랖도 넓으셔라. 그래서 그녀는 문으로 건너갔다. 그에게 그냥 돌아가라고 말할 참이었다. 뭔지는 몰라도 그들과 상관없는 일이라고 얘기할 생각이었다(웨인에게 그렇게 야멸치게 등을 돌릴 수 있다고 생각하는 자체가 경악스러운 일이었다. 늘 최고의 남친이라고 떠벌리고 다녔는데 말이다. 물론 최근 몇 년간은 늘 글렌 다음이었지만.). 하지만 그녀가 잠금장치를 돌리는 순간 문이 활짝 열리며 웨인이 안으로 달려 들어왔다. '당장 달아나야 해. 시간이 없어!'……제키는 그의 냄새부터 맡았다. 납과 알칼리가 혼합된 악취. 그녀는 그의 옷을 보고 냄새의 정체를 깨달았다. 피와 두려움. 그의 옷은 피를 비롯한 이상한 물질들이 덕지덕지 엉겨 붙은 채였다(뼛조각인가? 저 분홍색 덩어리들은…….). ……그것만으로도 이미 최악이건만 마침내 그의 말이 의미가 통하기 시작했다. 그녀가 그의 팔을 잡으며(손에 닿는 피가 어찌나 섬뜩한지 그만 움찔하고 말았다. 도대체 무슨 일이 있었기에?) 진정할 것을 주문했다. '자, 진정해. 이제 괜찮아.' 하지만 그녀의 말은 아무 소용이 없었다. 그는 그녀의 팔을 잡고 계속 달아나야 한다며 애원했다. 글렌이 계단에 나타나 상황을 판단한 것은 바로 그때였다. 항상 신경을 건드렸던 사내. 두 사람의 관계를 불안하게 만들던 장본인이 드디어 재키를 납치하러 온 것이다…… 그 즉시 다음 상황을 짐작해야 했다. 특유의 마초 기질에도 불구하고 글렌은 근본적으로 재키한테 부드럽고 친절했었다. 하지만 내면의 라인배커를 끌어내는 데는 진토닉 몇 잔보다 확실한 건 없다. 그는 무서운 속도로 달려와 웨인의 가슴을 들이받는 것으로 그 사실을 증명했다. 웨인은 벽에 부딪쳤다. 둘 다 바닥에 나동그라질 만큼 가공할 충돌이었다…… 웨인이 손을 놓으려 하지 않은 탓에 재키도 뒷걸음치다가 카우치 위로 넘어지고 말았다…… 이제 글렌도 피를 뒤집어썼다. 그가 주먹으로 웨인을 때리려는데 웨인은 용케 다리를 굽혀 글렌을 힘껏 차냈다. 글렌은 하마터면 계단을 굴러 떨어질 뻔했다…… 재키, 그녀는 손으로 배를 누르며 당장 그만두라고 이게 무슨 짓이냐며 소리쳤다. 하지만 웨인도 글렌만큼이나 감정이 많았다. 그녀도 그의 질투를 알고 있었고 때문에 감정을 건드리지 않기 위해 갖은 애를 쓰던 터였다…… 그 둘은 완전히 엉겨 붙고 욕하고 저주하고 난리도 아니었다. 미치겠군. 재키도 짜증이 났다. 차라리 엄마, 아빠가 오는지 지켜보는 게 낫겠어……. 그때 전망 창이 안으로 터지더니 거실에 거대한 괴물이 서 있었다. 괴물은 이를 드러낸 채 개가 털에 묻은 물을 털어내듯 그렇게 유리조각들을 떨어냈다……. 그녀가 비명을 지르며 허겁지겁 카우치 위로 올라갔다……. 그 와중에도 그녀는 괴물의 크기와 생김새를 파악했다. 어깨까지 1.2미터 정도, 그 위로 잔뜩 웅크린 등이 그보다 30센티미터는 더 높았다. 머리는 추수감사절 칠면조 몸통만큼이나 크고 다리는 식당차 접시만 했다. 그녀는 순간 뉴욕 부자 동네에 하이에나가 웬 말이래? 하는 생각을 했다. 물론 하이에나일 리가 없었다……. 넋을 잃은 채 두 손을 들고 있던 글렌이 제일 먼저 희생되었다. 괴물이 그를 덮치더니 무딘 턱으로 그의 팔을 물고 그대로 어깨에서 뜯어냈다. 뼈가 끊기고 부러지는 소리와 근육 찢어지는 소리는 이내 글렌이 토해내는 비명과 피의 분출로 이어졌다. 괴물의 울음소리도 들렸다. 베이스의 울부짖음과 바이올린의 최고음을 토해내듯 한 날카로운 포효……. 괴물은 글렌의 팔을 강아지 고무장난감처럼 물고 있다가 짧은 고갯짓으로 한쪽으로 던지고 곧바로 그에게 달려들었다. 웨인은 그 순간을 이용해 그 자리에서 기어 나왔다. 얼굴이 공포로 백짓장 같았다. 놈은 글렌을 벽으로 밀어붙이고 날카로운 이빨로 머리를 물었다. 성대가 끊긴 탓에 그의 비명은 이미 인간의 한계를 넘어서고 있었다. 거기에 재키의 비명도 더해졌다……. 재키는 자신이 왜 아직 기절을 않는 건지 이해가 가지 않았다……. 놈이 턱을 조이자 무언가 터지는 소리가 들렸다. 손으로 계란을 깨뜨리듯 쩍 하는 소리. 글렌의 비명도 그쳤다. 재키의 비명은 계속 이어졌다. 눈앞에서 펼쳐진 참상의 공포를 죽을 힘을 다해 토해내야 했다……. 웨인은 허겁지겁 몸을 일으킨 다음 비틀비틀 한참 포식 중인 괴물을 지나(하마터면 깨진 유리를 밟고 미끄러질 뻔 했다.) 그녀의 손을 잡았다. 현관 쪽으로 끌려가면서도 그녀는 비명을 멈추지 않았다. 문은 열려 있었으나 웨인은 대기를 가득 채운 기이한 괴성들에 걸음을 멈추어야 했다. 불협화음의 교향곡…… 그리고 어두운 그림자들이(도대체 저게 몇 마리야? 스물? 서른? 그 이상?) 마구 진입로 위를 뛰어다녔다……. 웨인의 손이 감전이라도 된 듯 파르르 떨렸다. 그도 이미 붕괴 직전이었음을 그녀가 깨달은 건 훨씬 나중의 일이었다. 자칫 정신줄 하나라도 놓는 날엔 그대로 끝이었다……. 그녀는 다시 비명을 지르기 위해 숨을 고르고 있었다. 6개월 반 정도 되면 호흡이 짧아 (이제 막 괴물의 이빨에 희생된 애인과 잭 대니얼의 명복을 비는) 비명을 오래 이어갈 수가 없었다. 웨인의 손이 움찔한 건 바로 그 순간이었다. 그녀가 그의 얼굴을 보았다. 공포가 특유의 멍한 표정을 완전히 다른 차원으로 바꿔놓았다. 그녀도 비명을 지를 수가 없었다……. "가자." 그가 그녀를 끌고는 거실을 가로지르고(괴물이 두 사람을 향해 으르렁거리며 턱을 딱딱거렸다. 오, 맙소사, 글렌…….) 부엌의 지하실 문과 계단을 지났다. 지하실 안쪽의 기름탱크에 이르자 웨인은 작업대에서 헝겊과 기다란 성냥갑을 집어들었다. 아주 옛날부터 아빠가 놓아둔 성냥이었다……. 위층 바닥이 쿵쿵거리고 삐걱거렸다. 더 많은 괴물들이 집 안으로 쳐들어 온 모양이다……. 웨인은 기름탱크의 게이지를 확인하고 나사를 풀기 시작했다. 게이지가 한 번 두 번 돌다가 걸렸다…… 그가 렌치를 가지러 작업대로 돌아갔다. 그동안 머리 위에서는 괴물들의 울부짖음과 발톱으로 경목바닥을 긁는 소리들이 이어졌다. *글렌, 글렌을 두고 서로 싸우는 거야. 갈가리 찢긴 시체를 차지하기 위해.* 재키가 머릿속으로 울부짖었다……. 웨인이 게이지를 완전히 열었다. 진한 기름향이 그녀의 코를 가득 채웠다. 그는 헝겊을 탱크 안에 밀어넣었다. 처음엔 반, 다시 반…… 그는 헝겊이 탱크 밖으로 늘어지게 한 다음 성냥갑을 집었다……. "바깥 문으로 가서 문을 열어. 활짝 열지는 말고 그냥 뒷마당 상황을 확인할 정도만." 그가 성냥 세 개를 골라내며 말했다. 그녀는 지시대로 지하실 철제문의 빗장을 풀고 어깨로 밀어올렸다. 그녀의 눈에 보이는 마당은 조용한 신록이었다……. "좋아, 내가 '뛰어'라고 외치면 문을 활짝 열고 이웃집으로 무조건 달려. 저기 노란 집." 6개월 반짜리 임산부한테 무조건 달리라고? 하지만 재키가 따져묻기도 전에, 그가 첫 번째 성냥을 그었다……. 성냥에 불꽃이 일자 그가 지체 없이 헝겊 끝에 갖다 댔다……. 성냥불이 혀를 날름거리며 헝겊을 핥았다. 그리고 그녀가 열 발짝쯤 마당을 가로지를 때 웨인이 뒤에서 "뛰어!"라고 소리쳤다. 배와 가슴이 고통스러울 정도로 심하게 흔들렸다. 두 다리도 거치적거리며 자꾸만 주저앉으려 했다. 폐에도 불이 붙었다. 뒤를 돌아볼 수도 없었다. 자신이 괴물한테 먹히는 순간을 보게 될까 겁이 나서였다. 그녀는 그저 빨리 끝나게 해달라고 빌었다. 이윽고 웨인이 옆으로 다가와 그녀와 보조를 맞추었다. 그리고 두 사람이 마당 끝에 다다랐을 때 탱크가 터지며 집을 날려버렸다. 쾅! 나무와 유리가 무서운 속도로 회전하며 날아와 창문 밑의 가스탱크를 건드렸다. 소리로 보아 웨인의 차였다……. 그 자리에서도 열기가 느껴질 정도였다. 건물 잔해 주변에 널브러진 놈들의 시체 쪼가리들도 보았다. 도무지 몇 마리인지 짐작도 가지 않았다……. "글렌." 그녀가 다시 감상에 빠지려 했으나 웨인이 그녀를 재촉했다……

……그녀가 잠시 눈을 떴을 때 웨인은 불 옆에 앉아 있다. 그녀가 다시 잠든다……

……그리고 다시 꿈. 두 사람은 9번국도의 병원 응급실에 들어와 있다. 재키가 의료장비가 더 필요하다고 고집을 부렸기 때문이다. 웨인의 팔뚝을 지그재그로 찢어놓은 상처도 돌봐야 했다. 그녀가 최선을 다해 봉합했지만 결국 곪기 시작했다. 검은 피딱지 주변의 피부가 녹색을 띤 채 지독한 악취를 뿜어대 욕지기가 날 정도였다……. 최소한 지스로맥스 발포팩을 찾아 발라주고 운이 좋아 적당한 도구를 찾아낸다면 치유도 가능할 것이다(의사가 되지 못한 간호사 모친을 둔 이점이겠다.). ……웨인은 괜찮다면서도 양손의 총을 앞세운 채 그녀보다 먼저 건물 안으로 들어갔다. ……재키는 아직 무기를 들지 결정을 내리지 못한 터라 이웃집에서 가져온 대형 플래시를 몽둥이처럼 들었다. 복도가 밝은 덕에 배터리를 낭비할 필요는 없었다. 형광등은 꺼져 있었으나 천장이 규칙적으로 열려 비오는 날의 흐린 빛을 끌어들였다. 그녀와 웨인이 수색을 하는 데는 별 지장이 없을 정도였다……. 어둑한 응급실 실내에서 무엇을 만나게 될지 어찌 알겠는가……. 그녀도 패거리라고 명명된(웨인의 작명이다. 틀림없이 그녀가 모르는 만화

책의 작명일 것이다.) 그 이빨 괴물들에 대해 지금 이 상황에서 맞닥뜨릴 걱정은 없다는 정도의 정보는 갖고 있었다……. 그보다는 그 이상한 보라꽃 한두 그룹이 가능성이 높겠다. 9번 국도를 달리던 중 만난 차들은 거의 예외 없이 그 식물들로 차 있었는데 그들을 본 것도 오직 그곳뿐이다. 식량, 의복 등의 보급품을 찾아 들어간 가게 어디에도 그런 건 없었다. (언뜻 뭔가 움직이는 것 같기는 했지만 얼른 고개를 돌렸을 때는 아무도 없었다……. 아무래도 신경과민인 모양이다.) ……하지만 웨인은 긴장을 늦추지 않고 열린 문을 만날 때마다 총 두 정을 내세우고 안으로 뛰어든 다음 사방으로 휘저으며 방을 훑어나갔다. 그 후에야 그는 재키를 향해 "이상 무!"라고 외쳤다. 그녀는 그의 과도한 몸짓이 우스꽝스러우면서도 재미있었다. 물론 경계는 필요했고, 웨인도 여러 번 능력을 증명한 바 있었다. 그녀의 집을 폭파시켜 패거리 병사들을 최소 50에서 60퍼센트까지 줄인 것도 그렇고 바로 어제 패거리의 척후병 하나를 맥도날드의 대형 냉장실로 유인해 가둬버린 것도 그였다……. 문제는 웨인의 행동엔 분명 수행적인 요소가 있다. 그러니까…… 좋아하는 만화가가 그린 주인공의 행동을 그대로 따라 하고 있다는 말이다……. 지난 열하루의 사건들은 웨인을 크게 위축시켰는데 아무리 심리학 전공자가 아니라 해도 그 이유는 충분히 알 수 있었다(하지만 그 깊이를 천착하기 위해선 박사학위가 필요할 수도 있겠다)……. 어쩌면 그의 행동 변화, 그러니까 기본적으로 추적자들을 노린 무지비하면서도 교활한 폭력에 지나치게 민감하게 반응하는 건지도 모른다. 아니면, 그간의 극한상황에 대한 그의 대응방식을 오독하고 있을 수도 있다. 하지만 안타깝게도 웨인의 정신분열이 진행 중이라는 것만큼은 의심의 여지가 없었다. 아마도 정신의 재배치를 통해 이제껏 교육, 사회, 종교의 이름으로 금지된 극한의 영역에 다다르려는 무의식적 노력일 것이다. 이른바 완전히 별개의 성격을 만들어낸 것이다……. 지난 몇 년간 읽은 시나리오 중 하나를 살아가는 건지도 모른다. 상상불가의 정신적 충격은 물론 지속적인 공포와 불안에도 불구하고 어느 수준에서는 웨인이 현 상황을 즐기고 있다는 인상을 받은 것도 그 때문이다. 세상이 재편되었다. 그리하여 기껏 매일의 주관심사가 식사와 잠과 소일거리밖에 없던 미래 없는 박봉 인생이 무대의 한가운데로 등장하게 되었다……. 두 번째 실험실에서 잠긴 캐비닛 하나를 찾아 웨인이 자물쇠를 부셨다. 발포팩과 항생제 등의 의약품으로 가득한 캐비닛이다. 재키가 스톱앤숍에서 가져온 비닐쇼핑백에 물건들을 쓸어 담았다……. 세 번째 방의 커다란 필통처럼 생긴 금속상자엔 메스,

탐침, 핀셋들 외에, 식염수 십여 병, 다양한 종류의 거즈와 반창고가 가득했다……. "잭팟!" 그녀가 외쳤다. ('죽은' 아버지가 붙여준 별명이지만 그녀는 열두 살 때부터 그 호칭에 대답을 거부했다. 그녀가 두 눈을 훔치며 향수를 억눌렀다.)…….

그녀는 웨인을 앉히고 (출혈에 대비해) 싱크대 가장자리에 한 팔을 올려놓게 한 다음 남은 손에 플래시를 들려주었다…….

총을 내려놓아야 하는 상황이라 께름칙하기는 했으나 다른 광원이 없기 때문에(이 방에서는 하늘도 보이지 않았다.) 도리가 없었다. 그는 총을 싱크대 맞은편에 걸쳐놓고 행여 뭐든 들어오면 얼른 몸을 낮추라고 지시했다. 그녀는 걱정 말라고 대답했다……. 그녀는 그의 팔에 앉은 딱지에 식염수로 수분을 공급한 후 메스와 탐침을 놀려 말라붙은 피를 벗겨내기 시작했다. 잘 떨어지지 않는 부위는 메스로 도려냈다. 딱지가 벗겨지며 웨인이 헉 하고 숨을 삼켰다. 상처를 드러낸 다음에는 식염수 반 병을 부어 다양한 크기의 파편 조각들을 씻어 내렸다. 그리고 웨인에게 불빛을 가까이 대도록 하고는 탐침으로 최대한 조심스럽게 상처를 뒤져나갔다. 통증이 있을 때마다 웨인의 손에 든 불빛이 흔들렸다. 그녀는 이번에는 탐침 대신 핀셋으로 고름주머니를 터뜨리고 그 속에서 작은 조각 하나를 끄집어냈다. (그녀는 패거리의 이빨 조각이라고 생각하고 정밀

검사를 해볼 생각이지만 웨인한테는 말하지 않았다. 그래봐야 그 샘플로 뭔가 도움이 될 만한 결과를 도출해 내기는커녕 기껏 생물학도에 불과하다는 사실만 상기시켜줄 터이기 때문이다.). 그녀는 고름을 닦아낸 후 다시 한 번 팔을 검사했다. 다른 상처는 없었다. 그녀는 상처에 항생제 크림을 잔뜩 바르고 붕대를 감아주었다……. 치료 중에는 재키도 가급적 웨인의 얼굴을 보지 않으려 했다. 상처를 뒤집을 때의 고통을 잘 알고 있기에 자칫하면 집중력을 잃고 실수할 수 있기 때문이다. 그녀는 팔을 소독하고 치료하고 어떤 종류의 감염이든 날려버릴 약까지 충분히 바른 다음에야 긴장을 풀고 미소 띤 얼굴로 그를 올려다보았다……. 그리고 하마터면 비명을 지를 뻔했다. 웨인의 얼굴이 입 위에서부터 사라진 것이다. 짙게 드리운 검은 그림자가 마치 누군가 머리 위에 검은색 페인트 통을 뒤집어씌운 것만 같았다……. 다만 이 페인트는 흘러내리지 않고 그 자리에 머물렀다……. 재키는 벽에 부딪치며 황급히 방에서 빠져나왔다. 웨인이 플래시로 그녀를 비추며 따라왔다. "왜 그래? 무슨 일이야?" 그가 플래시로 홀 위아래를 훑었다가 다시 그녀에게 가져갔다. 현란한 불빛 때문에 그림자처럼 보였으나 그래도 그녀는 그의 뒤와 위에 버티고 있는 기운을 느낄 수 있었다. 거대한 날개처럼 물결치는 암흑의 구름……. 그녀는 한 손으로 배를 다른 손으론 눈을 가렸다. 이윽고 웨인이 플래시로 바닥을 비추며 무슨 일인지, 왜 그러는지 물었다. 마침내 그녀가 용기를 내어 고개를 들었을 때 그의 얼굴은 완전히 깨끗했다(애초에 헛것을 본 건 아니었을까?). 그의 뒤에도 아무것도 없었다……. 그녀가 두 손을 떨어뜨리고는 손짓으로 그의 집요한 질문을 물리쳤다. "미안……그만 헛것을 봤나 봐." 물론 만족스럽지 못한 대답이지만 지금은 패거리에게 잡히지 않아야 한다는 강박관념 때문에 그도 더 이상 따지지 않았다……. 그녀가 뭔가 분명히 본 것만은 분명했다……. 그게 무엇이든…….

이른 새벽……

……3시 30분……

……웨인이 불침번 교대를 위해 그녀를 깨우다……

……재키는 침낭까지 뒤집어 쓴 채 불에 바짝 붙어 앉아 시간을 보냈다. 화톳불은 이제 불씨밖에 남지 않았다. 밤은 생각보다 추웠다. 근래 들어 제일 추운 모양이었다(이른 겨울을 예고하는 건가?). 라이플은 바로 옆 바닥에 두었다. 호기심 때문에라도 웨인에게 기어이 이름을 물어보겠다고 벼르던 그 라이플이다. 15분마다 총을 집어 망원렌즈로 다리 끝은 물

론 로프 함정까지 샅샅이 훑었지만 함정 너머의 차 두 대가 고작이었다. 교각의 조명들은 청색에서 적색, 다시 청색으로의 스펙트럼을 계속해서 오르내렸다……. 그녀는 웨인도 확인했다. 그는 침낭 안에서 깊은 잠에 빠진 듯 보였다……. 재키는 아직 꿈을 떨쳐내지 못했다. 도대체 어떤 일이 있었기에 저렇듯 정신 지형에 구조적 왜곡이 일어난 걸까. 그녀의 집으로 달려오기 전 어떤 일이 있었고 온몸에 뒤집어 쓴 피와 살점들이 누구의 것인지에 대해서는 끝내 입을 다물었다. 그녀가 아는 바로는 그의 엄마가 분명 집에 있었다. 아버지와 여동생도 있었을 텐데 한사코 대답하지 않는 것으로 보아 아무래도 모두 죽은 모양이다. 패거리가 가족을 덮쳐 그의 앞에서 산산조각 낸 것이다……. 그로 인해 떠오르는 질문 하나. 그는 어떻게 탈출한 거지? 아니 애초에 패거리가 어떻게 집 안에 들어간 걸까? ……그 대답은 온갖 종류의 우연과 행운들뿐이었다. ……패거리가 웨인의 집 뒷문으로 들어가고 그가 현관문을 통해 빠져나왔을 수도 있다. 아니면 어쩌다 지하실 계단 아래로 굴러 떨어져 가까스로 창고를 빠져나왔을 것이다. 아빠와 엄마가 목숨을 걸고 놈들을 따돌리는 동안 자동차까지 달아났을 가능성도 있다……. 그런 식의 트라우마는 글렌을 죽인 패거리와의 치명적인 재회와 결합되어 일종의 방어기제를 만들고 산산조각난 정신을 임의로 재조립해 생존에 가장 적합한 구조로 변형되었을 것이다. 물론 그가 슈퍼히어로들의 초기 구조를 반복하고 있다는 정도는 그녀 자신도 알고 있었다. 요컨대 중대한 심적 트라우마가 삼각팬티 차림의 분신을 창조했다는 개소리인 셈이다. 어쨌든 두 경우 모두 트라우마에 대한 대답이자 영속적인 증후군인 것만은 사실이며 웨인 또한 그의 조각난 의식이 사방으로 흩어지는 것을 막기 위해 원형의 판본을 끌어냈다……. 지난 학기에 이상 심리를 수강하지 않은 게 너무나 아쉬웠다. 멍청하게 오지도 않을 미래를 위해 보류하다니. 하기야 학부 과정에서 그 어떤 수업을 듣는 들 지금의 이 상황에 대비할 수 있었겠는가? 게다가 도대체 뭘 알아내겠다는 거지? 웨인을 이해하고 그래서 치유하겠다고? 정확히 어떤 식으로? 그녀가 알고 지냈던 50만 년 전의 차분한 수다쟁이로 돌려놓겠다는 건가? 그게 가능해? 그 웨인도 지금의 웨인처럼(그에게 언급하지는 않았지만 지금 웨인은 가끔 배트맨이나 섀도맨을 떠올리게 했다.) 그녀와 아기를 안전하게 지켜줄 수 있을까? 수많은 병법서들에서 읽은 온갖 속임수와 함정을 기억하고 또 실제로 구현해 낼 수 있을까? ……질문은 현학적일 수밖에 없겠다. 자아가 끊임없이 어두운 쪽으로 표류해 가는 (또는 두 번째 자아가 첫 번째를 잠식해 가는) 존재와 함께 있으면서 얼마나 더 안전하길 바란단 말인가? 그 단어를 뭐라고 하더라? 빙의? 그렇게 뭔가에 빙의된 사람과 함께? 정체는 모르겠지만 그의 얼굴을 덮고 등 뒤에 망토처럼 버티고 섰던 암흑의 그림자와 함께? 지금껏 다양한 착시현상을 겪었다는 사실을 인정한다 해도 그것만은 분명히 헛것이 아니었다. 그녀는 분명 보았다. 그건 그의 억압된 무의식 어딘가에서 출현했으며 그 계기는 고통일 것이다. 재키가 다시 벌려놓고 헤집은 상처에 플래시 불빛을 고정해야 하는 스트레스에 의해…… 그 이후로 2주 반 동안 계속해서 지켜보았으나 가장 비슷한 현상을 목격한 것은 지난 주였다. 글렌이 비명을 지르며 죽는 꿈에서 깨어났을 때 웨인은 맞은편 벽에 기대 있고 그 뒤에 거대한 그림자가 펼쳐져 있었다……. 그녀가 쿵쿵거리는 심장으로 일어나 앉았다. 그리고 그건 단지 (그녀 판단에) 빛의 속임수에 불과했다……. 지금껏 웨인은 그녀가 알고 있다는 사실에 대해 그 어떤 낌새도 보이지 않았다. 하지만 그걸 어떻게 확신하지? 솔직히 그가 자신에게 드리운 암흑의 그림자를 깨닫고 있는지조차 확신이 없었다……. 솔직히 웃기는 얘기다. 지금 여기 이 삭막한 생존의 기로에서 웨인을 붙들어 앉혀놓고 무슨 일인지 캐묻는 게 가당키나 하다는 건가? 그래서 그가 솔직하게 대답한다면? 아니 그럴 수는 없다. 이제와 그의 자아를 분리하는 건 너무 위험했다. 그래서 그가 감추려 한 비밀을 그녀에게 들켰다고 느끼게 하라고? 그래서 그가 그녀를 버리면? ……그건 마치 임신 사실을 알게 되었을 때의 기분과도 같았다. 몇 주 동안 그녀의 배가 끊임없이 얘기해 주던 바를 확인하고 창백해졌을 때의 기분……. 상황의 심각성 때문에라도 그녀와 글렌, 그녀와 그녀의 부모가 앞으로의 일정에 대해 상의했을 거라고 생각했겠지만 상황은 정반대였다. 글렌은 아예 아무 말도 하지 못했다. 그 상황을 언급하는 것만으로 자기 신세가 돌이킬 수 없이 망가진다고 믿는 사람 같았다. 그는 그때마다 막연하게 얼버무리고는 오히려 섹스에 더 열을 올렸다. 이제 와서 보호 자체가 무의미했기 때문이다. 비록 전문대 주차장에 세워 둔 그의 차에 타는 식으로 두 사람이 만나기는 했으나 결국 그녀 혼자 감당해야 할 몫이었다……. 그녀의 부모는 더 심했다. 두 사람은 아예 둘의 당혹감을 이해하기는커녕 그 어떤 형식의 (마지못한) 지원도 거부했다……. 우습게도 그나마 반응을 보인 건 글렌의 아버지였다. 그는 한쪽을 어르고 다른 쪽을 달래며 둘의 눈물을 쏙 빼놓고는 당장 자기 집에서 나가라고 호통을 쳤지만 그래도 한 주에 한 번씩 전화해 어떻게 지내는지 안부를 챙겨주었다. 돌이켜 보건데 그들 중 가장 정직했고 가장 솔직하게 감정을 표현하는 분이셨다……. 아니, 상황이 심각하다고 대화가 쉬워지는 건 아니다. 오히려 중요한 대화를 치명적으로 불가능하게 만드는 쪽이었다……. 재키가 분명하게 말할 수 있는 건 웨인의 그림자가 다른 모든 것에 걸쳐 있다는 사실이었다. 역병(들), 보라꽃, 패거리(안타깝게도 이 간절한 질문엔 그녀도 설명할 방법이 없다. 정체는커녕 어디에서 왔고 하룻밤 사이에 어떻게 뉴욕 부촌을 휩쓸었는지…… 처음부터 끝까지 말이 되지 않기 때문이다. 그녀도 《네이처》와 《노바》를 충분히 읽었기 때문에 이 정도 크기와 활동의 약탈자들이라면 엄청난 양의 식량을 요한다는 정도는 알고 있지만 그녀가 아는 한 그런 건 어디에도 없다. 그녀와 웨인이 여행 중에 본 시신은 불과 몇 구 정도에 불과했다. '다른 사람들은 바이러스에 먹혔을 것이다. CNN에서 사람들의 얼굴을 먼저 녹이고 결국 뼈까지 완전히 갉아먹는 장면을 본 적이 있다. 어쨌든 그건 또 다른 문제다.' 그 정도로는 줄어든 수의 패거리들에게조차 턱없이 부족했다. 야채라면 모르겠지만 정작 그들은 관심이 없는 듯 보였다……. 게다가 이렇게 오랫동안 그녀와 웨인을 쫓는 것도 이해가 가지 않았다. 둘 다 패거리들의 먹이로는 턱없이 부족한 데다, 아무리 짐승(?)이라 해도 지금쯤은 그들을 쫓는 일이 고통과

죽음을 뜻한다는 사실 정도는 깨달아야 했다……. 이건 흡사 엄청난 무대와 서스펜스로 논리와 일관성을 강요하는 무등급 SF 영화 속에 갇힌 기분이었다.「패거리를 향한 마지막 저항」같은) 그 모든 것이 상자를 잃어버린 직소퍼즐 조각들 같았다……. 비가 내리던 주의 둘째 날에서 마지막 날까지는 말 그대로 하늘이 뚫린 것처럼 퍼부었다. 그들이 피신처로 정한 집 창밖으로 아무것도 보이지 않았다(그 집의 진입로는 보라꽃에 점령당한 미니밴이 차지하고 있었는데 그들이 본 꽃으로는 그게 마지막이었다.). 돌풍이 불 때마다 지붕까지 섬뜩하게 삐걱거린 탓에 그녀와 웨인은 이 세상에 닥친 저주에 대한 설명을 시도하며 시간을 보냈다. 설명은 터무니없을수록 좋았다. 신은 묵시록에 기록된 종말이 현실을 충분히 반영하지 못한다고 판단하고 조금 더 삑적지근한 장면의 연출을 위해 페이퍼백 스릴러들을 닥치는 대로 섭렵했다. 거울, 그러니까 부식된 앨리스의 거울나라에서 괴물들이 뛰쳐나온다. 세상은 일종의 다른 차원, 다른 지구 및 다른 일련의 지구와 이어지는데 그 각각은 근본적으로 다른 차원이라 모든 것이 혼란스러울 수밖에 없다(웨인은 이 시나리오에 '양자 붕괴'라는 조어를 만들어냈다.). 집단 무의식, 즉 스피리투스 문디가 풀려나 악몽들을 무수히 토해냈다……. 한 번은 옛 웨인이 부활했다는 성급

한 생각에(그리고 그와는 어떤 얘기든 가능했기에) 종말이 시작된 후 계속 그녀를 괴롭혔던 느낌을 전하려는 시도까지 해보았다. 이 모든 것이 우발적이며 그 어떤 변화도 세상을 완전히 왜곡해 놓지 못했다는 얘기였다. 아직은…… 그 느낌을 가장 잘 설명할 방법은 그녀의 절친 일레인 브라운이 살해당했을 때의 기분과 비교하는 것이다. 그녀는 지난 해 던킨도너츠의 직장에서 귀가하다가 술 취한 운전사에게 죽임을 당했다. 그녀의 부모는 재키를 부엌 식탁에 앉혀두고 한탄까지 했지만 일레인의 죽음이 아직 확정되지 않았으며 방법만 알아낸다면 모든 것을 되돌릴 수 있다고 확신했다……. 물론 당시는 쇼크 상태였다. 하지만 그 충격 덕분에 세상의 구조에 잠정적으로 더 가까워졌고 따라서 다른 가능성들로부터 그 사건을 분리해 내는 게 가능하다고 느끼게 만든 것이다……. 지금 그녀의 느낌은 주로 규모와 영속성의 측면에서 차이가 있다. 일레인이 죽었을 때 그건 그저 스물네 시간 동안 작은 자동차 옆에 서 있는 것 같았다. 지금은 엔진 세 개짜리 화물열차가 밤낮으로 우르릉거리며 지나는 선로 바로 옆에 서있는 기분이다. 그것도 몇 주간 내내…… 웨인은 그 느낌을 '양자 일탈'이라고 불렀는데(그날 엄청난 양의 양자가 날아다닌 셈이다.) 인상적이긴 했지만 그녀가 설명하고자 하는 맥락을 정확히 짚어주지는 못했다……. 재키의 말에 의하면 그건 운명에 의해 세상의 씨줄과 날줄이 바뀌는 과정을 느끼는 것과도 같았다……. 그녀의 자각에 어떤 이름을 붙이고 그 자각이 심각한 쇼크에 따른 일탈된 결과(그러니까 웨인을 개조한 변신의 아류 버전인데 우리가 아는 한 그건 트라우마에 대한 공인된 반응이다.) 이상의 의미가 있다고 해도 대안의 시나리오로부터 우르릉거리며 달아나는 사건의 화물열차에 대한 그녀의 확신이 갖는 문제는 효용성 제로였다. 결국 그녀가 뭘 할 수 있겠는가? 그녀한테 상황을 되돌리고 운명의 피륙을 풀어 다시 짜놓을 능력 따위가 있을 리 없었다. (그래도 어딘가에 문이 있어 그 문을 통해 그녀가 아는 세상으로 돌아갈 수 있지 않을까 하는 생각을 떨쳐내지는 못한다.) ……이름을 붙여나가는 식으로 상황을 해소하려는 시도에도 불구하고 웨인도 그녀의 느낌에 대해 할 말이 없었다. 그리하여 대화는 또 다른 문제인 아기 이야기로 넘어갔다. 산달이 얼마나 남은 거지? 출산이 가까워지면 둘이 어떻게 해야 할까? 같은 얘기들……. 그때만 해도 그녀는 바사르 병원 시설을 활용할 수 있기를 희망했다. 현재의 속도라면 아기가 태어날 때쯤 도착할 수 있다는 게 그녀의 계산이다. 그리고 패거리가 그들한테 패하거나 죽는다면 그곳에 캠프를 치지 못할 이유도 없겠지만 병원에 머무는 일에 대해서는 아직 할 말이 많다……. 하지만 그들은 예상보다 빠른 속도로 9번 국도를 달려왔으며 패거리도 예상보다 더 교활하고 죽이기가 쉽지 않았다. 결국 킹덤의 병원들 중 하나를 골라봐야 할 모양이다. (물론 필요가 있을 때 얘기다. 아기가 살아 있어야 하고 또 그 전에 산고에 들어 사산아를 낳지 않아야 했다.) "……이제 그만." 그녀는 그렇게 중얼거리며 천천히 배를 마사지했다. 마치 마법의 램프에서 지니를 소환하는 기분이었다. "괜찮을 거야. 아무 문제없을 거란다." 그녀가 아기한테 속삭였다……. 웃기는군. 이토록 자신의 목숨을 위협하는 존재를 어떻게 또 얼마나 원할 수 있다는 얘기지? 그것도 처음부터 원한 게 아니라 단지 거부할 힘이 없던 존재가 아닌가(맙소사 그녀는 12년 동안이나 천주교학교에 다녔다!). 그 후로 아기는 그녀의 두 손에서 핸들을 낚아채 전혀 상상도 못한 비포장도로로 그녀를 내몰았다. 그래 이런 게 양자일탈이라는 건가……. 아기의 움직임을 처음 느꼈을 때, 더 정확히는 기이하고 낯선 퍼덕거림에 두려움과 전율을 동시에 느껴야 했던 때가 생각났다. 그 후로 움직임은 발길질과 주먹질로 바뀌고 아이는 방광 위를 트램펄린처럼 뛰어다녔다……. 임신 기간이 길어질수록 그녀의 느낌도 처음과는 크게 달라졌다. 그녀의 전신을 적실 거라 확신했던 당밀 같은 감각 따위는 없었다. 그보다는 보다 기초적이고 원초적인 느낌이며 그 느낌은 그녀의 배를 밀어내는 아기와 밀접하게 관계가 있었다. 마치 배꼽을 통해 함께 이어져 있음을 느끼는 것과 같은…… 그리고 그 느낌은 다른 느낌들로 보완되기도 했다. 대부분이 불안감이나 처절한 비애에 가깝지만 이따금 충만한 만족감도 곁들어졌다. 돌 만큼이나 무겁고 단단한 만족감……. "괜찮을 거야. 아무 문제없단다, 얘야." 그녀가 아기에게 속삭였다.

동 트기 직전……

……하늘에 빛 방울이 맺히고, 쪽빛이 암청색으로 물들고, 여린 별들이 스러질 때쯤……

……패거리가 도착했다……

……그들의 등장을 알려온 건 시끄러운 자동차 경적이었다. 물론 웨인이 정확히 이 목적을 위해 장치해 두었을 것이다……. 재키는 부랴부랴 라이플을 들어 뺨에 갖다 댔다. 패거리 하나가 초점에 잡혔다. 총을 앞뒤로 움직이자 그 뒤로 둘이 보이고, 맨 끝에 한 놈이 더 따라붙었다. 넷은 로프 장벽 안쪽 3미터 거리에 멈춰 교각의 지지 케이블을 살펴보는 중이었다……. 재키가 두 번, 세 번 수를 확인할 시간은 충분했다. 분명 넷이 패거리의 전부였다. 그들 뒤로는 더 이상 없

었다. 그녀는 뛸 듯이 기뻤다. '넷, 넷이야. 그 정도면 이길 수 있어. 웨인 말이 맞아. 결국 놈들한테서 벗어나는 거야.' 재키는 머릿속으로 생각했다. 넷은 하나같이 지저분한 형체였다. 마치 쇼핑몰 함정에 갈가리 찢긴 시체들이 간신히 몸을 추슬러 쫓아온 것만 같았다. 옆구리는 찢기고 잘리고 불탄 상처로 장식되었으며 머리타래는 끊기거나 뜯겼다. 살점들도 버들가지처럼 너덜너덜했다. 그녀가 처음 본 놈은 왼쪽 눈에 검은 흉터가 앉았고 맨 뒤에 붙은 놈은 다리를 질질 끌고 다녔다……. 살아남았다는 사실만으로 적자생존의 꼭대기에 오른 자들이다. 고마워요 다윈 박사님……. 놈들의 조심스러운 접근을 지켜보고 있자니 할머니의 푸들 생각이 났다. 그녀가 어렸을 때 이미 늙을 대로 늙은 개는 매년 털색이 바래고 손발을 떨고 기운을 잃고 죽어갔지만 그녀는 전혀 동정심을 느끼지 못했다. 마지막 4주는 다음과 같은 생각에 동정심은커녕 숫제 기대감까지 일었다……. *이제 끝낼 시간이야.* 그녀는 그렇게 생각하며 웨인을 깨우기 위해 돌아보았다. 그는 (당연히) 벌써 일어나 피스톨 두 정을 청바지에 끼우고 전투가방을 어깨에 가로 멨다. 무척이나 차분한 표정이었다…….그가 그녀 옆에 웅크리고 앉아 세 번째 피스톨을 내밀었다. "놈들 중 하나가 내 손을 벗어날 때를 대비한 거야." 그녀는 총을 받아 안전장치를 확인하고 옆의 바위에 올려놓았다…….
그가 백팩을 끌어당겨 그녀가 기댈 수 있게 해주었다. "맨 뒤
의 놈하고 탈출하려는 놈들을 맡아." 그가 말하고는 그녀가
대답하기도 전에 벌써 바위턱을 따라 달리기 시작했다…….
재키는 오른손으로 라이플을 높이 들고 몸을 위아래로 움직
여 백팩에 기대 누운 다음 라이플을 다시 정 위치에 놓고 개
머리를 어깨에 받혔다. 웨인은 살집이 많은 부분으로 반동을
죽이면 그렇게 힘들지 않을 거라고 했었다……. 그녀는 망원
렌즈를 통해 패거리를 보았다. 놈들은 갈기를 곤두세운 채 그
자리를 맴돌고 있었다. 놈들의 목소리도 들려왔다. 현이 너덜
너덜 해진 비올의 깊은 저음……. 그녀는 손가락으로 방아쇠
를 감고 놈들을 공포로 몰아넣을 준비를 했다. 방아쇠는 부드
럽게 당겨야 한다고 했다. 하지만…… 죽이는 건 고사하고 저
들 중 하나라도 맞추는 게 가능한 일까……? 웨인은 다리
로 이어진 도로를 달려 내려가고 있었다. 두 손엔 아무것도
없었다. 패거리가 그를 보자, 저음은 곧바로 거슬리는 비명소
리로 바뀌어 웨인의 고함소리를 삼켜버렸다. 웨인은 놈들을
도발하고 그래서 전진을 유도하려 했다. (그녀는 한 편으로 그
런 게 왜 먹히는지 이해가 가지 않았다. 짐승들이 왜 모욕에 반
응하는 거지? 아니 저들이 짐승이긴 한 건가? 사실 그런 질문이

타당한지조차 확신이 없었으나 그렇다고 기계들이 웨인의 도발에 발끈한다고 볼 수도 없지 않겠는가? 그럼 이제 남는 건 저들의 정체에 대한 의문이다. 뭐지? 사람? 말도 안 돼.)

상황이 순식간에 끝나다……

……어쨌든 후에 돌이켜본 바로는 그렇다……. 상황이 진행 중일 때는 답답할 정도로 느리게 진행되는 것처럼 보였다. 흡사 교각의 조명과 함께 바뀌는 생생한 환등기 그림처럼 말이다. 보라색 조명. 웨인이 달리고 있다. 입은 살짝 벌리고 두 팔은 양 옆으로 뻗었다. 패거리의 리더는 주둥이를 꽉 다물고 으르렁대지만 어쩐지 씩 웃는 것처럼 보인다. 다른 놈들도 앞으로 내닫는 참이다. 청색 조명. 웨인이 정지해 있다. 로프 장벽에서 불과 6미터 거리. 패거리가 바짝 접근하고 보니 장벽은 더욱 기발해 보인다. 아주 정교하고 치명적인 함정을 마치 어린아이가 그대로 흉내 낸 것 같다. 녹색. 리더가 잔뜩 웅크려 공격 자세를 취한다. 웨인의 손은 여전히 비어 있다. 제일 마지막 놈은 걸음을 멈춘 모양새가 후퇴를 고려하는 것 같다. 재키가 가늠자로 목이 짧은 놈의 머리를 노린다. 노란색. 리더가 허공에 떠 있다. 웨인의 양손엔 이제 피스톨이 들려 있다. 그는 떠 있는 놈이 아니라 그 뒤의 쌍을 노린다. 후미는 결국 몸을 돌려 달아나기 위해 고개를 젖힌다. 그 바람에 머

리가 타깃을 벗어나긴 했지만 그 대신 목을 내준다. 오렌지색. 리더가 그물에 걸린다. 로프가 축 늘어지기는 해도 끊어지지는 않는다. 두 놈을 노린 웨인의 피스톨 끝에 하얀 섬광이 걸려 있다. 두 놈은 여전히 앞으로 내닫고 있으나 그의 총에 이미 머리가 날아간 상태다. 맨 뒤의 놈은 이미 몸을 돌려 달아나기 시작한다. 재키의 조준경에 놈의 뒤통수가 걸리고 그녀가 방아쇠를 당긴다. 라이플이 섬광과 굉음을 토해내며 그녀의 어깨를 때린다. 그녀는 하마터면 총을 놓칠 뻔한다. 적색. 그녀는 허겁지겁 다시 조준경을 대고 마지막 패거리를 찾는다. 절대 놓칠 수는 없다. 놈을 쓰러뜨리기만 하면 웨인이 어떻게든 끝장낼 수 있을 것이다. 그런데 보이지 않았다. 달아난 모양이다. 그녀가 조준경을 앞뒤로 돌린다. 놈은 달아나지 못했다. 바로 그 자리에 두 다리를 벌린 채 쓰러져 있지 않는가. 놈의 얼굴 앞면은 완전히 박살난 채다. 너무 기뻐 환호라도 지르고 싶으나 그보다 웨인이 먼저다. 그녀는 방아쇠에 손가락을 얹고 그를 찾아본다. 다시 오렌지색. 웨인은 총을 양쪽으로 집어던지고 마지막 남은 패거리에게 접근한다. 놈은 웨인의 그물에서 벗어나지 못한 채 버둥거린다. 아가리로는 어떻게든 웨인을 물려고 하나 소용없다. 도대체 뭐하는 거지? 그녀는 놈의 가슴을 겨냥한다. 그리고 노란색. 뭔가 이상하다. 조준경이 어두워졌다. 그녀는 눈을 떼어 잠시 깜빡거렸다가 다시 조준경을 들여다본다. 녹색. 웨인이 망토를 걸치고 있다. 그의 등 뒤에서 검은색의 기다란 천이 나풀거린다. 망토에 비친 녹색 조명도 따라서 물결친다. 청색. 웨인은 괴물 앞에 서 있다. 얼굴도 똑같이 검은색으로 가렸다. 입만은 예외다. 웨인의 입이 버둥거리는 놈에게 무슨 말인가를 한다. 재키는 그의 입술을 읽는 생각조차 못한다. 입술을 읽는 재간이 있기는 하지만 갑작스러운 상황에 당황한 것이다. 보라색. 웨인이 검은색으로 휘감은 두 팔을 내밀어 마지막 패거리의 턱을 잡고는 머리를 통째로 뽑아버린다. 놈이 경련을 일으키며 목에서 쿨럭쿨럭 검은 피를 토해낸다. 웨인의 몸이 흠뻑 피에 젖는다……. 재키는 저도 모르게 웨인의 가슴에 가늠자를 갖다 댔다. 맹세컨대, 암흑이 그의 가슴 가득히 물결치고…… 오 세상에, 허공에 뿌려진 피를 향해 씰룩거렸다. 그리고 시간이 공간으로 변했다. 그녀는 그 안에서 방황하며 머릿속에서 질러대는 수많은 비명을 분류하기 시작했다. 목소리 하나가 외쳤다. "맙소사!" 다른 목소리. "이게 무슨 짓이야?" 세 번째. "그 사람 없이 어떻게 살아가려고?" 네 번째. "그한테 빚진 게 있잖아." 다섯 번째. "도대체 웨인의 정체가 뭐지?"……그녀가 가만히 방아쇠를 건드렸다. 정말로 할 생각이라면 지금이어야 한다. 다음 순간이면 웨인도 그녀가 무슨 짓을 하려는지 눈치 챌 것이다……. 순간 다리의 조명이 모두 꺼지며 그녀를 어둠 속으로 내동댕이쳤다. 아기도 그 순간을 노려 발길질을 재개했다. 그녀의 입에서 절로 "아야!" 소리가 나올 정도의 타격…… 방아쇠가 당겨졌다. 그리고 다리에 설치해 둔 장치들이 빛과 소리로 터졌다. 쾅 하는 굉음과 백색광에 그녀는 두 손으로 머리를 감싼 채 백팩 뒤로 몸을 숨겼다. 교각 상판이 강 아래로 가라앉으며 이곳의 바위들까지 부르르 떨었다. 지지 케이블이 팽팽한 기타 줄처럼 끊겨나갔다. 다리가 콰르릉 소리를 내는 동안, 금속판, 아스팔트 조각, 운전대가 그녀의 주변으로 비처럼 쏟아졌다……. 재키가 용기를 내어 돌아보았을 때 다리는 안으로 함몰하고 난간은 휘고 난간이 버텨주던 힘은 그대로 교각 위로 전해졌다……. 수평 케이블이 진동하더니 타워들이 서로를 향해 기울어졌다. 이제 곧 전체 구조가 뒤틀리고 산산조각 날 것이다……. 아이가 다시 발길질을 했다. 원투 펀치. 그리고 그녀는 백팩 뒤의 은신처에 죽어라 매달렸다. 바위턱이 계속해서 흔들렸다. 종말을 거부하며 지르는 수천 톤 금속의 신음소리도 언덕을 때리며 메아리쳤다. 그리고 그 소리에 아기가 놀라 움찔했다. 그녀는 혼신을 다해 두 손으로 배를 감싸 안았다.

괜찮다. 이제 곧 괜찮아질 거야.

……재키, 북쪽으로 출발하다……

……꽃을 주인으로 받아들인 자동차 세 대를 지났다…….
그녀는 다시 웨인과 동행중이다. 그는 다리가 지독한 신음을
토하고 있을 때 나타났다. (다리는 붕괴되지 않았다. 두 개의
타워는 불가능한 각도로 기울었다. 덕분에 양쪽 끝의 케이블들
은 너무 팽팽한 반면 가운데는 완전히 흐느적거렸다. 더 이상 아
무도 통과하지 못하겠지만 그래도 다리는 양쪽 강변을 이어주고
있었다.) 웨인의 암흑도 걷혔다. 도대체 그게 뭐였지? 의상?
……그녀는 동행을 인정했다. 어색하지만 신중한 대응이었
다……. 그녀의 질문에 그가 대답했다. "그래, 놈들은 끝났어.
그래도 계속 움직이는 게 좋을 거야." 킹스턴은 먼 거리다.
게다가 허드슨 강 이쪽 상황이 어떤지 누가 알겠는가……?
재키가 총을 겨누고는 아직 죽지 않은 채 지난 몇 시간 내내
자신의 존재를 알리는 아이의 목숨을 어르듯(덕분에 '어쩌면'
시름 하나는 던 셈이다.) 그의 목숨을 저울질했다는 사실을 알
고 있을지도 모른다. 아니면 그녀의 혀 끝에 매달린 채 언제
라도 터져 나오려는 질문을 의심하거나 아니면 그녀가 스웨
터 재킷 속에 한 손을 넣고 있는 이유가 세 번째 무기를 그곳
에 감추고 있기 때문이라는 사실을 짐작할 수도 있겠다(그에

게는 폭발의 충격으로 어딘가 날아간 모양이라고 거짓말했다.).

하지만 웨인은 전혀 내색하지 않았다.

그리하여 해질녘, 아주 먼 곳에 다다르다.

| 감사의 글 |

　무엇보다《판타지와 SF》의 편집장 고든 반 겔더에게 감사
드린다. 하루 종일 책을 읽으면서 보수까지 받는 꿈의 일자리
를 알선해 주었을 뿐 아니라, 무엇보다 내가 사랑하는 분야에
서의 첫 출발 기회를 제공하고 편집에 대한 지식 모두를 전
수했으며, 이번 경우처럼 자격미달의 내게 편집 기회까지 마
련해 주었다. 실제로 그의 배려와 친절이 없었다면 이 책 또
한 가능하지 않았을 것이다. 고맙습니다, 대장.

　그밖에도 감사해야 할 분이 많다.
　제레미아 톨버트과의 수년간의 우정 그리고 수없이 이어
진 심야의 온라인 채팅도 간접적이나마 이 선집에 책임이

있다. 또한 고맙게도 그의 서버에 내 웹사이트와 블로그를 만들어 주었으며, 이 기막힌 『종말 문학 걸작선』 웹사이트 (johnjosepaddams.com/wastelands)의 디자인 역시 맡아주었다. 특히 나를 위해 쉽게 구성해 준 데 대해 감사한다.

슈퍼에이전트 제레미 라파포트는 처음 거론된 순간부터 이 프로젝트를 신뢰했으며, 기록적으로 짧은 시간에 베스트셀러의 반열에 올려주었다.

나이트쉐이드북스의 제이슨 윌리엄스와 제레미 라슨에게도 감사한다. 선집에 관한한 처녀 편집자에게 기회를 주고 또 최대한의 지원을 아끼지 않았다.

멋진 표지를 만들어준 대니얼 크바슈니차, 맵시 있는 디자인의 마이클 푸스코, 그리고 원고를 정리해 준 마티 할펀 역시 빼놓을 수 없다.

비디오게임 『황무지』와 『죽음의 낙진』의 제작자들에게도 감사드린다. 황량한 핫존과 황무지에서 돌연변이와 약탈자들과 전투도 재미있지만 무엇보다 이 서브장르에 대한 내 열정을 자극했다. 친구이자 종말세상의 동반자인 재러드 브래덕은 열심히 나를 끌고 들어가 그의 자동소총 AK-47로 싸움을 걸었다.

비록 출간도 하기 전에 접기는 했지만, 리즈 홀리데이는 종말 SF에 대한 내 글을 사주었고 《SF 인터넷 리뷰》(www.irosf.com)는 그 글을 온라인 출판해 주었다. 단순한 서브장르 광팬에서 전문가로 탈바꿈한 것도 바로 그 글 덕분이다.

이 책을 포함해 지난 수년간 선집 편집에 대한 엘런 대트로의 조언은 너무도 소중했다.

편집을 하는 과정에 도움을 준 친구, 동료 및 여러분들께도 감사드린다. 초고를 읽고, 작품을 소개하고, 작가들의 허락을 받아준 사람들…… 캐서린 벨라미, 더글라스 코헨, 마샤 드필리포, 찰스 콜먼 핀레이, 본 리 핸슨, 데이비드 바 커틀리, 크리소 로츠, 캐럴 핀셰프스키, 클레어 레일리-샤피로, 베트 루소, 빌 섀퍼, 에이미 티베츠, 알렉스 윌슨. 그리고 내가 기억하지 못하는 사람들까지 모두.

그리고 마지막으로 이 선집에 수록을 허락해 주신 작가 분들, 그분들이 아니었다면 이 선집은 가능하지 않았을 것이다. 감사합니다.

옮긴이 **조지훈**

장르 문학을 좋아하는 번역자.
스티븐 킹 등 유명작가의 작품을 국내에 많이 알리기 위해 번역을 시작하였다.

종말 문학 걸작선 2

1판 1쇄 펴냄 2011년 10월 10일
1판 2쇄 펴냄 2011년 12월 23일

지은이 │ 스티븐 킹, 조지 R. R. 마틴, 올슨 스콧 카드, 진 울프 외
엮은이 │ 존 조지프 애덤스
옮긴이 │ 조지훈
발행인 │ 김세희
편집인 │ 김준혁
펴낸곳 │ **황금가지**

출판등록 │ 2009. 10. 8 (제2009-000273호)
주소 │ 135-887 서울 강남구 신사동 506 강남출판문화센터 5층
전화 │ 영업부 515-2000 / 편집부 3446-8773 / 팩시밀리 515-2007
홈페이지 │ www.goldenbough.co.kr

ⓒ ㈜ **민음인**, 2011. Printed in Seoul, Korea

978-89-6017-248-7 04840
978-89-6017-246-3 04840(세트)

* ㈜ **민음인**은 민음 출판 그룹의 자회사입니다.

* 황금가지는 ㈜ **민음인**의 픽션 전문 출간 브랜드입니다.